命子

董啓章

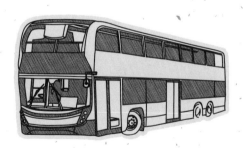

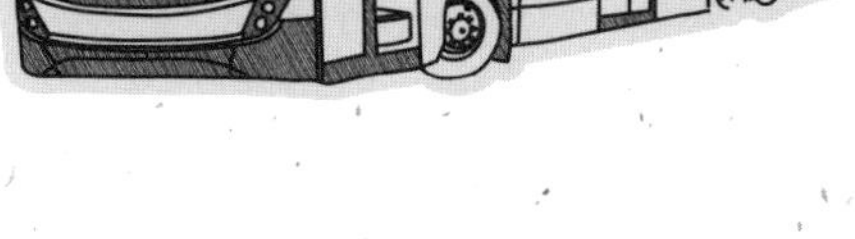

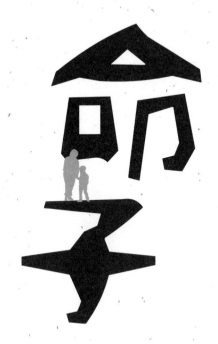

永遠懷念

先父

董銑堯

目次

命子：果

261事件

我不是特別喜歡孩子。我尤其懼怕孩子無理取鬧的哭啼，或者歇斯底里的尖叫。然而，我好歹也是個父親，所以也不能說絕對不喜歡孩子，或者對孩子全無忍受能力。幸好，我的孩子很少哭啼，也幾乎從不尖叫。不過，這並不代表我的孩子很和善，很好相處，只是他從小就比較喜歡以發怒和責罵來表達不滿而已。對他來說，哭啼未免太軟弱，而尖叫實在是太低能。所以，我的孩子從來也沒法忍受其他孩子的哭啼和尖叫。這可以說是父與子少有的共通點。

說到忍受，那可是當父親的經歷中的主要感受。至少，忍受的時刻遠比享受的時刻多太多了。當然也不能說全無享受，不然那真是太要命，不如不當父親好了。但老實說，心情真是以忍受為主。我曾經自誇是個有著無比忍耐力的人。在人際關係上我尤其能忍，是以在我的人生紀錄中，幾乎沒有跟任何人口角或衝突的事例，可以說是社會和諧的典範。直至成為父親之後，我才首次體會到忍無可忍的滋味，也漸漸明白到，忍原來是一門很大的學問。

忍對兒子來說，卻從來不是一個選項。也許當初我應該把他命名為「不忍」。雖然帶點東洋風，但確實是個挺有氣勢的名字。聽者大概會向錯誤的方向聯想，以為寄寓慈悲的含義。實際上，當然是指對不順心的事情絕不啞忍，必須吐之而後快的意思。見諸「沉默」在當今社會的負面意義，這個名字也可能會被當成時代的呼聲。當「忍受」成為了不合時宜的態度，從哪一個角度看，「不忍」也是時下最正確的取向。

我還是不要陳義過高。回到現實生活的平面，兒子的所謂「不忍」，簡單點說就是欠缺耐性，委婉一點就是彈性不夠，而更直接地說就是固執了。富有同情心的人這時候會安慰說：固執也沒有不好，擇善固執是相當高尚的情操啊！從主觀的角度而言，一個人所「擇」的自然是他以為是「善」的，沒有人會主動去「擇惡」。如果「擇善」沒有客觀標準，「固執」的高尚與否就很難有保證。

撇開善與不善的問題，「擇」與「固執」的確是兒子至今的人生主題（我姑且不說是「問題」）。從佛家的觀點看，選擇的行為出於分別心，有分別心才有選擇。沒有分別心的話，就不會這個那個地挑；這也可以，那也不錯，不強求，不執著，不計成敗得失，沒所謂，平常心，空有不二，都Okay啦。所以，因為固執才要擇，擇是固執的顯現。固執是因，擇是果；因果相生，擇執相隨。擇善也好，擇不善也好，擇本身就是不好，就是固執，就是煩惱的根源。所以，兒子取名為「果」，無論從字面還是象徵的層面看，本身就是既可擇也可執的事物嘞！當初真是始料未及。

不好意思，調子又不自覺地拉高了！這是個很難改掉的壞習慣。在舊歐洲小說中，常常說某人喜歡philosophizing，高談闊論，喋喋不休，膚淺單調，枯燥無聊，大概就是上面一大堆話的寫照了。我原本是想從一個場面開始的。按照我兒子的文學標準，之前的都可以刪去。

我站在上水火車站外面的巴士站。261號巴士的站牌下面排了十幾人。還有十幾路其他的巴士，站牌前前後後地排滿了整個路邊。一望無際的十幾條人龍，像玩接龍遊戲似的，縮短了又延長，但並未互相糾結，算是亂中有序。在馬路上，十幾輛巴士首尾相接，輪流靠站和離站；有的心浮氣躁，見縫插針，有的氣定神閒，痴痴地等。龐然巨獸逐一挨近路邊，吐出一堆人，又吞進去一堆人。叮叮咚咚，開門關門。有人及時追上，額手稱慶；有人吃了閉門羹，大聲問候司機的母親。

這個聖誕節前夕的下午，溫暖如初夏，沒有氣氛，只有廢氣，以及動機不明的蠢動人群。上水站是個出名混亂的地方。鄰近羅湖邊境，水貨客的集中地；車水馬龍，水泄不通，幾多陳腔濫調都形容不盡。我掏出手機，打開巴士服務應用程式，查看261的到站時間。這時候，兒子傳來了即時訊息，問我位置。我問他幾時到。他回覆：五分鐘。甫一關機他又來了電話，劈頭便問：

下一班261幾時到？

三分鐘。

有沒有Wi-Fi的？

有。

再下一班呢？

你為甚麼不裝翻個App？

下一班幾時到？

二十三分鐘。……你好好的為甚麼剷走個App？然後又來問我？

下一班有沒有Wi-Fi？

沒有呀！

那就好了！就坐沒Wi-Fi這班！

為甚麼要坐沒Wi-Fi的？你之前不是專門挑有Wi-Fi的來坐的嗎？

那些新車坐到厭，到處都是，沒意思！這條線上有一款很珍貴的舊車，平時很少有機會坐到。今天一定要試試。

但我已經在排隊了，三分鐘這班來到我就上。

怎麼不等我一起？一起坐下一班不好嗎？

我無端端要等二十幾分鐘——

也只是等一會吧！你時間又不趕。

我不是已經告訴你了嗎？我想早點到，我要去後台探班，又有個訪問要做。

也差不了多少吧！時間很早啊！坐下一班也綽綽有餘。

我其實想坐的士呀！

怎麼可以坐的士？好好的有巴士，261很快的啊，不用半個鐘就到屯門。

我今天不舒服！我中午肚痛，我不想困在巴士上——

怎麼突然會肚痛呢？這麼多問題！現在有痛嗎？

現在沒有，是中午。

現在不痛就不是沒事嗎？坐巴士也可以啊！

我都說有事要早點去做。對面就是的士站，好多的士排住隊沒人坐呢！

就是囉！沒有人想坐的士，都選擇坐巴士。

我不想坐巴士！

我不明白巴士有甚麼問題？

我——總之是不想坐啦！

你完全不講道理的。

我不講道理？

你明明說好了一起坐巴士去啊！

算了！算了！沒事了！

我掛斷了線，離開了人龍，退到行人路邊的花槽前。花槽內種著垂頭喪氣的殘花敗柳，泥土上掉滿了煙頭。我把手機塞進褲袋裡，又抽出來，鬼上身似的打開報站程式。剛才預計三分鐘到達的那班車消失了，下一班顯示十三分鐘後到達。據標誌顯示，沒 Wi-Fi 的，所以是舊型號。我連忙關上手機。

我察覺到自己的呼吸有點急促，心跳有點快，胸口有點悶，頭有點暈眩。體內隱隱地有一股力量在醞釀著，準備爆發。熟悉而令人不安的感覺向我襲來。那是過去十幾年來，環繞著巴士和地鐵等公共交通工具所累積的負面記憶，裡面有某種跟巴士和地鐵本身無關的壓迫感；一種說出來也沒有人能明白和諒解的，跟眼前的事件完全不相應的恐慌。我嘗試把注意力引向更值得期待的事情。

今天下午有一場改編自我的小說的音樂劇，在屯門大會堂上演。兒子樂意去看，有一半是因為可以趁機乘坐往屯門的巴士。那是他平時較少使用的路線。對於他有興趣看戲，我無論如何也感到欣慰；對於自己答應了跟他一起坐巴士去，我卻開始感到後悔了。

兒子的身影在人群中出現。高瘦的他，穿著藍綠格子襯衫和卡其色長褲。他的衣服一直也是我給他買的，所以風格和我自己相似。他那長短均一猶如黑色球體的頭髮，也一直是我給他剪的。我今天要在演出結束時上台謝幕，穿得比較莊重一點，沒有不小心出現「父子裝」的情況。我的髮型，當然跟他完全不一樣。

果的腦袋好像被某種引力牽扯似的，一邊向前移動，一邊扭向右側馬路的方向，有點像個滾歪了的保齡球。他同時留意著我的動向，眼神流露出些微的疑慮。待他來到跟前，我晦氣地說，上一班車無故取消了，所有排隊的人也擠到下一班去。這消息對他造成一定的困擾。我不情願地跟他排到龍尾。他問我借手機查看最新的行車安排，然後以安撫的口吻說：

唔緊要！下一班沒改動，還有希望的！

他的意思是搭到他心儀的巴士型號。我回想起自兒子五、六歲開始，陪他在街上等他喜歡的巴士的無數情境。情況就如賭博一樣，賭中了固然皆大歡喜，賭不中的話，結果卻可以是災難性的。今天的他不再是往日那個動不動就在街上大發脾氣的小孩子了。他已經是個十五歲的少年，長得比我還高。他不會再在公眾場所吵鬧，學懂了隱藏自己的情緒。只是，他的「擇善固執」幾乎從來沒有改變過。他對於巴士的「善」的標準，顯然不是常人可以理解的。對不起，經歷了那麼多年「與人為善」的日子，我覺得應該輪到我蠻不講理地任性一番。我決絕地說：

你自己等下去吧，我去搭的士。

他以和平理性的態度，嘗試遊說我改變主意，說：

車很快就來了，再等一下吧！我保證車程很快，絕不會延誤你的時間。

我不舒服，不想坐巴士。

你還肚痛嗎？

沒有肚痛，是心痛。

不會吧，怎會突然又心痛？做人要放鬆點，不要太緊張。

我本來沒有緊張，是你令我緊張的！

我不自覺地激動起來，排在前面的中年女人八卦地回過頭來。兒子顯得有點尷尬，說：

細聲一點可以嗎？控制一下自己的情緒吧。

我快給氣炸了。我竭力維持一個講道理的父親的形象，但還是沒法不提高聲線說：

你人已經這麼大了，完全可以自己坐車去任何地方。你喜歡挑甚麼車，也是你的自由，我完全不干涉你。問題是，為甚麼硬是要我陪你一起做這種無聊事呢？

果露出驚訝的神情，好像我說了甚麼不合邏輯的狗屁話一樣。他一臉無辜地說：

我只是想你也能見識一下巴士的好處啊！

爭論的內容跟激烈的態度完全不成比例，產生了強烈的荒謬感。我曾經以為，自己對這荒謬感已經習以為常，駕輕就熟，但原來已經去到忍無可忍的程度。我幾乎是大叫出來的說：

不好意思，我已經見識夠了！我認為我有權選擇適合自己的交通工具。

這時候，巴士到站了。我完全看不出那輛車有甚麼獨特之處，也著實沒心情去仔細欣賞。事情已經去到臨界點，身體裡的安全閥快要被衝破了。笛卡兒認為，人的靈魂和肉體的連接點，就在腦部中央的松果體。真的是這樣的話，此刻我的松果體肯定處於即將撕裂的狀態，再下去便會發生靈魂與肉體崩離的現象。我知道，如果我坐上了這輛巴士，我平定了一年半的焦慮症一定會發作，所有的治療將會功虧一簣。

我跟兒子說，我去對面坐的士，大家各自前往，五點鐘在屯門大會堂見。

人龍開始向巴士的上車門移動。果一邊前行，一邊回頭，以眼神和手勢向我發出問號。我堅決地撇下他，自己跑掉。去到的士站的時候，卻偏偏沒有的士，也沒有候車的乘客，只有一片空盪盪的感覺。在馬路對面，剛才的那輛金色巴士，載著我兒子和其他乘客，緩緩地開走了。我沒法及時在任何一格窗子裡找到他的身影。

等了大約五、六分鐘，終於有一輛的士進站。上了的士之後，整個人頓即放鬆下來。

縱使身心依然感到有點虛弱，但那種壓迫感已經消失了。我的靈魂還好好的跟身體連在一起。松果體的安全暫時得到保障。

的士在粉錦公路上高速前進，去到接近元朗的路段，超過了一輛261號巴士。我忍不住拿出手機，向兒子傳了個訊息：

你在KR6080上面嗎？

Yes.

我的的士超過你了。

So?

的士的確比巴士快。

他頓了一下，回覆：

你從不懂得尊重巴士！

我又火起來了，答道：

你從不懂得尊重我！

發出訊息之後，我狠狠地關上手機。看看錶，時間是四時十五分。我估計，我會比果早十五分鐘到達。演出在五時十五分才開始。時間，真的是綽綽有餘。但是，那不是時間的問題。

巴士1

兒子自從幼稚園便迷上了巴士。他首先學會了分辨巴士的類型，然後專挑喜歡的來搭。開始的時候，好惡的分野非常簡單：金色就是好，白色就是不好。我這樣理解：金色的車比較新，設計比較漂亮；白色的比較舊，設計比較呆板。不過，也許只是因為顏色，無關其他。

偏好漸漸變成了鐵律，白色的絕對不能搭，只搭金色。如果強行把他拉上白色巴士，他會誓死反抗，全程鬥爭，直至照顧者（通常是我）忍受不住其他乘客厭惡的目光，盡速帶他逃離車廂。在他寧為玉碎、不作瓦全的策略面前，事先設計好的獎罰制度完全崩潰，父親最終也敗下陣來——下車，等金色的。

到了小學階段，智力有所增長，對巴士的分辨越加仔細，要求也相應大大提高。除了金色和白色兩大類別，各自內部也出現了各種生產商和型號的區分。而在型號之外，又出現了車身有沒有包上廣告的選擇。有特別主題的車身裝飾，例如以農曆年生肖包裝的巴士，是其中重點搜尋的對象。曾幾何時，為了追蹤蛇年車或龍年車，耗掉了多少汗水和淚水，經歷過幾多激動的情緒。

再長大一點，到了初中，巴士學問也更為博大精深，開始講究派車車廠和車牌號碼。對於任何特定的一輛巴士行走的路線和調派的情況也瞭如指掌。遙遠看到巴士的身影，便立即能說出它的車牌號碼。記得全港巴士路線已屬小兒科的知識。講究車牌的結果，是無故討厭某些號碼而喜愛另一些，出現了特定的幸運號碼和不幸號碼。再細緻一點，甚至會考究到巴士的路線牌模式（由轉動的布牌到電子牌，以至電子牌的顯示屏顏色）、車燈的大小和位置、窗口的形狀、扶手的排列、椅子的圖案、樓梯的設計、車門開合的方式、車廂燈光的色澤等等。於常人來說全都差不多的巴士，事實上每一輛也獨一無二，擁有特別的個性。

相關資訊的來源，除了日常的親身體驗，還有賴於巴士迷群體在網上發放的消息。於不同區域活動的巴士迷，每天每時每刻都會上載自己的察觀所得，例如某路線發現甚麼特別的安排，或者某個特別的車種在甚麼地區出沒。於是便形成了一個甚為嚴密的巴士監察系統。另外，就是形形式式的有關巴士的出版物。除了每年的幾種巴士年鑑，還有特別的專題，當中的內容頗有重複，但也總有自家獨有的資訊，成為了不可錯失的理由。這類書籍多由巴士專家或高階巴士迷編著，內容嚴謹，資料豐富，圖文並茂；於每年的香港書展、農曆年宵市場，或者巴士專門店有售。果買齊所有版本，成為了他個人僅有的藏書。

對於巴士的命名或稱呼，有幾個系統。最先出現的，是兒子自家發明的叫法，例如「麻白」、「扇白」、「公公」、「圓頭」、「尖頭」、「凸頭」、「達標」、「腫頭」等等。當中有些源於巴士外觀的印象，有些則是沒有意義的隨意聯想。其次是以生產商和本身的型號稱呼，其中兩大品牌分別是丹尼士和富豪，佔全港巴士的大多數。較少採用的有斯堪尼亞、利奧普蘭、佳牌、亞比安等品牌。後來漸漸進入巴士迷的網絡世界，得知原來存在共用的巴士種類術語。在包羅萬有的「香港巴士大典」網站上，有「巴士型號愛稱列表」，羅列了超個一百個巴士迷愛用的別名。試舉其中一些例子：「龍」（丹尼士巨龍）之下有十多種如「密龍」、「開龍」、「長龍」等等；「躉」（丹尼士三叉戟 Trident）之下有「膠躉」、「龍躉」、「豪躉」、「矮躉」等多種；「豪」（富豪奧林比安）之下有「短豪」、「九頭豪」、「康豪」、「銀豪」等；「豬」或「豬扒」（富豪超級奧林比安 Super）之下有「電豬」、「膠豬」、「禍豬」等；「蛋」有「紅蛋」、「橙蛋」。還有許多外人不明所以的叫法，例如：「洗衣機」、「升降機」、「死雞乸」、「你老闆」、「棺材」、「老鼠」、「肺癆」、「鐵甲威龍」、「印度神油」、「肥婆」、「雞車」、「牛雜」等等。

雖然經常上網參考巴士資訊，兒子是個獨行俠，跟其他巴士迷沒有交接。參加巴士迷會搞的活動，也由父母陪伴，未有結交志同道合的朋友。一方面他可以說是個典型的巴士迷，但另一方面，他喜歡巴士的方式似乎又有點另類。如果巴士迷在社會上已屬另類，果便是另類中的另類了。對於巴士的喜好，他既不多樣化，也沒有博愛。換句話說，他並非在獲取關於巴士的全體知識和體驗中得到樂趣，而是像參加博彩遊戲一樣，試圖在一個複雜多變但又有某種規律的系統中，尋求挑戰命運的刺激。當然，挑戰失敗是常有的事情。

在果懂得自己坐巴士之前，我一直陪伴他進行這些瘋狂的賭博。最常見的情況是，放學之後在巴士站上一連等了三班都是白色，雙方都忍不住情緒爆發。更不幸的情況是，眼巴巴看見之前走了一班好車，或者下車之後發現下一班更好，又或者在行車途中看見心儀的車型在對面馬路的相反方向經過；又或者，在同一個站上，其他路線的車型比自己的更好。以或然率看待，幾乎各種各樣的處境都曾經發生，而當中大部分是低於標準的。總的來說就是，因為預期設定太高，失落的機會便佔大多數。但我沒法令他降低期望。另一種情況是，假日出行，全部以巴士代步，結果十賭九輸；又或者連贏幾場，到最後一鋪清袋。（最後一次經歷主導整體印象，似乎是個普遍心理現象。）大獲全勝，班班精彩，在我記憶中絕無僅有。如有的話，也很快便給下次的不幸掩蓋。

試舉一個經典例子。果大概小二、三的時候，有一個星期天，說好了去濕地公園。從上水到天水圍的276B，當時有富豪和丹尼士兩種金巴行走。兒子一直堅持要坐丹尼士，雖然在我看來，兩種巴士的外型幾乎一模一樣。當天在站上等了三班車都是富豪，我便嘗試說服他，也許今天這條線沒有丹尼士了。這也並非不可能的事情。他無可奈何便上了下一輛富豪。去到天水圍下車，過了行人天橋，一直走到濕地公園門口，一輛丹尼士突然在對面馬路揚長駛過。果完全不能接受命運如此的播弄，拒絕進入公園。我的思緒當場癱瘓，安撫又不是，怒罵又不是，只能怨恨時不我與，為甚麼不走快幾步。結果我們回到巴士站，胡亂地上了第一輛到站的丹尼士。那是去金鐘的長途車。無緣無故地，原本想去和結果去了的地方天南地北。

由此得出兒子搭巴士的恆常模式，那就是本末倒置。工具變成目的，原本的目的卻變得無關重要。無論在目的地玩得多開心，只要乘車經驗欠佳，全日的快樂立即煙消雲散。作為陪伴他的父母，我們的心情經常是沮喪的。說理、開解、獎賞、懲罰、假裝若無其事，甚麼方法都試過，但都沒有效用。他這方面的思想如鋼鐵一般堅固。

拒絕向命運低頭本來是值得敬佩的，但是，把意志浪擲在如此無聊的堅持上，始終令人難以接受。面對這塊不能移動的石頭，事發當場難免令人抓狂，過後卻頂多只是暗自搖頭失笑。隔了一段時間回看，甚至會化為饒富趣味的記憶，或者津津樂道的笑談。畢竟，搭巴士是我和兒子的共同經驗的重要部分。不論箇中有多少爭執和難受，也不論我和他互相理解與否，這就是他最重視的事情，也是他的快樂的最大泉源。

我想起這些年來，曾經和果一起坐巴士去過的地方。幾乎全港所有區域的大部分路線，我們都坐過。幾多個假日，我們選上一條陌生的路線，看著窗外新鮮的風景，任由巴士把我們帶往未知的境地。有些終點甚為偏僻，或者不屬於出遊的景點，只是尋常人家居住的地區。在不熟悉的總站下車，在冷暖晴雨的不同天氣中，像探險一樣四處亂碰，尋找可以吃頓飯的店子，或者只是想去個廁所。如此這般，一個牽著爸爸的手的小孩，變成了一個比爸爸還高的青年。他的成長本身，就是一趟巴士之旅。我也許不是個很好的嚮導。我會迷路，會碰壁。我沒把握可以把他引領到更好的方向。也許，其實是他帶領我體驗不同的旅程。就算路途有過怎樣的起伏，我也決不會認為自己上錯了車。

果小時候避而不坐的白色巴士，已經於去年全數退役。在這之前有稱為「熱狗巴」的傳統紅色無空調巴士，亦已於數年前停止服務。可是，去年巴士公司又重新推出復古設計的紅色巴士。於是，紅巴又成了兒子追捧的對象，把曾經深愛的金巴打入了冷宮。巴士世界千變萬化，日新又新，他幾時才找到心中真正的至愛？

看書

最近幾年，兒子果一進書店就頭暈。頭暈便找個地方坐下來，玩玩手機，看看短片。我們分頭行事，通常約定十五分鐘後見。我幾乎只是草草繞一圈便作罷。有時他跟在我身邊，不停跟我說話，而且通常都是相同的那些話題，我更加沒法專心看書，真個是走馬看花。所以往往省下了不少錢，紓緩了家裡的書滿之患。

如果那家書店有關於巴士的書，情況就有點不同。他可以站著打書釘，看得津津有味，半小時不累，頭也不暈了。有時看完就放下，純粹打發時間，有時找到特別精彩的，或者是新出版的，便必定會買下，回家繼續細讀。在旁人如我看來，巴士書不是都差不多嗎？不外乎是記錄巴士型號、外觀、機件、性能、行走路線，並附以照片等等的資訊吧。這種書為何會層出不窮，歷久常新？甚至儼然成為一個類別，佔去了大半層書架。由此可知，香港巴士迷群體之龐大，足以支撐此等出版物的市場。香港不但是全世界巴士類型最多的城市，也是有關巴士的資訊最豐富和發達的地方。巴士比文學更普及，是個自然現象。巴士書讀者的人數，也肯定比我的書的讀者多了。

拜巴士所賜，兒子終於成為了一個看書的人。最近一次和果去書店，他一個箭步跑往消閒興趣的部門，尋找他的至愛，而我則得以偷得半晌的悠閒，細看文學書的區域。發現柄谷行人的《日本近代文學的起源》新出了台灣版，如獲至寶，略為翻了一下便決定買下。準備去結賬的時候，看見果站在遠遠的另一邊，低著頭，眼鏡滑落到鼻尖上，如饑似渴地讀著甚麼。不明就裡的，會以為他是個好學不倦的高材生。

回家的旅程，巴士自是不二之選。兒子一坐下來，便急不及待地捧讀剛買的新版《香港巴士車隊》，並不時向我講解特別有趣的地方。他向我展示兩張巴士照片，問我兩輛車之間有何分別。我草草地瞄了一眼，覺得兩者完全一樣。他隨即以專家的語氣，向我指出下面的一輛在車尾下方，加裝了小小的引擎散熱風扇。他又對書中的用語表示讚嘆，例如「相映成趣」、「耳目一新」、「大派用場」等等，認為看巴士書也可以學好中文。在評頭品足和嘖嘖稱奇一番之後，他翻到書後附錄的現役車牌表，開始研究各種型號的巴士有甚麼車牌和編號。我瞥見那些密密麻麻的數字，覺得那簡直是巴士學中的《尤利西斯》。

我和妻子從兒子很小的時候，已經致力於培養他的閱讀興趣。家中備有大量精美的童書和繪本。妻子每晚飯後都用巧妙的手段，勸誘兒子一起挨在沙發上看書。妻子真是個優秀的說故事者，每每把書本的內容講得聲色俱全，而兒子也往往有天真妙趣的回應。我在一側旁觀，曾經滿懷愜意和樂觀的心情。甚至出現過聽媽媽講說經典名著《神曲》的奇異場面（原因好像是果想知道甚麼是地獄），令我有一刻置身於《世說新語》的神童世界的幻覺。不過，最為典型的反應是，當媽媽施展渾身解數保住他的閱讀興趣，兒子會突然指著書頁角落說：為甚麼這本書的頁碼跟上一本的字體不同？

我的口才顯然跟妻子差很遠，說故事的能力也很低。（是的，雖然我是個小說家。）由我來伴讀的時刻，兒子很快便想溜走，或者忍不住合上眼皮。如果是讀學校的指定故事書，那簡直是一件苦差。說的辛苦，聽的難過；不但字詞未有過目，連聲音也根本未有進耳。從那時候開始，我便知道自己沒有資格再公開談論任何關於「如何引導孩子閱讀」或者「如何提升孩子的閱讀興趣」之類的題目了。

我很懷疑「耳濡目染」這個說法。我和妻子都是愛書人，我們家本身便是個圖書館。一個在讀書家庭長大的孩子，卻完全不喜歡看書，只能用物極必反去解釋。如果對家裡的書沒有感覺，那便試試換個環境，帶他到外面看書去吧。

兒子對圖書館並不抗拒，但顯然因為喜歡「去圖書館」這個行為多於真的看書。後來便變成了一系列的指定動作，例如一進圖書館便去找那兩三本相同的書，坐在相同的位置，從頭到尾翻一次，指出相同的東西，在相同的笑位發笑，然後便合上書離開。算不上是看書而只是一個儀式。不過，這樣的儀式還是教人回味的。那時候我和他一次又一次地看的，包括莫里斯・桑達克的《在那遙遠的地方》和海倫・華德與偉恩・安德森的《錫森林》。

《在那遙遠的地方》是大江健三郎的小說《換取的孩子》的藍本，是很受文學人喜愛的兒童繪本。兒子最喜歡看書中偷換嬰兒的沒臉小妖精，和掉包的冰嬰兒融解時的恐怖模樣，對故事中的姊姊如何救回妹妹則沒有興趣。他似乎也頗為關心，故事中的爸爸為何離家和去了哪裡。《錫森林》也是個非常優美的故事。一個住在垃圾堆中的孤獨老人，夢想著置身於充滿生機的森林。老人於是著手用廢棄金屬打造成森林裡的樹木和動物。但是，老人依然是鬱鬱不樂。直至有一天，一隻鳥兒帶來了一顆種子。種子長出了花，花長成了植物。其他的動物也陸續出現了。真假森林混合在一起，自然與人為的事物交雜。不知為何，每一次和果看這本書，心底裡都冒起深深的哀傷。這些對我來說無比珍貴的內容，他大概已經忘得一乾二淨了吧。

除了圖書館，書店也是假日必去的地方。大書店都有兒童圖書部，很多孩子把那裡當作圖書館，拿了喜歡的書便坐在地上看起來，氣氛相當熱鬧。兒子當然不願意自己一個人看，總要拉著爸爸或媽媽給他講。他挑的幾乎都是湯馬士火車頭的書。（小時候的他還未完全對巴士情有獨鍾，對火車也甚感興趣。）Thomas、James、Gordan、Percy等等一大堆火車頭人物，輪流的看了又看，講了又講。那時候他已經念初小。那些小書也沒有多少字，都是看圖畫的。想幫他拓展一下興趣，挑些別的題材，他都不為所動。對啟發他閱讀這回事，有時難免感到氣餒。

有一次，我突然忍不住發火了。之前好像發生過甚麼麻煩事，令我的心情不佳。可能是「扭蛋」（扭出來的塑膠蛋裡頭又是一部迷你扭蛋機）扭不到他喜歡的顏色（他偏愛綠色），便不停地抱怨，嚷著要再扭；又可能是鬧著和公共交通工具有關的彆扭。總之，我對於有名無實的「看書」沮喪到極點，便把書本丟在地上，站起身走開。兒子隨後追上來，似是有點給我的脾氣嚇到了。（這個招數到他中學時代已經完全無效。）我便乘勢訓了他一頓，說他無心向學，對甚麼都沒有興趣，只顧執著無聊的事情。兒子自然不會溫馴地捱罵，鼓起他那不及三寸的不爛之舌，有理無理地反駁。於是書店便上演了一幕父子唇槍舌劍的滑稽劇，供其他顧客免費觀賞了。兩人在書架間且戰且走，不經不覺來到宗教書區。在我稍事喘息的時候，兒子指著他面前書架上的一本書，一本正經地說：

爹地，你看看這本書吧！

我彎下身子看清楚書脊上的題目，那是一行禪師的《你可以不生氣》。

父子倆當即忍不住一起笑了出來。

星之孩子

很少父母會希望子女是平庸的。在子女的成長過程中，父母總會尋找他們在哪些方面有過人之處。我自然也不能免俗，竭盡所能地發掘兒子的天賦。最終我的發現是，所謂的天賦也真的是天之所賦，有便有，沒有便沒有，跟孩子吃甚麼奶粉（或者吃母乳與否），和父母提供甚麼教育，是沒有必然關係的。

說孩子出生是一張白紙，寫上甚麼完全是環境和培養所致，這樣的文化養成論是站不住腳的。沒錯，條件和機會對一個人的成長和學習產生極大影響。任憑你有怎樣的天才，如果你在經濟、社會和文化方面沒有合適的環境，那潛在的才能便可能會被終身埋沒。但是，當一個人有幸獲得學習不同事物的機會，這便代表他可以無往而不利嗎？當然也不是。我於是傾向認為，每一個人也有自身的「原廠設定」。你的設定裡面沒有的東西，你最好不要強求；而你有的東西，你也不要忽視或逃避。所謂的個性，大概就是這回事。當然，最大的難題是，我們怎知道自己的設定裡有甚麼，沒有甚麼？

我並不是主張絕對的生物決定論，以及隨之而來的優生學和生物性歧視。所謂的設定或者傾向，通常是複雜多樣的。一個人的設定總有強弱優劣的不同組合，到頭來還是認識自己和發揮所長的老生常談。在大部分情況，對大部分人來說，各種能力的可塑性還是相當大的。天才和蠢材畢竟只佔極少數。這就是為甚麼我們需要學習和教育。

至於所謂「原廠設定」雖然存在，但其實也是一件不好說的事情。那顯然不是把人歸為各種類型，或者區分成各種模式就可以解釋的。更加不是由出生地點和時辰，或者甚麼星際法力所左右的。（我一向不信星座，對近年流行的Human Design那一套也保持高度懷疑。）遺傳學是唯一的合理解釋，但因為實際運作太複雜，所以最終還是無解。至少在今天，我們還未能通過分析DNA去部署自己的生涯規劃。

孩子出生之時，不會附送一份出廠說明書，讓你預先了解他的功能和設計。所以父母便只能不斷的猜想和摸索了。最靠近實際的，是根據父母雙方的性格和能力特徵來作出預計。不過，結果往往會出人意表，原因也許是遺傳的可能組合實在太多，或者父母對自己的認識太少。就算父母並沒有過於不切實際的幻想，錯誤的期望也幾乎成為常態。所以為人父母者不但不要有任何望子成龍、望女成鳳的奢望，更要有孩子永遠不會以你期望的方式成長的心理準備。

話雖如此，父母還是最死纏爛打的一類人。我們不會放過任何機會，「為子女的未來做到最好」。當今父母的完美主義（或對失職的恐慌），已經到了病態的地步。

果嬰兒期的時候，我每晚都在他床邊播放音樂哄他入睡。那是大江健三郎的兒子大江光創作的樂曲，曲風輕盈、活潑、悅耳、簡潔，比過於複雜的古典音樂更適合幼兒。我到現在還清楚記得那些晚上，在關了燈的房間裡，在嬰兒床的旁邊，在柔和樂曲的配襯下，輕輕拍著小兒子的背，在昏暗中看著那雙小眼慢慢合上的時光。我可能高估了潛移默化的威力。我們很快便發現，音樂對他起不了多大作用。學樂器每次也只是淺嘗即止，不出三堂課便知道不必浪費時間。在學校曾經被老師挑選加入歌詠團，但不到兩個月就因為缺席練習而失去資格。十歲之前，他基本上對音樂絕緣。到了十幾歲，開始自己上網聽歌。他的品味相當獨特，除了一般的流行曲，還特別喜愛連我也嫌老套的懷舊金曲。另外最欣賞的是廣告歌和政府宣傳歌。

繪畫的情況也差不多。兒子從來不會主動拿起筆來畫東西。帶他去繪畫班，他只是拿著畫筆發呆，連胡亂塗鴉也欠奉。學校的美術堂，經常拿回來潦草的幾筆，甚至是白紙一張。高小的時候上過一個另類畫班，算是畫出了兩三幅大型畫作，頗有點印象派的色彩，令人振奮了一陣子，但很快又無以為繼。他唯一主動畫過的就只有巴士，想不到筆觸相當精細準確；又曾經重畫大富翁之類的紙版遊戲，把街道和地名全部改成他喜歡的新加坡。畫東西對他來說似乎只有功能性的作用，遠遠談不上創作。去藝術館看畫展的時候，他卻喜歡冒充專家，把作品評頭品足一番。

六歲的時候，果被媽媽騙去學過一陣子芭蕾舞。作為班中唯一男孩，自是特別受到注視和寵愛，但也加深了他的抗拒。他一向跟同齡孩子保持距離，甚少一起玩耍。肢體動作更加是他的弱項。不難想像，大膽嘗試的父母很快便鎩羽而歸。學跳舞可能有點誇張，但就算是一般的運動，也很難吸引他的興趣。需要身體高度協調的球類運動，對他來說是個不可能的任務。游泳連續學了幾年，連教練也差不多要投降，最後總算能以不太標準的泳姿游畢五十米的距離。單車到了十幾歲也學懂了，但技巧一般，也算不上是熱中。最集中訓練過的是攀石，前後總共一年多，每周去攀石場上課。曾經有過不錯的表現，以為終於找到至愛的運動，怎料熱情還是漸漸冷卻。後來不知怎的染上了遠足癮，每星期也要行山，每次行不同的山徑，弄到我和妻子疲於奔命。父母沒空就自己偷偷去行，大半天不見了人影，害家人著急得坐立不寧。這個人做事老是矯枉過正，要不就不做，一做就瘋狂，要按也按不住。而且喜歡行山並不等於熱愛大自然，討厭昆蟲和害怕動物的性格不變。往往對來回山間的車程更為重視，這又是另一個奇異點。

對於別人的子女，大家總是有些好心而錯誤的假設。說兒子不喜歡音樂，人們就會說一定是喜歡繪畫；說他對繪畫沒興趣，人們就會說那就應該是擅長運動吧；再說他最討厭運動，人們就更加肯定地說：那一定是個讀書人嘷！果的學業成績在整個小學生涯幾乎都是給同學們包底。六年來做功課溫書我一定陪伴左右，但無論我如何循循善誘或者嚴厲訓斥，結果也無分毫寸進。直至中三那年，他無法再忍受自己的沉痾，突發蠻勁讀書，逐步升到中游位置，甚至朝中上進發，學期終還破天荒地拿了個進步獎。箇中的教訓非常明顯——子女的成就完全靠他／她自己的覺悟，父母怎麼干預也是徒勞無功的。

好的，就算藝術不行，運動欠佳，興趣缺乏，學業亦一般，那也沒關係。父親是作家嘛，母親又是中文系教授，兒子擁有語言天分幾乎是注定的派彩。坦白說，在我的私心裡，也一直是這樣想的。將來當醫生、律師或者甚麼專業人士，全都不在我眼裡。果很早就懂說話，而且說得很完整，像大人的語氣，幾乎沒有說過嬰兒話。我以為是語言早熟的徵兆。兩歲半的時候，跟他念些唐詩，就算意思完全不懂，他也幾乎立即記住，當是遊戲般背誦出來。最高紀錄可以背三十幾首。在親戚朋友面前表演，博得許多掌聲，令父親也有點沾沾自喜。不消半年，突然不肯再念，然後就全部忘光了。念詩一事原來只是虛火一場。長大了對文學也不見得有多少熱情，書也不看，字也不寫，但無厘頭會上網看文學講座錄影，失驚無神背出一首飲江的詩。升中三的暑假，忽然埋頭寫了十幾篇短文，自己編排打印，釘起來成為一本散文集。還在家裡搞了個新書發布會，廣邀親朋戚友參加，作了一小時的演講，之後是賣書和簽書，每本盛惠港幣二十五元。大家都以為他的文學基因終於爆發，但結果證實只是煙霧彈。不過，這其實並非壞事。在文學這個範疇，極少成功繼承甚至超越的例子。我並不是說自己有甚麼了不起，我只是擔心後代在文學這個不確定的事業上虛度人生。寫得不好固然是痛苦，寫得好也不見得會快樂。在令人失望和自己失望之間，文學是條布滿地雷的道路。

不過，說自己對兒子完全沒有期望是假的。有時難免向人抱怨幾句，像是買了件有問題但又不能退貨的產品。在那些問題還比較新鮮的時候，有一次跟一位文化界朋友提起，他皺起眉頭，嚴肅地說：其實你有沒有想過，並不是你兒子有問題呢？這類小朋友是一個特殊現象。我太太剛巧在做這方面的研究，所以我也略知一二。據她的說法就是，這類小朋友具有超乎常人的智慧和感知能力，因為無法適應這個平庸的世界，而被當成是異常和有問題的兒童。你跟你妻子說，你們其實生了個救世主呢！說罷，這位友人哈哈大笑起來。我不知道他是認真的還是開玩笑。

最近在中學同學聚會中，聊到了兒子的成長狀況。其中一位舊同學對神祕主義、新紀元和靈性課題深有研究，事後給我傳來了好幾條影片，其中一條是關於新人類和超心智孩子的。影片是一場演講的錄影，主講的西方女士是這方面的專家。演講不算有條理，由許多引用的人物和事例所組成，觀點亦頗為重複，但可能就是這樣，有一種近似催眠的效果。重點很簡單：人類是由外星人經過基因改造而產生的；外星人一直在監察人類的活動，亦有外星人曾經統治某些古文明；在最近幾十年，外星人在地球的活動愈趨頻繁，與人類接觸的個案大幅增加；在接觸外星人的「經驗者」當中，有很多是兒童和青少年；這些兒童其實擁有人類和外星人的基因，是混種（hybrid）；因此，他們擁有多種超能力，例如遙距溝通、讀心術、超感官感知、多維度感知、時間穿越等等；這些能力其實所有人類也具備，但受到三維世界的物質條件和人類思維習慣的限制而被壓抑，要通過特別的啟動程序才能恢復；這種DNA功能或靈魂的啟動，稱為覺醒；人類已經進入覺醒的時代，如果能實現集體覺醒，將會帶來演化的躍進；在這場覺醒運動之中，「星之孩子」（Star Children）扮演重要角色，因為他們是外星人派遣來地球拯救人類的使者；所以，請父母們注意，你的孩子可能並不真的是你的，而是外星人暫託在你家裡的；當你發現自己的孩子在各方面都跟自己和配偶不相似，他很可能是外星人和地球人的混種；家長不能以傳統的方式對待「星之孩子」，不能以人類的教育妨礙他們的成長和發揮；他們比父母懂得更多，更有智慧，能力也更強；這類孩子，常常被人類社會標記為異類，如自閉症、亞士保加症、過度活躍症患者，這只是因為，他們的功能實在太強，也太特異，所以難以適應三維存在的種種限制。總結起來約略如此。

我記得，我曾經開玩笑地跟果說過，他可能是外星人。在他來自的國度，所有事物都有絕對的規律和秩序，沒有混亂和偶然，也因此不會出現不能掌握的隨機性事件。又或者，因為能夠超越時空的限制，而沒有不能預見的局面。在那裡，一定會坐到自己喜歡的巴士，不會受到無法預測的調動和意外所愚弄，也不會錯失任何機會。那是個完美的系統化的世界。我又問他，如果有一天有外星人來找他，說要接他回真正的家，他會不會跟對方走。我不記得他怎樣回答了。可能是：如果外星真的那麼完美，當然是回去啦。不過也會掛念你們的，有機會便回來看你們吧。似乎是沒有斷然否定這樣的可能。想到這裡就有點傷心。

想起果的模樣，頭大而渾圓、臉尖、眼大而吊梢、頸長、身高而瘦削，跟某族外星人真的頗為相似。（據那些網上影片所說，ET原來不止一種，「已知」的有十多種，來自宇宙中不同的星系，有不同的外形、名稱和品性。）他的個性跟我和妻子的差別又那麼大，完全不像得到我們的遺傳。哎呀！這不是證據確鑿了嗎？不過，倒是從沒察覺到他擁有甚麼超能力，或者過人的天才；也沒有聽過他說見到甚麼奇怪的東西，或者去過甚麼奇怪的地方。他既沒有突然在鋼琴上彈出美妙的樂章，也沒有無故在紙張上繪畫出神祕的圖案，或者開口說出不知是甚麼星球的語言。老實說，在能力方面他是個頗平常的地球人。不過，也說不定，這只是因為他的超能力基因還未被啟動。那麼，他的外星族人會甚麼時候來給他啟動呢？

我選了個機會，和果一起去吃迴轉壽司的時候，漫不經意地問他說：

最近有沒有見到甚麼特別的東西？

甚麼特別的東西？

例如，一些陌生的人。

你看，四處也是陌生人啊。

我的意思是，有點奇怪的人，來找你，說些奇怪的事。

有啊！

真的？

你囉！你現在跟我說這些，真是有點奇怪！

有沒有發夢，去到甚麼有趣的地方，例如太空船之類的，或者外太空星球？

發夢？昨晚好像發了個夢，我在家樓下等巴士。來的竟然是一輛從未見過的勁靚的彩虹色巴士。我上了巴士，坐了下來。車廂裡面一切都很先進，比現在的先進得多。坐了不久，巴士就離地飛了起來。我看著窗外的景物，感覺就像坐飛機一樣。最後巴士飛到一個地方停了下來，那裡有許多外型新奇的巴士。我想，那應該是一個巨型車廠。

人呢？巴士司機呢？樣子是怎樣的？

這個嘛，倒沒有留意。應該是像普通司機差不多的吧。

巴士上除你之外，還有沒有其他人？

有呀，一些巴士迷囉！大家都在興奮地談論著，還不停地拍照，說回去要放在巴士網上。

那些巴士迷，都是後生仔？

當然啦。像我一樣，十幾歲。

哎呀！是真的呀！

只是發夢吧，怎會是真的？

在那巨型車廠裡，有沒有發生甚麼事？有沒有人教你們甚麼？例如基因改造，或者心靈感應之類的？

那個部分，不記得了，很模糊。可能有些介紹吧。就像平時去參觀車廠一樣。

那麼，你醒來之後，有沒有甚麼特別的感覺？

有啊！很累！真的不想起床去上學。

是的，是這樣的。

是這樣的？爹地你今晚說話真是古怪。

26475乘39681是多少？

怎麼啦？你的話題很跳躍，我懷疑你有專注力缺乏症。

你算！是多少？

我怎麼知道答案？你以為我是數學神童嗎？

你真的算不出來？

果開始對我感到不耐煩，皺了皺眉，啃了件三文魚壽司。我卻鬆了一口氣，伸手從迴轉帶上拿了碟油甘魚刺身，低聲自語說：

嗯……看來，還未啟動呢！

迴轉帶上五顏六色的碟子在不停轉動，有點像外星人的飛碟隊伍。看著看著，不期然又心慌起來。

董氏企業有限公司

據兒子的記憶，董氏企業有限公司成立於二〇一二年九月，當時他十歲，念小五。念頭源於他在晚間電視劇看到辦公室的情節，當中有個喜歡胡亂罵人的上司，令他覺得很有趣，於是便決定在家中成立一間公司，學模學樣地當起主管來。當人家的孩子都患上渴求寵愛的公主病和王子病，我家小兒卻得了個主管狂，也真的不知是禍是福。

兒子模仿起一件事情來是絕不兒戲的，簡直是當作真實一般看待。董氏企業有限公司在成立之初便確定了不同部門的分工，以及各部門員工的分派。公司的總經理當然是果自己。（經理的稱謂顯然有點過時，現在都叫行政總裁，但他卻偏愛這個懷舊的叫法。）母親最初是研究及發展部主任，後來又變成了兼任司機。祖父負責的是資源及維修部，祖母負責的是伙食及清潔部。（祖父母就住在附近，每天傍晚也會到我家幫忙煮食及料理家務，然後一起吃晚飯。）身為父親的我，為了維護家長的權威，堅持自己不是員工，而是公司的老闆，即是最高話事人。當然，老闆一般不會介入實際行政和管理工作，只是擔任監察者的角色。後來因為人手不足，又招募了叔叔擔任財務顧問（最終還是淪為司機），以及嬸嬸擔任計劃開發和管理之類的職位。（果還有一位姑姑，因為脾性比較強橫，見面也較少，他一直不太敢招惹。）總之，就儼然是一盤家族生意了。

經理、R&D主管（母親）和老闆（我）都有自己的辦公室，門上貼上職銜和本人名稱。後來經理又向各員工發出了工作證，上面印有照片和編號等資料，製作可謂一絲不苟。每一位公司成員都獲得一份聘任書，當中列明職責範圍和薪酬待遇，並由僱主（即經理）及受聘人簽署作實，程序非常嚴謹。試以祖父母的合約舉例說明。「薪酬：每月$5,400；工作規則：準時18:55上班（遲到5分鐘扣人工）、進入經理房間先敲門、做任何事都要小心、最遲21:30下班、態度要溫和、星期六及特別情況經批准放假、星期日在度假村工作（即祖父母自己的住所，對間中在那裡留宿的孫子來說則是度假村）；服務（以客戶的身分）：談天機會、免費飯餐和看電視；優惠及福利：無條件額外提供零用錢。」須知道在大部分情況下，僱員和顧客（經營者和消費者）是同一批人，身分隨時重疊和變換。

至於辦公室內的守則，當初以英文撰寫，譯成中文為：「1.坐立姿勢正確；2.有禮待人；3.進經理房間前請敲門；4.小心工作，別犯錯；5.每次犯錯從薪金中扣$6，首次可獲寬免；6.晚飯後所有員工只許休息至21:35，之後繼續工作；7.除星期六及特別安排，沒有假期；8.不准毀壞物品及偷竊；9.每次回到辦公室，向他人說『嗨』；10.開會時輪流說話。」附帶鼓勵語"So simple, you can do it."及哈哈笑一個。守則內容部分與僱員合約有衝突，可能是英語表達有誤。其中幾條特別適用於經理本人。

好了，說了一大堆公司的架構和運作，究竟它是經營甚麼業務的呢？又是靠甚麼賺錢的呢？簡單地說，公司的資產就是由父母所提供的物質條件和金錢支出，例如祖父母的「工資」事實上是每月的伙食費和供養費。至於服務或產品的顧客，往往同時是僱員自己。在公司成立的初期，也即是頭兩年，業務是相對地簡單和粗枝大葉的。記憶所及，最先開設的是所謂「董氏精品店」，其實就是把家裡抽屜底一直藏著沒用的東西，統統都翻出來標價發售。其中包括信紙、紙巾、顏色筆、鎖匙扣、紙牌、貼紙等等雜物，好些還是用過的。後來因為銷路太差，進行改革，推出了自家製作的產品，包括以幾張白紙為內頁，外面以藍色A4紙為封面，以釘書機釘在一起，有點像學校功課簿的，稱為「多功能筆記簿」的小本子（每本售價$15）（之所以稱為「多功能」據說是因為裡面是全空白的，用來寫甚麼都可以）；以藍色紙把普通鉛筆包裹起來的「董氏鉛筆」（單支$5，三支$12）；預訂「董氏美妙回憶照相簿」（$40）（喜慶節日家庭合照）。除此以外，客廳設有特別舒適的「頭等位」供客人選擇（每次$5）。椅子附有投幣收費箱，多年來幫襯者寥寥。後來再推出一百元全年任坐優惠，當然也不可能有顧客。

業務運行不久，經理又構思出接駁專車服務，即在三個經營點之間（自己家、祖父母家和叔叔家），以私家車接送其他成員，必須按路線收費。專車包括自家的車子和叔叔的車子，司機分別是母親和叔叔。兩人也須填寫入職表格，並簽署合約。合約上訂明幾條不同路線組合的收費方式，以及司機與公司之間的分賬比例。收費約以每位乘客幾元至十幾元不等，其中長者及會員（會員制稍後介紹）有折扣優惠。路線及專車均獲派編號，行車時須把行車證和路線牌在車窗當眼地方張貼。所有服務及收費均有紀錄，以便按月結賬。

果升上中學之後，董氏企業有限公司的業務越趨多樣化，大展鴻圖的決心也更熾熱。其中一個主要收入來源，是舉辦大型活動。活動包括節日慶祝晚會、遊戲開放日，以及特設的專題展覽。遊戲日印象中舉辦過兩次，每次都耗費二、三百元的物資費，和好幾天的準備工夫。主要是用在製作遊戲攤位道具，諸如拋波入洞、彈珠機、擲錢幣之類的有獎遊戲。形式模仿學校開放日或一般遊樂場的遊戲設計。遊戲機或攤位的製作手工略嫌粗糙，但也有幾分像真。加上計分法和獎贈制度等等，也是件頗傷腦筋的事情。遊戲日除了收取入場費，每個遊戲也要購買遊戲券。獎品則是沒有多少價值和用處的糖果或小文具之類。值得一提的是，入場門票和遊戲券也是先在電腦上精心設計，以打印機印出，用人手逐張貼上不同的編號，再以掃瞄器複印而成。這些工作全都由經理一手包辦，老闆負責出資，母親當義工，其他家庭成員則扮演顧客。（每有這類大型活動，顧客對象會擴大到母親家族的親戚，包括大人小孩等十幾人，數目頗為可觀。）

除了遊戲日，董經理還舉辦過三場水準超高的活動。先是一個模仿外間稱為「黑暗中的對話」的活動。果跟學校參加過這個活動，印象深刻，回來便著手在自己房間打造類似的裝置。首先是必須把房間完全密封，不讓半點光線漏入，造成完全黑暗的效果。然後在房間的不同位置，布置不同的場景，模擬草地、樹林、河流等不同的感官體驗。有的是用摸的，有的是用聽的，有的是用聞的；總之，就是在沒有視覺的情況下，去感受不同的事物。旅程的尾聲，還有一個摸黑付錢買零食的環節。這個活動的原意，是帶領參加者體驗失明人士的生活。他把人家整個數千平方尺場地的設置，微縮在自己幾十平方尺的睡房裡，竟也複製得似模似樣。至少，參加過的親友也讚不絕口，大呼有趣。當然，活動是收費的，每位盛惠二十元。

在升中三的暑假，看到作家在書展開新書發布會，覺得在觀眾面前高談闊論很過癮，突然又想模仿起來。但是，向來也很少看書，更沒有寫作習慣，哪來作品開新書會呢？董經理於大發神威，用了十幾天的時間，埋頭寫出了二十幾篇短文。在電腦上排好版，配上圖畫，打印出來，釘裝在一起，火速製作出《董新果散文集》二十本，每本定價港幣二十五元。訂了個時間在家裡舉行新書發布會，廣邀親友出席，結果竟然來了十幾人，擠滿整客廳。這邊一張長桌子，桌後坐著作者本人，桌上放著名牌、文集和水杯，另一邊兩列凳子椅子，餘或席地而坐，或站在後排，熙熙攘攘的一群讀者。事先已購董氏大作，每人手中一本，邊看邊聽，反應甚為踴躍。作者侃侃而談創作理念，重點分析其中幾篇得意之作的手法，一口氣演講了一個鐘頭。之後觀眾舉手發問，台上台下來來往往又是半個鐘頭。熱烈鼓掌後大家還做足全套排隊拿簽名，完全不似開玩笑。我這個作家父親全程站在一旁，暗暗汗顏。

第二年暑假，董經理再創新猶，在自己的睡房辦了個香港錢幣展覽。這兩三年來，果愛上了收集舊錢幣，親友得知，紛紛把自家的珍稀收藏送贈給他。加上他平時生活上找換回來的，以及我破費給他從錢幣收藏店買回來的，一時間藏品也頗為可觀。展覽題目叫做「2017專題展覽：香港鈔票歷史文化」。他根據網上的資料，整理出一個簡單的香港錢幣發展史，用電腦製作出一系列圖文並茂的展板，把家中走廊陳設成一條「時間廊」。正式的展館則設於他的睡房內。牆上張貼的展板，分別介紹了十元、二十元、五十元、一百元、五百元，以至一千元面額鈔票的沿革和樣式。在玻璃窗上，則張貼關於防偽技術的專題，借助光線透視鈔票上的防偽特徵。在書桌平面上陳列著自己收藏的珍品，十幾張以透明膠套保護的罕有舊鈔，頗具氣勢地整齊排列。另外還有已停止流通的鈔票的資料，以及其他關於錢幣的趣事。經理本人除了一手包辦所有展覽製作，還親自擔任導賞員向參觀者即場講解。為此他私下作了多次練習。這次的入場費為十元，略微便宜，據說只能剛好達到收支平衡。至於口碑，就真是有口皆碑了。

出於對鈔票的興趣，兒子收藏了大量紙幣，宣布董氏企業有限公司要兼營銀行業務。其中包括農曆新年換新鈔封利是的服務，以及發行紀念鈔票。前者因為乏人問津，大量不夠體面的「迎（仍）新鈔」都由我來啃掉，埋沒良心地放進利是封裡派了出去。至於後者，近似於一場偽鈔製造行動，由董經理參照真實的匯豐銀行一百五十周年紀念鈔的樣式，親筆設計和繪畫出二百五十元面值的新紀念鈔。（二百五十周年？）他甚至連紀念鈔的封套也一同製作出來，再在外面以透明膠套包裝，看起來相當專業。在以木顏色筆繪畫的原稿上，貼上順序的編號逐張複印，總共製作出二十五套紀念鈔票，每套售價四百六十元。如此工程浩大的製作，卻得不到買家的青睞，最終只售出三套，包括由老闆我自行回購的一套。從企圖心和創意來說，的確是個大手筆的舉動，但從生意的角度看，則不得不承認是個失敗的項目了。

相反，最容易賺錢的，其實是開設會籍，可以說是無本生利。不過，說到會籍之前，先要交代公司歷時最長，投放資源最多，但也最擾民的一項措施——員工培訓。員工培訓的制度不是一下子就確立的，而是不經不覺地演變出來的。在公司成立之初，因為經理對文書工作的癖好，不斷向員工發出通告和問卷。問卷收集之後由經理批改和評分，性質慢慢變成了測驗或考卷。對於部分年長員工「表現」欠佳，經理認為需要加強培訓，於是便出現了「上課」的環節。課堂在自家（公司）和祖父母家（度假村）兩個場地舉行，每周三次至四次不等。學員只有祖父和祖母兩名，由於能力所限，只適合上中文課。（有一段時間好像是上過數學的，但因為老人家難以應付，兼且老師〔經理〕本人的數學亦甚不濟，很快便無以為繼。）兩老初時見孫子那麼熱心教學，覺得無妨陪他一玩，說不定對他的學業也有助益，便很合作地坐下來聽他宣講。兩人的身分也就同時兼任了員工和學生，但卻偏偏失去了長輩的位置了。

培訓課堂的內容變得越來越深，要求也變得越來越嚴格。除了每周三四個課節，還有越來越多的功課和溫習。課程內容跟果自己在校所學的相同，包括課文講說、閱讀理解、寫作練習、說話訓練、語文常識、背誦和默書等。繁重的功課和測驗，令老人叫苦連天。那邊廂小老師卻樂此不疲，沉醉於課程編寫、工作紙設計、測驗和考試出題，以及批改、評分和記錄成績等工作，以至廢寢忘餐，通宵達旦，連自己真正的學業也大受影響。學生反覆投訴，老闆也多番介入，試圖煞停這個失控的活動。但是，對果來說，教書癮已經深入骨髓，難以戒斷。多次在學期結束之後，大家進行談判，達到終止課堂的共識，但老師的興趣很快又死灰復燃。首先以做問卷為掩飾，繼而增加互動的份量，偷龍轉鳳滲入教學內容。老人們心腸一軟，最後又回到上課的模式。

如此這般的拉鋸，持續了三年之久。直至那個秋天，阿爺因肺炎誘發心臟病入院，在鬼門關前大步跨過，出院後身體健康大不如前。兩個學生只剩一個，課堂也無法支撐下去。果終於認同，這個遊戲到了應該收手的時候了。不過，以他難以變通的個性，他需要一個下台階，或者一個外在的理由。所謂的會籍應運而生。他設計出一個會員制度，訂定了複雜的條款。簡單來說，就是如果成為會員，會獲得豁免培訓的優惠。當然，會費是不能少的。標準會籍（一年期）$200，特級會籍（五年期）$900，鑽石會籍（終身）$1400。老闆為了一盡孝心（或贖罪），自掏腰包給父母買了標準會籍，以後每年續會。上課的糾纏終於告一段落。

由於員工培訓是公司的主要業務，一旦結束便令公司的運作陷於停頓。經理曾經嘗試把公司改組，易名為Active Transport，並且撰寫了一份十分詳細的計劃書，希望專注於交通方面的知識傳播。可是，因為範圍過於專門，業務難以開展，不久便不了了之。董氏企業有限公司雖然沒有正式結業，但基本上已經停止運作。極其量也只是每年一度的暑期大計，才重新提醒大家它的存在吧。

另一項運作最久但卻不具生產力的工作，就是公司的內部投訴機制。理論上公司內任何人員也可以就其不滿作出投訴，但實際上曾經運用這個權利的只有經理一人。阿爺自從健康狀況變差，不能勝任其他工作，便被委派為投訴處理專員，負責聽取投訴並予以確認。雖然不算是一份優差，但好處是沒有甚麼難度。作出投訴必須填寫特定的投訴表格，標明投訴的事項和對象。經理的投訴密度大約每年二十五至三十次，內容多半關乎其他員工的工作態度；亦有不少跟公司業務無關，純屬個人恩怨和不滿。在每年的投訴紀錄表上，老闆的名字也高踞榜首，至少超過十次。這說明了甚麼，大家可以自行判斷。

作為一個文書工作狂和官僚主義者，董經理對公司過往的資料保存得十分完整。我寫本章的時候，參考了他提供的文獻，對公司架構、業務內容、活動細節和發展時序方面，作出許多核實。除了一般的通告、表格、章程、問卷和課程資料，經理每年也會撰寫年度報告，總結公司各部門的業務表現，並且邀請專職人員（通常是母親或嬸嬸）就報告內容作出回應，並對未來發展作出建議。回應都做得相當認真，絕不敷衍了事，但在建議方面，傾向減省公司業務，或者取消某些環節，目標就是朝一家空殼公司邁進了。

在公司的檔案夾裡，數量最多的是問卷。乍看來會以為經理十分樂於聽取意見。試抽取其中一份問卷為例（填寫人為祖母），讓讀者窺知董氏企業有限公司文化之一斑：

董氏企業有限公司
問卷 5（一月份）

姓名：何惠芝　　　　日期：8/1/2014

一、回答以下問題（課堂）

1. 經理有沒有用心講解課堂資料？
   經理有用心講解　✓
2. 你能學習到中文的內容嗎？
   我能學習到中文內容　✓
3. 上課時導師的態度如何？
   導師的態度很好　✓
4. 課程中的工作紙／教材是否充足？
   工作紙充足　✓
5. 你有沒有留心聽講？
   我有留心聽講　✓

二、其他時候（把字母圈起來）

1. 你在公司的情緒是（　）
   A. 低落　B. 作悶　(C.) 開朗　D. 興高采烈　E. 其他：　✓
2. 你在公司裡的朋友是（　）個
   A. 0-1　B. 1-2　C. 3-4　(D.) 全部　✓
3. 我們給你的功課量（　）
   A. 少　B. OK　(C.) 多　✓
4. 我們公司裡的設施（　）
   (A.) 不足　B. 充足　C. 太多　✓

三、你對他人的評分

經理：（ 3/5 ）✓
同事：（ 3/5 ）✓
老闆：（ 4/5 ）✓
老闆娘：（ 4/5 ）✓
自己：（ 4/5 ）✓

四：其他意見

(沒) 有 X　　改正（沒）✓

你的意見很重要，是我們改善的目標！
多謝你的意見。

☺-- 問卷完畢 --☺

問卷以紅色原子筆打勾，並在右上角寫上“Seen”字。
左側邊緣垂直寫上紅色大字評語：「真的嗎？只是為了討好我嗎？」

貝貝的文字冒險

只有女兒的父母，總會想像如果有兒子會怎樣；只有兒子的父母，也多半會想像如果有女兒的光景。這是為人父母很自然的反應吧。至於有兒又有女的，那就沒有甚麼懸念了。是嗎？也不一定的。無論有兒還是有女，或者兒女俱全，要想像的話，總會有永無窮盡的可能性；總會有無數的如果，像還未發芽的種子，蘊藏不一樣的未來。常言道：每一個孩子都是獨一無二的。那麼，如果再來一個妹妹，一個弟弟，她或他會跟姐姐、哥哥有甚麼不同？不過，撇開女性生育的生理極限不說，在現今的社會條件和價值觀下，兒女的數目一般不會超過兩個。實現想像的機會非常有限。

當上父親的頭幾年，跟我不太熟悉的人常常以為我生的是女兒。這大概是受到貝貝這個人物的影響。貝貝作為一個女兒的形象，在我的多部作品中出現過，最早的是《貝貝的文字冒險》。寫這本書的時候，我和妻子結婚三年，還未當父母，對此也沒有很明確的計劃。那時候開始了密集的寫作教學生涯，萌起了寫一本教授創作的小書的念頭，對象是高小至初中學生。不想硬梆梆的寫部教科書模樣的東西，便決定用小說的形式，一邊說故事，一邊帶出寫作的道理。也許在當時潛意識裡，當父親的欲望已經蠢蠢欲動，所以便浮現出親子關係的構想。雖然沒有說這個父親就是我自己，但自我的投射可謂欲蓋彌彰。至於為甚麼是女兒而不是兒子，也很可能是潛意識的投射吧。

故事的女主角叫做貝貝，是個十二歲上下的小女孩。為甚麼想到「貝貝」這個名字，已經無從稽考。也許是因為我對貝殼情有獨鍾。貝殼（化石）的意象，之後多次在我的長篇小說中出現。兩個「貝」字下面再加個「女」，便是「嬰」字。所以貝貝也可以說是我想像中的女兒的原型吧。（後來漁護處在元朗山貝河抓到一條小灣鱷，把牠叫做貝貝，養在濕地公園裡。小鱷魚比我的女主角出名，害我教寫作班一講到貝貝的故事，那些孩子就大笑出來，我的原創性也受到很大的質疑。）好了，貝貝是個怎樣的女孩呢？當然是個不愛寫作的女孩了，要不故事就沒有甚麼好說。如何令一個不愛寫作的女孩，變成一個熱愛寫作、相信寫作的女孩，這就是我要講的故事了。

貝貝的爸爸在故事中是缺席的。他因為工作的緣故長期留在海外。貝貝一方面掛念爸爸，一方面抱怨他花太少時間陪伴自己。這個爸爸是幹甚麼職業的，我沒有交代，但他顯然是個有文學素養的人。他常常寫電郵給女兒，和她談讀書和寫作。小說的現實部分，大概是這個模樣。至於主體部分，是一個冒險旅程。那時候剛開始流行《哈利波特》，我便有點厚顏地借用了魔法的概念。有一天，貝貝收到一封奇怪的電郵，標題是「植物咒語的奧祕」，內文是一首類似詩歌的東西。看得莫名其妙的貝貝，觸動了電郵附帶的連結，立即中了魔咒，掉進了「符號王國」的奇幻世界。在那個古怪的地方，貝貝首先遇到貌似三歲小男孩、身上掛著鐵皮鼓、說話卻非常老成的奧斯卡，還有跟家中小狗里安納度非常相似的機械狗達文西。然後，大魔頭黑騎士便出場了。這位頭戴黑色禮帽，身穿黑色燕尾禮服，腳踏紅色高跟鞋，粉白的臉上塗著豔紅的唇膏的怪客，自稱是世界上最邪惡的文字魔法師。他最可怕的地方，就是喜歡用寫作來折磨人。他宣布貝貝必須接受一連串的寫作考驗，如果無法通過，就要永遠留在符號王國不得回家。貝貝要面對的考驗總共有十個，分別涉及十個有關寫作的主題。在奧斯卡的協助下，貝貝一一克服難關，並且在旅途中結交到一群可愛又有趣的朋友。

很明顯，黑騎士就是爸爸的分身。不過這個分身不但樣子滑稽（他只是故作邪惡），說話陰陽怪氣，而且其實是個失敗者（他自己並沒有寫作才能）。不過，他帶給貝貝創作的啟迪。這樣子的設計大概可以減少說教的成分。貝貝的領悟並不是聽從了甚麼權威的訓導，而是出於她的自我發現。爸爸的角色只是在旁邊作些提示而已。當然，為了寫作學習的用途，我還是不得不煞有介事地作了些講解，並且提供了相關的練習建議。但是無論是在寫作的當下，以至多年後的今天，故事的部分才是我最珍重的地方。當中除了有父女之情，也有夫妻之情，因為在有愛女之前，必先有愛妻。最後一章「狗尾搖擺的河堤」，便是我對妻子的愛情的寄意。一家三口的畫面是如此的完美，如此的動人！

在寫出《貝貝的文字冒險》之後兩年，我的兒子出生。兒子不適合叫「貝」，我給他起名為「果」。十五年過去了，並沒有出現第二個孩子，不論男女。女兒貝貝只存在於文字之中，永遠在符號王國裡冒險。兒子本來不知道貝貝的事，也不需要知。貝貝是個沒有實現的可能性，只此而已。

兩年前，一個劇團把《貝貝的文字冒險》改篇為音樂劇，對象是初小學生和學生家長，即是親子或合家歡演出。我起先還有點擔心觀眾年齡太小，看不懂當中的含義。跟幾歲大的孩子談甚麼感官描寫、意象、觀點與角度等等，是不是有點太深奧？但劇團卻照樣去處理這些主題，覺得沒有必要降低要求。幸好原本人物和劇情的構思也很卡通化，以兒童劇的方式演出完全沒有問題。加上演員經驗豐富，演繹生猛諧趣，音樂和歌曲也非常動聽，就算未必理解背後的題旨，只當一個歷險故事來看，觀賞性還是相當可人的。

不過我當時的心情其實是有點糾結的。我在場刊「作者的話」寫下了這樣的感想：

> 我寫貝貝的時候，還未當上父親。那時候想像，自己如果有一個女兒，會是怎麼的一個模樣。所以，當中的父女關係，只是想當然耳。兩年之後，真的當了父親，生的

卻是一個兒子。兒子漸漸長大，卻不太願意看書，更不要說寫作了。當初的想像，真是有點一廂情願。這令我明白到，孩子的人生冒險，不是父母能給他們預先安排的。真正的冒險，無論是哪一個範疇的，都應該發自本心，而冒險的結果，也應該由自己承擔。父母所能做的，就是鼓勵孩子去冒險而已。

說的雖然都是事實，但看在熟悉的人眼中，難免有點唏噓的意味。這當然只是我個人的體驗和感想，對作品的解讀沒有影響，於讀者和觀眾來說也沒有半點相干。

事隔兩年，貝貝音樂劇重演了。同樣的劇團，同樣的導演（十年前這位大哥在《天工開物．栩栩如真》的劇場改編裡扮演董銑，即是我「爸爸」的角色）；演員除黑騎士之外大部分都更換了，歌曲和劇情也作了調整，音樂則改為現場樂團演奏。今次我在場刊如此寫道：

貝貝這個人物，跟我十七年前創作她的時候一樣，依然是個小女孩，依然那麼倔強，但也依然是那麼願意接受挑戰。她好像從未長大，但她其實已經經歷了多次的變化。每一次被演繹，貝貝也增添了新的特質，呈現出新的形象。同樣，每一次被不同的讀者閱讀，被不同的觀眾觀看，貝貝也不斷演變和重生。我們都是貝貝，都是貝貝的創作者，也因此進行著自我創造。所以貝貝歷久常新。

如果我真的有一個叫做貝貝的女兒，她應該已經是個二十多歲的年輕女子。她很可能會成為一個年輕母親，然後又誕下自己的兒女。在現實中，貝貝會和所有人一樣成長和老去。但是，那存在於每一個人心中的想像的貝貝卻始終如一。無論何時，都會是同樣年輕，充滿愛和生命力，因為，她就是創造本身。

對於那不曾在現實中存在的女兒貝貝，我依然念念不忘，但我嘗試在另一個層次尋找她的蹤跡。

今次飾演貝貝的演員跟上次不同，但也很有說服力。無論是撒嬌還是抒情都是個心肝寶貝的模樣。開場不久，獨自在家的貝貝唱起掛念爸爸的歌曲。她一開腔，淚水就在我的眼眶裡打轉。到了最後一場，貝貝跟文字世界的朋友說再見，眾人一起唱出了那依依不捨的終曲，淚水便嘩啦啦地湧出來了。完場後在外面碰見一位劇場舊友，聽他既感激又有點尷尬地說，看戲的時候忍不住「流了馬尿」。相信不少爸爸觀眾也有中招吧——無論是有女兒的或者沒有女兒的。後來在扮演貝貝的女演員的臉書上看到，她知道我當晚會去看，心裡覺得好像爸爸來看自己演出一樣，格外興奮和緊張。在年紀上我還未至於可以當她爸爸，但在想像中，那真是一句甜蜜的說話啊！我有一剎那的當上有女兒的爸爸的幸福感。

兒子兩次演出也有去看。出乎意料的是，他也很喜歡。雖然他品味上不喜歡孩子氣的東西，又無法代入女兒的角度，兼且對寫作缺乏興趣和體會，但是大概是歌曲和演繹也很精彩，所以連他也給打動了。我後來聽他說，劇終一幕是他看過的所有電影和表演中最感人的地方。當然，他看過的演出和電影不算很多。再者他心目中「感人」的意思，可能跟別人有點不一樣，至少遠遠未達到熱淚盈眶的地步。（我懷疑有沒有任何場面可以對他造成這樣的效果。）他所謂的「感人」，大概就是有點模糊的心頭一凜、毛管一戙的感官反應吧。怎樣也好，這還是值得欣慰的事情。

可是，這第二次的一同觀賞貝貝音樂劇，正正就是發生「261事件」的當天。約好一同乘搭261號巴士去屯門，原是為了去看演出。我在巴士到站之際棄他而去，自己跑去坐的士，對他來說不但匪夷所思，更加令他大失所望。所以在看戲的當兒，並肩而坐的我和他，心裡其實處於未曾和談的戰爭狀態。也許，這更令我感受到想像的女兒和現實的兒子之間的反差，因而加倍潸然淚下吧。

文人所生

兒子有過兩次靈感爆發奮筆寫作的經驗。

第一次是十歲的時候。那年的聖誕節假期，原本計劃了一家三口去台灣中部山區清境旅行，但我竟然連護照快到期也沒察覺，結果便只有由妻子帶著兒子出發，而我則獨自留在香港。據妻子旅行期間的報告，為了讓果打發時間，給他買了一本小畫簿，讓他覺得無聊時胡亂畫點東西。想不到他卻突然興起了把旅程所見記錄下來的念頭，一有空就埋頭疾書，用的卻是旅遊指南的語氣，把幾天的去處（小瑞士花園、青青草原、合歡山、音樂城堡）、居住的民宿和特色的飲食（養生鍋、窯烤薄餅、泡茶），也作了詳盡而生動的介紹。依媽媽的看法，此舉（扮寫書）是掛念沒法同行的爸爸的表現。小冊子圖文並茂，配上自己繪畫的地圖和插圖，最後一頁不忘註明由「董氏企業有限公司」出版。至於書題，取名為《清境之光》。

也許是對自己的寫作能力信心大增，兒子回來後不久，又心癢癢的想動筆。只是一向不寫字的他，一時間要找題材也不容易。一天不知為何有感而發，寫了一篇題為〈生命〉的文章。簡單的幾行，乍看以為是詩句，其實是類似格言的東西，完全符合他喜歡說理的性格。另外附以解釋，再來一段補充，有點像給古籍作箋注。茲引述如下：

> 生命是有開始的，生命也是有終結的。
>
> 解釋：凡事有開始就有結尾，不用過度歡樂或悲傷。
>
> 生命是不可選擇的，但快樂是可選擇的。
>
> 解釋：可以選擇的事，就當然可以選擇喜歡的。不可選擇的事，就要勇於面對。
>
> 生命有如意的時候，也有不如意的時候。
>
> 解釋：不要奢求天賜給你的全都是「如意」。應知道「不幸」及「不如意」是人生路的其中一部分。

經過這三篇短短的文章，希望你知道「生命」是沒有人可以控制的。你可以從不幸、不如意及失敗中找出希望，但你也應有心理上的預備——失望、掃興。所以這顯現出「有希望就當然有失望」，這是理所當然的。如果一個人不能受到挫折的話，那個就是一個未長大的人。

這些不就是過往無數次和他一起等巴士的時候，我一直在他耳邊嘮叨的話嗎？想不到原來搭巴士可以悟人生。老實說，他是寫得相當精準而通透的，問題只是能不能實踐而已。往後的經驗顯示，他距離成為一個「長大的人」還有一段路途。

大概是受到了父親是作家的事實所影響，果一寫起文章來，縱使年紀小小，經驗全無，也會用上作家的語氣。他沒有習作的概念，一下筆就覺得是可以發表的作品；也立即預設了讀者的存在，直接向讀者講解和說教。也許因為聽到我說〈生命〉太短，不能稱為一篇文章，他立即寫出了一篇回應，討論文章長短的問題。一看題目，我大吃一驚，感覺好像是衝著我來寫似的。文章照錄如下：

〈寫文章不一定要長〉

有時，做作家的會覺得他們寫的文章一定要是「長」，才可以令讀者喜歡閱讀他們的文章。但其實寫一篇很短而有教育意義的文章，就已經可以令讀者從中領悟到道理了。正如董新果寫的〈生命〉一文，就已經教導了我們做人的道理了。

當然，我不是說寫文章一定要短，我是在教人寫文章不要為長而長，一心為了長，而失去了意義。當然你也許可以寫一篇長而又有教育意義的文章，好像董啟章寫的《同代人》一文，也有道理給讀者去領悟。而我——董新果也用這篇短短的文章，去教導作家寫文章不一定要長。當然這只是我的意見，不是要求。

這篇一語中的的評論，令人額角冒汗。最要命的是「不一定」三個字。換了是「不應」，就站不住腳，可以全盤拉倒了。現在來個「不一定」，語氣很像叫我自己好好反思似的。老實說，真的不是沒有感受到壓力的。

很可惜，在竭力為「不一定要長」的短文辯護之後，兒子卻沒有堅持下去的動力，連短文也寫不出來了。文字創作如曇花一現，很快便打回原形，只剩下隻言片語成為一時的佳話。我懷疑果並不是喜愛寫作本身，而是受到寫作這個行為，以及作家這個身分所吸引。他的所謂寫作，其實是作家角色的扮演，也即是對我的模仿，或者挑戰。

寫作夢潛伏了三年，到了中二升中三的暑假，果突然宣布即將「出書」的計劃。事緣書展的時候，他跟我去過文學前輩所辦的《中學生文藝雜誌》的攤位。前輩見這個小子高高瘦瘦，斯斯文文，又是我的兒子，沒有理由不會舞文弄墨，便熱情地邀請他加入雜誌所辦的小作家計劃。計劃要求參加者每週交出三百字的文章，不論刊登與否每篇也有五十元的稿費。被認定為一個「小作家」，對兒子頗有激勵作用，當然每月共二百元的稿費也是令他動心的原因。但是，一想到要寫關於學校的題材，又要定期出來開會和分享，卻又有點遲疑不決。思前想後，結果他沒有答應參加，但對於寫作和發表一事，卻又躍躍欲試。於是，他又使出了那套「有樣學樣」的招式——自己的書自己出。

在短短一個月內，兒子嘔心瀝血地寫出了二十篇文章，自己打字、設計、排版、配圖、列印和釘裝，出版了《董新果散文集》。文集印了二十本，每本定價二十五元。作為最現成的讀者，我首當其衝，立即掏腰包買了一本。然後便輪到他的母親和祖父母作出奉獻。新進作者本人當然不會滿足於這樣有限的銷售對象。在暑假完結前，他在家中舉辦了一場隆重的新書發布會，廣邀親朋戚友出席。結果文集全部售罄，一紙難求，稍後才風聞其事的朋友，便只能向隅興嘆了。雖然整件事情近於寫作的扮演，多於真正的寫作，但文集的內容和製作，還是很值得細賞的。

首先說說封面和封底設計。封面所用的圖片，是小時候媽媽給他畫的一幅水彩頭像，寥寥數筆卻相當傳神。頭像上方印著書名，下方是出版資料和售價。因為限量印刷二十本，所以每本標明編號，由001開始，儼如值得收藏的珍品。當然少不了董氏企業有限公司的版權標記。至於封底，用了一張自己站在家中落地玻璃窗前的自拍照。照片只見朦朧的背影，窗外是長空和遠山，木地板上倒著長長的影子，意境甚佳。

翻開第一頁，印有四句文集精髓的總結：「借感人的事，說深奧的理」、「沒有最真，只有更真的情」、「做事及為人的基本功」和「值得參考的流暢字句」。（最後一項似乎說得過於自信。）旁邊是目錄頁，首先是自序，然後是二十篇散文的題目。文章分為五大範疇，茲抄錄如下：

為人法則：〈說信用〉、〈運氣在於懂得欣賞〉、〈原則〉、〈年齡歧視〉

辦事法則：〈如何發掘興趣〉、〈做好一件事情〉、〈寫作的本質〉、〈多寫為妙〉

借事說理、抒情：〈鏡子——言談有感〉、〈抗癌的日子——從早期癌症患者中所得到的啟發〉

借景抒情：〈巴士遊河〉、〈維多利亞港〉

落在香港：〈牙牙學語〉、〈文人所生〉、〈粉嶺生活〉、〈完善交通〉、〈普及教育〉、〈名勝古蹟〉、〈港式美食〉、〈自由社會〉

在自序裡，作者首先交代了寫作這批散文的緣起，對文壇前輩關夢南先生表示了感謝。（雖然他沒有參加對方的寫作計劃，而是另起爐灶。）然後他簡介了文集內的文章的創作意念和分類方法。最後，他感謝了為他擔任編輯和校對的黃念欣小姐（也即是他的母親）。整篇序言也沒有提及當作家的父親。

對於一個幾乎從來不寫作也很少看書的少年來說，能在一個月內密集地寫出接近三千字的二十篇短文，就算不是個奇蹟，也肯定是一件令人驚喜的事情。受個性所限，文章多半是說理性的，較少抒情、敘事和描寫。而興趣方面也呈現出較為狹窄的傾向。這些原也是無妨的。令我出乎意料的是，除了談他喜歡的交通工具，竟然也有不少篇幅談到寫作——一件他差不多完全沒有經驗和概念的事情。

翻看目錄立即赫然入目的，是一篇名為〈寫作的本質〉的文章。這是個連我也不敢胡亂下筆的題目。且看看董新果先生是怎麼說的：

作為新手散文作家，我常常思考一個問題：究竟寫作的本質是甚麼呢？有人說是去賺取金錢或獎項，有人說是去提高自信心，答案多不勝數，但我認為寫作的本質，就是把心裡所想的帶給讀者，以及提升個人與讀者的寫作能力。

寫作，固然是想把心裡所想的帶給讀者。但要有效地把訊息傳遞，當中所遇到的難題，並不是一般人想像中那麼簡單的。首先，要考慮道理是否說得通，若果道理說不通，文句多通暢也是白費。第二，要確保沒有自相矛盾的地方，否則讀者將無法明白你的立場。第三，要了解題目的深度，以舉出合適的例子作配合。最後，要盡量多以詞語︹成語︺及四字詞來寫作，以提高文章的流暢度。我必須跟著上述各條件，才算自己的文章為合格之作，可見寫作外表看似容易，但實際上亦須考慮周詳。

雖然我對寫作的本質有不同的看法，但他所提出的大體上沒有錯。當中有兩個可以商榷的地方：一，說寫作的本質是提升寫作能力，邏輯似乎有點錯置。本質和能力是不同層次的事情；能力是實現某事情的本質的所需，不能同時是實現的目標。當然，在努力實現寫作本質的過程中，寫作能力也會有所提升。他這樣理解寫作，其實是從學生的觀點出發——多寫作為的是提升寫作能力。但到了一個作家的層次，改善寫作能力就不會被視為寫作所追求的目的。二，我一向不同意必須多用成語和四字詞才是好文章。雖然，我並不反對用成語和四字詞，而我自己也經常用成語和四字詞。運用成語和四字詞不能以多取勝，而應該以是否準確、貼切或合符情景效果（例如反諷）來判定的。不過這些都只是細節而已。公正地說，他對寫作本質所給出的定義，是建基於學生作文的理解上的。如果要求他說到文學創作的層次，就是吹毛求疵了。

另一篇吸引我注目的，是〈文人所生〉。這是我第一次發現，一向跟文學無緣的兒子，原來對作為「文人之子」有特別的感受。身為作家的父親，也第一次正式在他的文章中出現了。不過，效果似乎是傾向於諧趣的。他分享的都是一些「可（好）笑且還歷歷在目的片段」。其中他記得很清楚的，是他五歲的時候，我帶他到牛棚藝術村的前進進戲劇工作坊，看《天工開物．栩栩如真》的劇場改編的排練。因為年紀太小，完全看不懂演員們在做甚麼，便突然大聲說：「我第日一定唔會做呢啲嘢！」惹得在場的人也啼笑皆非。事隔七年，我帶他去同一個地方看《後殖民食神之歌》的預演（改編自也斯的小說），雖然也不完全看懂，但這次他卻讚不絕口，特別欣賞當中的歌曲演繹。劇場的人還記得他當年說的那句話，說是一個「經典」。當然，到了今天，那句無忌的童言依然沒有修訂或改變。所謂「呢啲嘢」其實不單指劇場，也包含所有形式的藝術創作。那意味著兒子極可能走一條跟父親完全不同的路。文章的結語是這樣的：「作為『文人之子』，我很想把各位作家對文學的那份熱誠流傳下去，讓下一輩，甚至是再下一輩，也會賞析文學。」這番話讀來當然溫暖我心，但我也知道，很大程度只是為文造情，不必看得過於認真。

我繼續搜尋文集中提到我的地方。在〈粉嶺生活〉中，我發現自己終於成為主角。兒子談及的日常生活記憶，幾乎全都跟我有關，因為我是他童年時代的主要照顧者。學前時期我每天帶他到附近的公園玩耍，幼稚園時帶他坐巴士上學和放學，假日帶他坐火車去中大荷花池，又到崇基書院飯堂吃菠蘿包，星期天帶他去聯和墟聖堂望彌撒。其中提到他兩歲之前是個胖子，在公園遇到友善的晨運客，都會驚嘆這個「大肥仔」很可愛。但他說：「這些情景我全都忘記了，只是從父親的口中聽回來的。」所以，這些幼兒期的記憶，其實是大人重新「灌輸」給他，然後他再重構出來的。他真的記得多少，已經很難證實。當他寫道：「每天上學前和父親道別的那依依不捨的心情，我仍然記著。」我便會想，那可能只是想當然而已。記得更清楚的，應該是我。父母與子女的記憶並不是對等的，特別在最初的幾年。

想起子女注定要忘記人生初期與父母共處的親密時刻，心情不免有點黯然。特別是到了子女的青少年期，親密感往往被疏離感所代替。兒子寫〈巴士遊河〉，記的是初中的事情了。開頭的部分是這樣的：

> 正值大考的時期，今天是一個天氣潮濕的星期天。聯想到明天所考核的是不用溫習的中文寫作，我的雅興立即有所提高：前往尖沙咀吃烏冬午飯，過一個寫意的下午吧！
>
> 容許我這樣說：「我父親是一個挺嘮叨的人」，若被他發現我於這非常時期過一些如此輕鬆的生活，一定會說個不停。
>
> 於是，我預早十分鐘步行前往上一個巴士站，避免碰上吃完午飯快要從街上回來的父親。
>
> 抵達巴士站時，我如常地候車，心情還是那麼高漲，想著沿途會不會遇見父親。但是，在這刻，我眼前一亮，一輛不尋常的巴士駛過來，是一部我從來沒有乘坐過的歐

盟五型（新Facelift MKII車身）的巴士！

這時我已經忘記了父親了。

這是多麼的教人傷心的文字啊！他接著興致勃勃地描寫，坐著心愛的巴士所經過的沿路風光。去到文章末段，他終於要下車了。那個依依不捨的對象，也由從前送他上學的父親，變成今天的新型號Facelift巴士了。這就是一個父親所必須面對的命運。

那之後又兩年了，兒子不見有再次提筆的跡象。說那本文集已經成為絕響，可能言之尚早，但我的確沒有特別渴望兒子會喜歡寫作，更不要說成為作家。如果他能夠終身不忘「文人所生」的因緣，我已經感到莫大的安慰。我不是說自己是個怎樣偉大的作家。我只是想，那是一種不可多得的父子關係——就算「我父親是位作家」帶給他的回憶，只是一些「可〔好〕笑且還歷歷在目的片段」。

巴士2

那天黃昏看到新聞報導說，一輛雙層巴士在大埔公路翻側，造成十九人即場死亡，六十多人受傷。當時兒子出外未返，我第一個反應是想到他有沒有可能在車上。再仔細看新聞，發現那是由沙田馬場到大埔的巴士，乘客主要是馬迷，兒子搭上的可能性極低。但是，看著那些恐怖的畫面——巴士車頭盡毀上層破開、路旁躺滿用布蓋著的遺體——心裡還是暗暗驚慄。

稍後兒子回家，我告訴他發生了這樣的車禍。他立即辨出那輛廢鐵一樣的巴士是甚麼型號，還說那是他喜歡的車種，又略帶驚恐地說以後也不坐巴士。他最近跟巴士交惡，對巴士服務感到極度不滿，正醞釀著罷搭。這宗意外強化了他對巴士的負面感受。

根據生還乘客的供詞，肇事車長在開車前曾跟站長爭執，遲了十分鐘開車，並因此招至大排長龍的乘客責罵。車長懷疑因為沉不住氣，在山路上瘋狂加速，在轉彎時發生意外。車禍後只受輕傷的車長自行爬出，呆站路旁，被逃出的乘客辱罵和追打。

之後兩天，新聞披露了更多細節。涉事司機三十歲，曾為全職車長，後轉為兼職。有網民揭出他是一名巴士迷，活躍於網上巴士群組，甚至曾經購入一輛退役的舊式「熱狗巴」（無空調巴士）。據同廠車長表示，此人甚少跟同事聊天，偶有交接，談的都是對乘客的抱怨，例如截車不舉手、下車不按鈴之類的。他曾在入職之初發生意外，被判不小心駕駛，遭罰款和扣分。據說平日開車態度甚為輕率，速度甚快，不時追及前面的班車。

記者追蹤「巴士迷」這條線索，指出在巴士公司兼職車長之中，除了經驗豐富的年長退休司機，有部分是年輕巴士迷。這類車長被認為性格自我和欠缺責任感，不少人因而遭到解僱。我記得兒子說過，一些巴士迷為了過開巴士癮，當上兼職車長，專責假日開行的特別路線，甚至會挑選平時難得一見的珍稀車種，而另一些巴士迷則部署在路上的有利位置拍照。

這是近十年本城死傷最慘重的巴士意外，事後一片要求有關方面負責和檢討的聲音，連政府也立即成立專責小組調查。不過，就算未有正式調查結果，表面的證據似乎已經頗為清晰，最直接的禍因是車長的駕駛態度。十九名死者和幾十名傷者，背後還有更多受影響的親屬，全因為一個人的過失而陷入慘痛的境遇，自是令人悲傷。但是，那個被報紙頭條稱為「冷血車長」的年輕司機，面臨誤殺控罪而有可能被囚終身，同樣令我心有戚然。為甚麼呢？因為換了一個時空，闖下大禍的可能就是我的兒子。

果小時候的夢想是當巴士司機。直至十幾歲，他還是這樣想的。開著自己喜愛的型號的巴士在路上馳騁，是每一個巴士迷夢寐以求的事情。收入多少，前途如何，完全不在考慮之列。對他們來說，巴士引擎的轉動、車廂的搖晃、車門的開合、車燈的明暗、路線牌的調整等等，全都是人生中的最高享受，甚至是極樂狀態。巴士的內在美（機件性能）和外在美（外觀），都是巴士迷為之痴心的因素。大至車身的長度和高度，小至一條扶手、一個窗框、一個車輪蓋的設計，都有無盡的學問和趣味。那是我們普通人所無法明白的。

曾經多次陪兒子參加巴士迷的活動，見識過這群清一色是男生的狂熱分子，一聚頭除了巴士之外就沒有其他話題，而內容就如外星語言一樣，是我完全聽不懂的。對他們來說，巴士並不是一種服務大眾的交通工具，而是一個內在自足的世界。這個世界有它自己的秩序和系統，跟現實世界的渾沌和偶然完全兩樣。工具成為了目的，過程取代了結果，坐巴士不是為了要去的地方，而是為了巴士本身。我並不是說，有著這樣的性格和喜好的巴士迷，不適合當真正的車長。事實上也有巴士迷當上優秀車長，甚至在巴士公司內晉升至管理層的例子。我想說的是，這樣的一個巴士熱愛者，一個完美世界的追求者，在現實中適應不了當車長的庸常考驗，而在一時衝動之下把數十條人命以及自己的人生也毀掉，那是多麼的教人惋惜的事情。

可能是我想多了，因為兒子的關係。從前想到兒子長大後當上巴士司機，腦海裡便會出現交通意外的畫面。不是撞死人，便是撞死自己，或者兩者一起。也不是開車本身有甚麼問題，而是覺得以兒子的性情和能力，絕對不是當司機的材料。要在馬路上安全地行車，除了技術，態度和情緒同樣重要。大意和暴躁是駕駛者的致命傷。

幸好兒子已經放棄了開巴士的念頭。但他最近又矯枉過正，突然討厭起巴士來。曾幾何時陪他一起等巴士的時候，他拒絕乘搭的一些較舊型號的巴士，現在竟然變成了極度渴求的珍品；那些他曾經苦苦守候過的較新的型號，卻變成了不屑一顧的劣貨。那就像曾經熱戀的對象，忽然變成了不共戴天的仇敵，而曾經棄之不惜的垃圾，卻忽然變成了價值連城的寶物。我完全無法理解當中的邏輯，只能以「物以罕為貴」和「吃不到的葡萄是酸的」來解釋。

我一直懷疑，單憑這一點看，果不是個典型的巴士迷。一般的巴士迷，就算在種類上有所偏愛，對其他巴士也會採取專家的態度，而表示一定程度的關注和喜好。果對巴士的喜愛肯定不夠廣泛和欠缺包容。這不是出於普通的主觀心理，而是建基於強烈的分別心和排他性。就算他嘗試去解釋為甚麼覺得某一種車比較漂亮，而另一種醜陋不堪，那些因素幾乎都不具任何內在的必然性。也許他的所謂好壞，說到底只是對生命的偶然的不服氣，也即是想要的偏偏沒有，不想要的卻偏偏遇見。這是一種自我中心的世界觀，認為自己所想所求的事情，世界必然知曉並且加以回應；而如果世界的回應是不如所願的，便肯定是有心針對。這個針對者，有時是巴士司機，有時是巴士公司，有時是巴士這個概念；廣而言之，就是非我的外部世界。因為我與世界之間的結構性對立，看似芝麻綠豆的小事，也會膨脹為宇宙層級的災難，以及無間地獄般的痛苦。這，在理念上，我是明白的。但是，在實際上，我還是無法接受，人的情緒應該受到巴士主導——人生的快樂和幸福，全盤建立在自己每天遇到甚麼巴士的或然率上。對於他的這個心結，我也感到痛苦，但卻是為了跟他不同的原因。

果曾經為了區內的巴士無法令他滿意，而嚷著要搬到別處。我和妻子卻覺得，以巴士的款式而不是廣義的交通便利與否來決定居住地點是荒謬的。更何況我認為比交通更重要的是居住環境，而我非常喜歡現在這個住了二十年的地區。不過，我最主要的反對理由是，只要他帶著這種心魔，無論搬到哪裡，結果也只會是一樣的——巴士永遠是別區的更好。

細心想想，那其實並不是果個人的問題。覺得別人比自己更幸運的想法，是人類的普遍心病。對自己擁有的東西，很快便失去新鮮感和滿足感；別人總是擁有自己沒有的東西；世界老是優待別人，虧待自己。於是，人家的房子更大，人家的金錢更多，人家的工作更好，人家的享受更高級，人家的老婆更漂亮，人家的老公更有型……諸如此類的比較，令人沒有一刻的安寧。我嘗試向兒子舉出這些例子，他反問說：

你想說，就算人家的老婆比你老婆漂亮，你也要接受現實嗎？

我一怔，說：

不，不是這麼消極的！我是說，無論人家的老婆如何，我也覺得自家的老婆漂亮。

你這樣不是也很主觀嗎？

無論任何人，只要懂得欣賞，也有她漂亮的地方。

那麼，只要不欣賞，也自然會找到挑剔的地方吧。

或者是，漂亮與否，其實並不重要。

你覺得媽媽不漂亮也沒所謂？

我沒有說你媽媽不漂亮。我是說，不要有分別心！

那即是你老婆跟別人老婆其實沒有分別？

唉！不是這個意思！你為甚麼點極都唔明？

我不明白巴士跟老婆有甚麼相似點。

就是不可以貪新忘舊啊！

我現在不是已經倒過來，貪舊忘新嗎？或者索性放棄巴士，改去坐港鐵囉！

我沒有叫你放棄甚麼，沒有叫你反過來討厭巴士。我是說不要挑剔，不要固執，放開自己的心懷，坐巴士又可以，坐港鐵又可以。

但你並不是這個女人又可以，那個女人又可以，而是執著於一個老婆啊！

好的，好的，就當我這個比喻做得不好吧。

早該這樣說啦！你令人很混淆！

總之，我只是希望，你的喜好帶給自己的是快樂，而不是反過來帶給自己煩惱和痛苦。如果變成了後者，何苦呢？

果似乎沒有聽進去。

我在想，如果那位年輕車長當時能夠想想，開巴士也不過是自己的興趣吧，用不著為任何小事跟乘客過不去，也不值得為了一口氣而破壞自己的喜好，一場悲劇是否可以避免？

小時不佳

兒子的小學成績一直徘徊在全級的最後幾名，有一次還要經過補考才能升班。這跟我們當初的預期很不一樣。我和妻子在學時都是成績優異之人，從未嘗過考試包尾的滋味。考第一是家常便飯，考第二是一時大意，考第三基本上不能原諒。記得四年級時曾經破天荒數學僅僅不及格，老師對我的失常大為緊張，立即約見家長。一向嚴厲的母親不但沒有責罵，還破例請我去紅寶石餐廳食紅豆冰，大概是擔心我受不了打擊。

雖然從競爭性的學制出來，而且是當中的成功者，但我和妻子並沒有對背後的理念照單全收。果幼稚園的時候，給他挑了一間就近的學校，功課很少，遊戲很多，老師也很有愛心。那時候，除了他上課很被動，也不大跟同學玩，學習上完全沒有問題。我們對果沒有在學校交上朋友有點擔心，開始帶他參加外面的機構舉辦的社交小組。但是整體而言，他的幼稚園生活過得相當愉快，沒有值得抱怨的地方。

在機緣巧合之下，升小學的時候，我們帶了他去一間市區的名校面試。傳統名校之中，這間小學學風相當自由，並不刻意催谷成績，特別重視學生的課外活動，在音樂和體育上也有很出色的表現。另一個優點是，小學部跟中學部採取一條龍制度，不必為了升中問題而煩惱。考核制度所造成的負面影響，可以減到最低。兒子多年來成績欠佳，也沒有收過老師的投訴。當然學校也不是放任不管。科目考試不及格的同學，必須參加水平提升計劃，也即是補習班。

從小一開始，果便是補習班的常客。每個學期至少兩科，每週至少兩次。補習班放學較晚，去接他的時候，留校的學生都在參加課外活動，不是劍擊就是打球，也有童軍訓練，或者興趣小組。總之看起來全都是文武全才、活潑起勁的孩子。抬頭一望，我兒子和幾個同樣沒精打彩的同學，在老師的帶領下，拖著散漫的步伐從樓梯走下來，感覺就像一群士氣渙散的殘兵。和我一樣去接補習班放學的家長，都好像有點抬不起頭來，互相也不太敢望向對方。如是者六年，大家見慣見熟，但從沒有打招呼。補習班也似乎沒有絲毫提升過參加者的水準。

幸好兒子擁有超強的自尊心，似乎沒有受到成績問題的困擾。對他來說，念書和上學只是例行公事，馬馬虎虎地混過去就可以，無須過於緊張。我自問不是那種望子成龍的父親，也不認為讀書是唯一的出路。如果兒子的志願是當運動員、漫畫家或者廚師，我是完全沒有問題的。但是，看著兒子除了巴士之外興趣全無，既不能文，也不能武，心裡便難免有點焦急。捫心自問，自己和妻子也不是沒有給予他足夠的機會，接觸不同的事物，無奈他就是沒有反應。於是便只能以老生常談安慰自己：孩子是迫不來的，耐心點等待吧！他始終會找到自己想做的事的！

縱使口裡說不會強求他在學業上拿到甚麼成績，但落實到具體的功課和考試，心裡還是盼望他做得好一點的。我們的要求已經調整到相當低，在學業上只希望他及格和升班，在學業外從不強迫他參加任何活動或者學習任何手藝。至於最基本的功課和溫習，做父母的始終不能袖手旁觀，任由孩子自生自滅。只是一接下這可怕的任務，就算是世界上最富有耐性和愛心的人，也會不能自已地變得瘋狂和暴戾。

陪兒子讀書是我人生中最沮喪的經驗之一。這一刻跟他講解過的東西，下一刻可以忘得一乾二淨；今天聽他複述得頭頭是道的內容，明天卻可以好像從沒有聽過；同樣的數學原理或者語文法則，連續幾年地給他重複解釋，每一次他都好像接觸到新鮮事物。在這些時刻，我完全體會到何為徒勞無功，白費心機。而每當想到自己放棄了寶貴的寫作時間，把精力虛耗在這樣的互相折磨中，心情便低落到極點，脾氣也難免變得暴躁。像我這樣的一個從不跟人爭執的溫文人，在那幾年間把發怒的限額全部用盡，甚至遠遠過頭了。我人生中第一次覺得，自己的情緒管理出現問題。到後來甚至嚴重到，一坐在兒子的功課面前，便會立即胸口發悶、呼吸困難。

兒子的學習障礙，顯然不是因為智力問題。他從小就機巧好辯，口若懸河。三歲的時候，媽媽幫他洗澡，他突然爆出「半途而廢和功虧一簣有甚麼分別」這樣的問題，可見他對語言是相當敏感的。那也是他的唸詩期，只聽一次就能把詩歌記住，照樣背誦，讓我們曾經一度以為他是文學天才。不過，他的語言天分最常派上用場的，是和大人辯駁。他犯上甚麼錯處，從不乖乖捱罵，一定會出言反駁，反抗到底。我和妻子都是能言善辯之人，深信以理服人之道，對孩子不能只靠強權，於是便常常跟他展開論戰。論知識、論技巧、論口才，小兒子當然不是父母的對手，很快就暴露出前後矛盾、邏輯不通的弱點。不過，他每次給我擊破之後，立即便重整旗鼓，極速吸收我的論點和方法，很快便能還施彼身，害我有時也有點招架不住。

當然，道理最終還是道理，辯論通常都是我勝出的。問題是，縱使我能在道理上駁倒他，我卻沒有能力改變他的思想。他就像個不倒翁一樣，下一次又再重複相同的觀點。至於我的榜樣，似乎也不足以成為他的學習對象。無論言教或身教，也沒有立竿見影的效果，長遠而言就不知道了。在他的思想核心，有一個固若金湯的堡壘，是無論如何也不會被攻破的。到了後來，我必須承認，在父子之間，有些事情是永遠也不可能互相理解，更莫說互相說服的了。

現在回想，念書的問題其實並不如當初所感覺的那麼嚴重。那不過是欠缺動機而導致的心不在焉而已。按照專家的說法，那是專注力缺乏症的徵狀。但我不想用藥物去解決問題。在兒子高幼至初小的兩三年，我曾經帶他頻密地參加各種感知訓練活動，學過多種多樣的方法和理論，參考過無數相關的書籍。那些方法和理論，有些有效，有些沒有。有效的也不是完全地和持久地有效，而只是局部地和短暫地有效。我絕對不是低估這些支援對兒子的益處。對於曾經有一段時間得到許多專家的幫助，我心裡是永遠感恩的。至於後來我無法善用適當的方法，導致許多激烈的磨擦和對立，錯失了一些改善的機會，甚至對自己的身心也失去控制，這些都是我應負上的責任。當然，我也學懂了不要對自己過於苛刻。

不如我們所料，果在校的語文表現並不突出。由於沒法養成閱讀興趣，無論中文和英文的進展也不甚理想。任憑我們如何抽空陪他讀書，也沒法把語言養分硬塞進他的腦袋裡。不過，重災區是數學科。我必須承認，數學是一門非常依賴天分的學科。欠缺數學頭腦的話，無論多努力也是徒然的。在兒子的整個小學期，數學幾乎沒有及格過。我自己當然不是數學天才，但念書的時候並不覺得數學太難。放棄數理念文科，不是能力問題，而是興趣的使然。偏偏兒子對數學全無感悟，不是完全弄不懂，就是粗心大意，做完草算都可以把答案抄錯。陪他做數學功課，就像在乾旱的泥土裡插秧，不要說揠苗助長，簡直是寸草不生呢！

我不會把問題完全歸咎於教育制度。我關心的不是分數和成績，而是學習這回事本身，所必然面對的困難和挫敗。無痛學習是個理想境界，就如兒子小時候唸詩一樣，因為覺得好玩，所以不費吹灰之力，但轉眼間也可以忘記得了無痕跡。興趣和動機對學習固然重要，但過程中還是不得不付出一定的努力，甚至辛勞。就算是天生異稟，如果好逸惡勞的話，成就肯定是極為有限的。

數學的惡夢到升中之後愈加恐怖。望著那些連我也要攪盡腦汁才能破解的數學題，我終於崩潰了。我們請了一位補習老師，每週上門三次。當然情況不會就此一帆風順。果的數學成績依然一直在及格邊緣徘徊，但至少我可以卸去這方面的重責。這是我放手兒子功課的第一步。我漸漸發現，多年來積壓的情緒，不但來自兒子的表現不如期望，也來自一個擁有高等教育程度、具有豐富教學經驗，而且富有責任感的父親，對無法好好教養自己的兒子的挫敗感。失敗者是我而不是他。我堅持不讓兒子吃藥，到頭來要吃藥的是我自己。

有一天晚上，聽見兒子跟數學補習老師聊到了中文科，問對方「小時了了，大未必佳」的意思。（這時期他正在家裡向祖父母開授中文班，用的是自己學校的教材。）補習老師含糊其辭，說中文科最好還是問他的父母。補習完結，送走了老師之後，我在飯廳一角的小黑板上，看到兒子用粉筆寫下的八個字：「小時不佳，大當了了。」

讀書聲

「你好醒醒定定呀吓！就算边都冇情講呀！點樣都要做晒呢份卷先可以休息！」

「又錯！咁低級嘅問題點解都可以一錯再錯？你答之前唔可以先諗清楚嘅咩？」

「太離譜喇！你要我講幾多次先至記得？俾多次機會你，今次係最後一次！」

「夠喇，咁樣落去仲邊度夠時間？你唔係要用半粒鐘嚟做呢一題呀嘛？」

果的睡房經常傳出這樣的問答。那不是他和補習老師的對話。房間裡只有他自己一個。在這些嚴厲的訓斥之後，便會聽到他朗聲講出功課的內容。管他是中文、英文、數學、化學、生物，還是地理，都統統像單口相聲一樣形諸生動的語言。

兒子的學業在中三的時候發生逆轉。由於小學成績欠佳，初中分流時被編進最低的組別，跟其他因運動傑出而被招攬回來的同學同班。這群學生一心只在於幫學校拿體育獎項，對讀書一點興趣也沒有。上課七國咁亂，功課有拖有欠，考試全部肥佬。果在其中混到中三，突然覺悟自己如果要轉換更佳的學習環境，便必須努力讀書。

在一間男校裡，所謂較佳的班別即是理科班。文科班永遠是失敗者的收容所。這種重理輕文的情況，在我年少的時代早已如此，所以我很明白兒子的心情。我和他的分別是，我當年以尖子的成績，主動選修文科，大有「我不入地獄，誰入地獄」的意味。相反，他極力要逃出這個深淵，好像那將會決定他一生的前途似的。他有他的理由，我不怪他這樣做。他本身對文科沒有興趣，尤其討厭歷史，每次溫習那些朝代更替和治亂興衰便痛苦萬分。（彷彿是命運的諷刺，我預科的時候，選的正正是中史、西史和中國文學。）為了選修理科，果痛下決心埋頭苦讀，結果成績慢慢攀升到中游位置，順利進入心儀的班別。

可是，讀書講求方法，不是使足盲勁往死裡打就可以的。他中一的時候，我還經常陪他溫習，但程度變深，雙方也非常吃力。到他中二以後，我身心俱疲，決定完全放手。初時他還未學懂自己溫習，陷入無政府狀態，完全跟不上進度，考試之前才臨渴掘井，向我緊急求助，結果當然是神仙難救。我曾經一度對他學懂自主溫習感到絕望。

後來不知怎的，他自己發明了獨門讀書方式——關上房門，大聲把書本內容講出來。他自己一人分飾兩角，輪流扮演老師和學生，自我問答和對話。另外，又自己出習作和試卷自我考核。作為一個注重形式、秩序和系統的人，他需要親自演繹整套的教學程序，才能夠把內容消化和吸收。這方法聽來雖然有點笨拙，但卻頗為奏效，至少真的令學業成績有所提升。

回想起來，朗聲讀書的方法其實不是無中生有的。在這之前兩三年，他一直在家裡玩教書遊戲，強逼祖父母當學生，自己則當起老師來，拿著親自製作的教材，站在黑板前面大講特講。這個經驗現在終於大派用場，用在自己身上，解決了難以專注的毛病。世事難料，之前所作的令人困擾的無聊事，想不到後來卻成為了自己的救命符。

自此以後，他在讀書方面便完全獨立了，再沒有需要我插手的地方。當然，現在我們要忍受他的大聲朗讀，聽他在房間裡像人格分裂似的自言自語，甚至自己教訓自己。他似乎也不介意隔牆有耳，盡情地投入他的單人活劇。愛爾蘭詩人葉慈說：「在跟他人的爭論中，我們創造修辭；在跟自己的爭論中，我們創造詩歌。」果的讀書劇場似乎沒有多少詩意，但聽在旁人的耳裡，確實是令人莞爾的。

有人說在西方古代，人們讀書都是出聲的。相傳公元四世紀的聖安波羅修（St. Ambrose）是第一個發明默讀的人。年輕時代的奧古斯汀，看見前輩安波羅修一聲不響、靜默地閱讀的樣子，大大地嚇了一跳。後來人們都轉為默讀，出聲讀書反而變成了沒有教養的表現。默讀被視為跟內在世界連結，探索精神價值的方式。再後來，默讀又反過來被指責為現代文章死板生硬、失去活力的元凶，而朗讀則被捧為值得追慕的古風和必須恢復的美德。默讀和朗讀，究竟何者更佳，真是人言人殊。不過，也有人指出，整件事從一開始便是個神話。有不少證據顯示，古希臘人和羅馬人也有沉默地閱讀的例子。只憑聖奧古斯汀的說法，認為古人逢閱讀必出聲，似乎過於武斷。無論事實如何，果大聲讀書的習慣的確有點老派，而且效率不高，但是只要他覺得有用，就是個好方法了。

不過，果的讀書轉折，於我有喜有悲。喜者，如願以償選修喜歡的科目，而且全靠一己之力，怎樣說也是一項小小的成就。悲者，他視歷史、文學等為無用之物，避之則吉，棄之而後快。在讀書方面他是個功利主義者，為的是將來找到比較好的工作，選的科目當然也要有實用價值。這是他發奮讀書的原動力。這樣的心態，跟文學肯定是絕緣的了。

他不讀書時，我要求他讀書；到他肯讀書時，我又來挑剔他讀書的動機，似乎有點吹毛求疵。但我很難認同他對文科的評價，尤其是對歷史科的誤解。讀歷史，其實是要知道天下事的根源和脈絡，取鑑過去，明辨今天，修備未來。可是，被迅速更替的當下感完全充斥的新一代，已經很難明白過去的事情有何值得留戀，更不要說去理解和探討。歷史對他來說只是書本上的日期和名詞，和自己的生命完全無關。一個無關係、無意義、無用處的學科，為甚麼還要去讀它呢？面對著這些質疑，我啞口無言。原來讀歷史不只需要理性的認知，還需要感覺。對歷史沒有感覺的人，你是沒法以道理說服他歷史有何意義的。

我很懷疑，那是想像力的問題。無論是歷史，還是文學，都要求我們想像不同的世界。一個無法進入想像世界的人，很難讀歷史和文學。不過，相比起品格上的問題，不喜歡文學，不喜歡歷史，並不是一件錯事，也不是人生的重大缺失。那只是一個喜歡文學也重視歷史的父親的個人遺憾而已。

有一天晚飯的時候，果聊到最近的地理科測驗。我會考時也修過地理，便說了點溫習的心得。說著說著，不知怎的他又批評起歷史科來，說地理不像歷史那麼沉悶，那麼沒有用處。我知道他又來那套實用主義，但卻懶得再向他曉以大義。飯後我回到書房寫作，他卻探頭進來，意猶未盡地想繼續對文科的批判。

其實你寫這些書有甚麼用？

我一邊假裝在思索字句，一邊答他說：

文學不是講用處的。

不講用處講甚麼？

講意義。

沒有用的東西也有意義嗎？

當然有。

但你寫書賺不到錢啊！

不是賺到錢的才算有意義。

賺不到錢即是沒有工作，即是無所事事。我將來一定不會做賺不到錢的事情。

我繼續盯著電腦屏幕，但文思已經給他打斷。我順勢問：

那你將來想做甚麼？

教書吧。

你想教書？教書不算很賺錢的工作啊！

至少比寫作賺錢。

你想教甚麼？

教甚麼都可以，總之是教書。

那就是為教書而教書了。

你也是為寫作而寫作啊。

我擔心你會誤人子弟。

我很懂教書的。我會教到學生很明白。

一個不讀書的人，怎樣去教書？

我有讀書，我只是讀教科書。

讀教科書不算讀書。

課外書讀來有甚麼用？又不用考的。

人需要很多知識，和知識以外的東西。

我只要學識教科書的內容，就足夠去教書。

好吧……但打算教甚麼都應該有個目標吧？

那就教理科吧，生物或者化學，地理都好。理科夠實在，可以清楚解釋，不像文科……

你又來了！

我沒有說錯啊！看看你寫的書，真的完全不明白你說些甚麼。

閱讀能力是要慢慢培養的。

一篇文章讀不明白，一定是作者的問題，是作者寫得不好。

一個不讀書的人，沒有資格去評論作品的水平。

要讀幾多書才有資格去評論？

那很難說，但越多越好。

多就是好嗎？你藏了這麼多書，我猜你多數也沒有看過。書架上的書九成也是沒用的吧？白白佔用空間，礙手礙腳，應該統統丟掉。

你別管我看甚麼書。

兒子從我身後的書架上隨意抽出一本書，說：

不行！我來考你，說不出作者來的，證明你根本沒有看過，要丟進垃圾桶去！

你好煩！別騷擾我寫東西可以嗎？

他沒理會我的抗議，開始了對我的口頭考核：

好，這本叫《道草》的，作者是誰？

我沒好氣，答道：

夏目漱石。

對！下一本，《天演論》是誰寫的。

嚴復囉！其實是譯自赫胥黎的。

竟然給你講中！那麼……《靜靜的生活》呢？

大江健三郎。

沒可能的，怎麼都記得？再來，這本叫《十三夜》的，一定不知道吧？

樋口一葉。

可惡！……《哲學的起源》呢？

柄谷行人。

有冇搞錯！統統都記得？果然不是胡亂買回來充撐場面的。這次放過你吧！下次再來考你，答不出來的書要丟進垃圾桶！

兒子有點難以置信，又有點不服氣，但也不得不撤退了。看來他對讀書這回事真的太缺乏了解。

果回到自己的房間，關上門，裡面隨即響起朗朗的聲音：

「好喇！時間無多喇！好快手啲喇！今晚要溫完呢個chapter先可以瞓覺！知道未？之前已經講過，呢個部分嘅重點係……」

無論如何，聽到他的讀書聲，始終是令人感到安慰的。

黃金少年

果自小就是個漂亮的人兒。只看照片，不必跟他相處的話，真是可愛得無話可說。渾圓的腦袋，精緻的五官，靈動的神情，完全沒有稜角，任誰看了也讚嘆不絕，覺得一定是個又聰明又乖巧的孩子。就算間中流露出惡作劇的意圖，也不會減少惹人喜愛的程度。換句話說，是那種跟真實性格存在距離，欺騙指數相當高的外貌。當然，他也不是存心騙人的。誰叫自己的樣子生得那麼討人歡心呢！

唯一美中不足的，是身材太瘦，而且越大越明顯。十歲前瘦還是可以的，畢竟是個小孩子；進入青年期，瘦到一枝竹那樣，連他自己也不能滿意。加上一直長高，比例上就有點失衡，基本上就是一個火柴人的模樣了。問題是食量不大，又懶做運動，既不長肌肉，也不長脂肪。告訴他嬰兒時期曾經是個大胖子，他死也不肯相信。就算有照片為證，也覺得那隻小乳豬跟自己毫無關係。

兒子出生便屬重磅，胃口極佳，很快便肥肉橫生，眼耳口鼻和手腳關節都消失不見。

抱著他去公園，人人見到都忍不住過來逗他，叫他「肥仔」。然後望望我這個瘦子父親，好像懷疑是不是我親生似的。天天抱住個肥仔也真是累，但覺男人之家推著嬰兒車樣子很「娘」，便唯有強作孔武有力之人，把巨嬰搬運於雙臂之間了。那時候自己的體能也真是不錯，練就了某種鐵人賽選手似的耐力。就算兒子去到兩三歲，也可以單臂抱著熟睡的他，由市區一直站著擠火車回到粉嶺家。不過，十幾年下來，後遺症便統統出現了，渾身筋骨關節沒有哪一處不是傷的。

肥仔也肥不了多少年。大概三歲以後，變得揀飲擇食起來，而且甚為嚴重，體重也因此急速下降，終成了今天的道骨仙風的模樣。一直沒變的，是那個保齡球似的又大又圓又硬的腦袋。出生時就是因為頭顱太大，醫生建議開刀，錯失了自然分娩的經歷。妻子說，當時在醫院育嬰室裡，初生嬰兒樣子都差不多，但只要找頭最大的那個，就是自己的兒子了。大頭果長大的過程中，智力甚佳，鬼主意也很多，就是欠缺某些人之常情的思維。質和量往往不是相輔相成的。

縱使人變瘦了，但因為頭大，所以抱起來還是很重。兒子小時和我很親，上小學後依然常有摟抱。在街上牽著他的手走路，去到小學五年班左右。他喜歡像小動物一樣把臉往我的懷裡鑽，有時候不小心一頭撞過來，胸口會像給大石擊中。隨著牽手的終止，擁抱也慢慢不再。父子的身體接觸，在十幾歲之後便成往事。進入青年期的他，稍微碰一下也很大反應。骨肉之情，便剩下了口頭上的溝通。到了連說話也不投機，更進一步的疏離便在所難免了。不過，下一代的成長必須從遠離父母開始，原也是生命的常態，所以也不用過分唏噓的。

兒子的頭髮，從小就是我給他剪的。其實也無需怎樣的功夫，只要買一個電動修髮器，調到所需的長度（一般是九公分），貼著腦殼像剪草似的推進就可以。因為他的頭形渾圓，很適合這種簡單的剪法，看上去也不覺得土氣。他在十五歲之前，也很滿意我的手藝，又或者是完全不在意自己的容貌。近來想是在學校交了較好的朋友，對自我形象這回事開了竅，突然覺得我一直給他剪的髮型不堪入目。於是破天荒要求到外面髮型屋去剪。剪了個時尚髮型回來，整個人的樣子也變了，好像不再是從前那個懵懂的小孩，而是個活脫脫的醒目青年了。我的那套破舊的剪髮工具，也可以退役了。

老諺語常言「身體髮膚，受之父母」，本來是要提醒兒輩對父母感恩，但是在實際生活中，通常還是父母緊張兒輩的髮膚居多。髮型也許只是外觀的問題，牙齒除了觀瞻，也牽涉到咀嚼和吸收。兒子的牙齒天生多災多難。三四歲的時候，乳齒已經蛀蝕得七零八落，去到要大規模修補的地步。到了小三、四，又出現了下顎生長過快，牙齒出現「倒及」的現象。於是又要進行矯正，在上排牙齒裝上膠套，再用橡筋扣連一個戴在臉上的支架，慢慢把上顎拉出。整個過程需時兩年，期間嚼食和說話多少受到影響。到了終於成功把顎骨調整，又因為長期配戴牙套的緣故，導致牙齒嚴重不齊。按牙醫的建議，下一步便要進行俗稱「箍牙」的程序，並且得先拔掉四顆牙齒。

當時兒子已經念中一，不再輕易被人擺布。當他聽到「箍牙」的目的主要是為了「靚仔的」，他便立即拒絕了。他覺得生一口亂牙完全沒有問題。我和妻子也沒有強迫他，任由他自己作決定。一來是因為兒子性格倔強，沒有足夠理據（例如危及健康）很難說服他。二來我自己的牙齒也不整齊，但從來不覺得有甚麼大不了。再加上讀到日本小說家谷崎潤一郎的怪論，認為現代西方式的潔白整齊牙齒膚淺俗氣，滿口爛牙亂牙才具有東方式的美感，便加倍放膽拋開父親的責任，讓兒子任性妄為了。沒料到的是，果最近主動提出，這個暑假想去「箍牙」。快要十六歲的他，似乎開始注重儀容起來了。我當然也不會堅持要他保留東方式的美感。

牙齒雖然不佳，兒子的眼睛卻一直是極好的。直至初中，一點近視也沒有，視力近乎完美。我曾經懷疑這是他不看書和不看電視的後果，也不知應該感到慶幸還是無奈。他優良的視力都用在看巴士和火車之上。距離很遠便看到巴士的路線和型號，所有的細節都逃不過他的法眼。他甚至可以從粉嶺站看到上水站停靠的列車是新款還是舊款。不過，去到中二視力便變差，在學校看不清楚黑板，在街上也看不清楚巴士了。（他關心的無疑是後者多於前者。）驗出了患上一百五十度近視，雖不算嚴重，但對生活也有影響。配了眼鏡卻又不願意戴，不知是嫌不舒服還是不好看。唯有上課坐前排，伸著脖子，瞇著眼睛，讓老師以為他很好學和專注。

說到為兒子的身體髮膚而心痛，最難忘的莫過於他小三時跌斷了右上臂骨。那是傍晚六點左右，我從公園步行回來，洗了澡，在睡房用電風筒吹乾頭髮的時候，果突然跑進來，大喊很痛很痛。我起先以為只是戲耍，但見他在床上滾動，狀甚痛苦，才心知不妙。一問之下，原來他剛才偷偷溜進我的書房，爬到書桌上玩弄書桌燈（他最近常常這樣做），一不小心往後掉了下來，右臂著地。我試著觸摸他臂上的痛處，但他立即彈開，看來情況相當嚴重。於是便立即送他到附近的公立醫院。急症室照例大排長龍，輪候時間至少三個鐘頭。只是安排他照了X光片，還未輪他到見醫生，便送他回家吃晚飯。晚飯和著淚水吞下，待到時間差不多，又回到醫院去。終於進診療室了，醫生以為又是大驚小怪、動不動便送孩子來急症室的家長，起先態度有點輕率。一看X光片，神色一變，凝重地說：「原來真的斷了啊！」

辦理好入院安排，果被送到一樓病房，已經是深夜十二點。來了一位學生模樣的男性骨科醫生，跟我們解釋說，兒子的右上臂受到的是Greenstick Fracture（青枝骨折）。因為孩子骨骼柔軟，骨折時往往有如細嫩的植物枝條，彎曲但不完全斷開。治療方法是徒手復位，也即是用外部的手法把彎曲的部位移正。雖然不用做手術是個好消息，但只要想想孩子要忍著痛，讓醫生把折斷的臂骨拗直，心裡就覺得恐怖。年輕醫生請我們到外面等候。我在走廊上踱步，渾身在顫抖著，準備隨時聽到兒子的尖叫聲。但是，病房卻出奇地平靜。過了一會，醫生從容地走出來，說復位已經完成了。往下要打石膏固定手臂，不要讓患處再移位。到裡面一看，兒子靜靜地挨在床上，好像很舒服的樣子，沒有哭喊過的痕跡。果這個人，從小到大，除了嬰兒期和剛跌斷手臂的幾小時，從未流過眼淚。

成長中的兒童，骨骼特別容易康復。過了兩個月，果的手臂便完全無礙了。雖然人不長肉，但骨骼卻高速生長。中三的時候，長到跟我一樣高。到了中四，高度已經超過了我。站著跟他說話，我要抬起頭來；一起拍照顯得我很矮。他的臉型變尖了，鼻子變高了，眼睛變長了，髮型也變成熟了。再架上眼鏡的話，跟以前稚氣的樣子已經完全兩樣了。看著他高瘦的身影，頓覺時光的飛逝，自己的心境也忽然變老了。他不再是那個讓我抱在臂裡，高高地抬起的小孩，我也不再是那個可以在體力上支持他，保護他的壯年男子了。當他的髮膚和神志日漸茁壯，我便進入了下坡的階段。縱使離終結還有一段距離，畢竟已是末路風光了。

我記起果六年級尾聲的時候，我最後陪他放學的日子。我和他說好了，升上中學之後，他便要自己坐車上學和放學了。那天他特別幸運，坐到了他喜歡的巴士。是甚麼型號我已經不記得了。我們在家對面馬路下車，下車後要經過行人天橋。他急步跑到行人天橋中央，在欄杆前停下來，伸著脖子，從路旁豐碩的大樹的枝葉間，盯著下面的迴旋處。我們剛坐過的那輛巴士，在繞進旁邊的屋邨後，會再經過這個迴旋處，才開往上水的方向。初夏的陽光穿透無人的天橋，欄杆的疏影橫斜在地上。欄杆外簇滿了青嫩的新綠，在微風中一晃一晃。那個在我前面十數步的小人，穿著白色短袖襯衫和灰色短褲，有著渾圓的頭，精巧的臉，和輕盈的肢身，整個兒的沐浴在夕陽的金光裡。我意識到這是我最後一次接他放學了。他很快便是一個中學生，一個少年。一輛金光閃閃的巴士繞過迴旋處。少年的目光，也隨之而打轉。他的臉上，有非常滿足和幸福的笑容。一個燦爛的，無憂的，黃金少年。

舒適圈

我很討厭人說comfort zone。總是覺得，說的人不是帶著教訓別人的口吻，便是有點自以為是，也即是刻意地強調，自己正正就是敢於走出comfort zone，才增長了人生體驗，獲取了事業生涯上重大的成功。自認為闖出了舒適圈的人，對被認為退縮在舒適圈裡的人，就算表現出一派熱情勉勵或者循循善誘的態度，心底裡始終潛藏著某程度的看不起。但是，我自己終於還是忍不住用「跳出comfort zone」來告誡我兒子。

兒子對於出門遠行帶有戒心。不是說他抗拒旅行，不喜歡旅行。自從他四歲帶他去過東京，之後每逢暑假也會舉家外遊，甚至發展至聖誕節或復活節假期也不放過，或者是暑假去兩次不同的地方。單看出遊的頻密程度，果沒有理由不是一個喜歡旅行的孩子。雖然都是父母安排的，但也同時出於他主動的要求。長假期必須離開香港到外面去，似乎已成了這一代孩子的習慣。回想自己年少時最遠只是坐火車去廣州探親，第一次坐飛機是二十四歲，便覺得在條件許可下，早點多讓兒子看看外面的世界，體驗不同的風土民情，應該是件有益的事情。

對果來說，旅行的一大吸引力，應該是外地嶄新的交通體驗。在他年幼時的火車時期，鐵道王國日本自然是不二之選。五歲時帶他從東京坐長途巴士去富士山腳下的富士急遊樂場，為的是裡面那個規模細小的湯馬士小火車頭兒童樂園。六歲時帶他去位於東京近郊的大宮ＪＲ鐵道博物館，從明治時期的蒸氣火車頭，到二戰之後的新幹線子彈火車，幾十輛不同時代和類型的古董火車，像穿越時光隧道的機械幽靈，聚集在當下的時空中，場面不只壯觀，簡直就是超現實了。就算是待在東京，林林總總的電鐵型號，也夠這個小鐵道痴飽餐個夠。

不過，隨著年紀漸長，孩子的區別力越強，要求也越高。旅行時坐地鐵和電車便變成了一場瘋狂的賭博。他幾乎在到埗後不到兩天，就能弄懂不同的路線走向和列車款式的細微差別，諸如車頭的形狀、車身的顏色、窗子的大小、顯示牌的光暗、椅子的排列和物料等等。有差別就有好惡，有好惡就有為有不為，有搭有不搭。於是，在香港的挑車習慣，以及隨之而來的喜劇和悲劇，很快就會在異地上演。同樣的事情，後來又發生在世界各地的巴士身上。這變成了每一趟旅行的磨難，但隔著時間的距離回看，也不能不說是某種不情願的另類樂趣。至少我們作為父母的如此自我安慰。

「交通執」發展到極致，就是在每一次旅行的評估中，交通的部分佔上不成比例的份量。果會在事後製作一個評分表，以一百分為滿分，當中旅遊當地的交通佔二十分，天氣佔二十分，而觀光遊玩本身只佔十分。至於另外那佔全體一半之巨的五十分，竟然是在香港來回於家與機場之間的兩程巴士！只要在這兩次車程中稍有差錯，整個旅行基本上就不會合格了。這對苦心安排行程的家長來說，無疑是個不幸的消息。我相信，世界上再沒有「本末倒置」的更佳事例。

我當然明白，就如在香港的日常生活中一樣，兒子只不過是在尋找完美的秩序。而我們知道，就算在高度規格化的系統中，依然存在無數不均的變化因素，令所謂的秩序既不可知，也不可測。雖然聽起來好像很瑣碎無聊，但認真細想，這樣的執著不下於一場唐吉訶德式的、渺小個體跟巨獸體系之間的對抗，而事情的性質也立即由滑稽提升為悲壯。風蕭蕭兮易水寒，我和妻子作為小壯士的護送者，能做的也只有放聲悲歌一曲了。

我後來才理解，這可能是兒子身處陌生的異地所不自覺採取的自我保護機制——把熟悉的習慣套用於不熟悉的環境中。在他小時候，在許多的社交小組活動上，聽過一些類似的意見，說在帶孩子去一個新的地方之前，必須先跟他詳細講解將會遇到的狀況，甚至某程度模擬預演一次，以消除他對陌生環境的焦慮。記得有一個案例說，孩子將要參加柔道訓練班，家長在之前的兩星期，每晚給兒子穿上柔道服，讓他熟習那種感覺，到了真正去上課的當天，焦慮感會大為降低。某程度上，這樣的做法就是把他的舒適圈盡量擴大，讓他利用已然熟習的經驗，去把握未曾遇見過的處境。貿然把他丟到舒適圈以外，結果可以是災難性的。

在很多事情上，果還算可以自行調整。當然，他的調整方式可以是非常奇怪，甚至是極度惱人的。例如自從他擁有自己的手機之後，每次在旅途中除了打電玩，就是重複看一些超無聊的短片。那些甚至不是完整的短片，而是在YouTube上搜到的一些舊電視劇集的片段。他平日最愛看的節目，不是卡通片，也不是連續劇，而是《警訊》。除了每週定時在電視上追看，也經常重溫舊的片子。此節目的內容，不外乎是些賊人犯罪的模擬片段或者案件重演，但大都是街頭行騙、店鋪盜竊、商業欺詐之類的偷雞摸狗的小事，旨在提醒公眾人士提高警覺，勿讓壞人得逞。可想而知，那些戲劇部分也只是功能性的樣板戲，就是那種扮事主的都懵懵懂懂，扮壞人的都擠眉弄眼，唯恐你不知道他在作惡的那種演技。可是，兒子卻看得津津有味，樂不可支，到了要在網上剪輯精華片段，時時反覆品嘗，甚至是逐格欣賞的程度，好像那些都是經典名片、金像巨製似的。而當我們身處異國，在別的旅客都抱著新鮮好奇的心情，觀賞各種文化遺產、歷史古蹟、藝術瑰寶、綺麗風光、奇風異俗的時候，我們的兒子卻像活在另一個國度似的，百看不厭地在手機上重播那些品味怪異的片段。看著他對新經驗的拒絕程度，我們也只能搖頭苦笑，低頭嘆息。

果升中四那年暑假，我們特地安排了一趟十六天的歐洲之旅，為歷來最長和最遠，期望此行能讓他大開眼界。他之前去的都是亞洲地區，而且主要是大城市，也去過幾次在郊區的大型度假村。城市大都先進發達，井井有條，令人安心；度假村自成一國，除了間中受到野生猴子和熱帶昆蟲的騷擾，也算是安全舒適，玩樂無憂。最惡劣的一次經驗發生在桂林陽朔。那天包了輛計程車外遊，開頭坐艇子遊漓江還算可以忍受，到了司機帶我們去吃一家農家菜，突然風雲變色，天昏地暗起來。火鍋還未開吃，外面便已經狂風暴雨，雷電交加。店子忽然停電，屋頂多處如瀑布下瀉，沙塵也被大風吹落鍋中。我們勉強吃到一半，便想提早離開，但司機卻說天氣太差，不宜開車。我們被困在那鄉郊小店裡，滿臉愁容，但對兒子還要強顏歡笑，裝出一副趣味盎然的樣子，深怕他給嚇壞。雨終於稍歇，我們便要求司機上路，怎料禍不單行，一出市區便遇上大塞車。窗外有人潮像洪水一樣，在路上朝同一個方向湧去。司機說那是去看張藝謀導演的一齣甚麼著名旅遊景點劇場。我們給堵在陌生而昏暗的夜路上，半個小時沒分毫寸進，情緒緊繃了整天的兒子終於崩潰了。那是一次歇斯底里的發作，過程我就不說了。總之，是令那位當地司機也嚇得不知所措的發作。至於我自己，也處於恐慌症爆發的邊緣，非常吃力才撐住了。幾年後和兒子說起這件事，他卻一點也記不起來。原來，有些創傷只會留在父母心上。

所以，當兒子後來發現了新加坡，我和妻子也鬆了一口氣，不作他想，三年間和他去了六次。那是一個一定不會發生意外，絕對不會令你發狂的，近乎完美地可以預測的城市。它的地鐵和巴士也讓兒子很滿意。果認為新加坡一切都比香港好，但我覺得只是因為它在所有地方中跟香港最相似。它比香港更乾淨、整齊、光潔、明亮，像個精心設計的虛擬城市。那裡沒有混亂，沒有失序，沒有危險，沒有憂慮，只要你乖乖遵守規矩。那是一個建立在最脆弱的地點上的comfort zone。如此說來，新加坡無疑是個人間天堂。

說回那次歐洲之行，它是歷來評分最低的旅程。與我年輕時第一次當背包客歐遊相比，今天的行程已經遠為舒適安穩。去的是倫敦、巴黎和柏林幾個大城市，都是世界文明的重鎮，但在兒子眼中卻只須用三個字去形容——舊、髒、亂。當然，因為歐洲物價較貴，我們住的不是亞洲的大酒店，吃的也不是高級餐廳。但是，這些都是最富有歷史文化氣息的地方，是我們所鍾愛的歐洲文學藝術的溫床。我們並不期待一個十五歲的少年能多懂得欣賞歐洲，但至少希望他會感到好奇，留有美好的印象，將來長大後再繼續深入探索。可是，他從第一天開始，不是嚷著要回香港，就是看著手機上那些垃圾影片。還有就是，老是嚷著要坐巴士，就算時間和路程不許可。我終於忍無可忍，在臨離開倫敦之前，在海德公園外面發了大火，把行李箱狠狠地擲在行人路上，為一切的徒勞大聲吼叫。果忍耐了餘下四分三的行程，但我知道他一點也不享受。我自己的文化薰陶，至少有一半來自歐洲。但是，正如我沒法強迫他喜愛文學，我也沒法強迫他喜愛歐洲。這意味著，我至少有一半的自己跟兒子絕緣；或者，遠遠超過一半。

在歐洲的慘痛一役後，第二年夏天我們去了南韓首爾。也許因為有了去年的惡劣經驗作對照，果對首爾的感覺奇佳，評價也是歷年旅行之冠。當然，他依然需要在旅程中啟動他的心理防護機制，不停在手機上播放新近剪輯的《警訊》片段，但是，整體氣氛是輕鬆愉快的。去年的惡夢變成了掛在口邊的笑談，包括我在海德公園外砸行李的一幕。然後我便以教誨的口吻，說他不應該故步自封，停留在comfort zone內，不敢開放自己，去見識和嘗試不同的事物。怎料他還理直氣壯地說：其實我每次去旅行，都是把它當作一個考驗去克服的。這句說話，在亞洲的首善之都首爾說出，感覺好像有點荒謬。我還他一句：考驗？你去旅行都是父母安排的，既不用粗心，又不用冒險，何來考驗？然後，我便又像長氣老人似的，想當年起來，說自己以前旅行如何如何……。

也許我低估了他，或者高估了自己。我在旅行中，甚至是在人生中，又何嘗遇過甚麼真正的考驗？在首爾的第一天，果的腸胃不適，食慾欠佳。聊起來才知道，他在飛機上因為擔心高空的氣流，精神過度緊張。我這才意會到，對一般人稀鬆尋常的事情，對他來說可能真的有生理上的不適反應。然後我又想到，其實自己幾年前也有過相似的焦慮症狀。我也試過坐飛機時恐慌症發作。在骨子裡，我其實也是個很容易對陌生環境和不可預測的事情感到不安，喜歡躲在既定的生活規律中，盡量避免冒險和面對未明的狀況的人。所以，當果說他懷疑自己遺傳了我的神經體質的時候，我無可否認，甚至感到愧疚。原來我和他一樣，都是個留戀於comfort zone的人。

也許是性格決定品味，我所喜歡的作家，都是「閉門造車型」的。普魯斯特是個典型的成長於舒適圈的少爺。年輕時是個花花公子，出入於上流社會，交往的都是貴族和名人。偶爾接觸低下階層，對他來說已經是非常刺激的冒險。他的旅遊經驗不多，童年時去法國鄉間和海邊度假，成年後最遠去過威尼斯。自從開始創作長篇小說，普魯斯特便變得深居簡出，後來更因為嚴重的哮喘，終日躺在睡房床上寫作。他在書中說：「真正的發現之旅，不在於親身探訪異地，而在於擁有他人的眼睛，從千百人的眼睛中，觀看千百個不同的宇宙。」他說的是藝術創作對觀賞者的意義，但也肯定是一個隱蔽者的心聲。

卡夫卡的生活圈子比普魯斯特更為狹小。除了生命晚期為了醫治肺病而到過柏林和維也納療養，大部分時間住在出生地布拉格，過著日間上班晚上寫作的單調生活。他的舒適圈也許並不舒適，要不就不會呈現為筆下的「城堡」和「迷宮」。一個生活在捷克、運用德語寫作的猶太人，文化上的邊緣和少數，終身寂寂無名，死時遺願為燒毀所有手稿。這樣的一個孤獨者，在自我的小牢房裡，想像遙遠的「中國長城」和「亞美利堅」，但那廣闊的外面並不是美好新世界，而只是法網難逃的「流放地」。根本就不存在舒適圈內外的分野。既非此處是天堂，他方是地獄；也非此處是地獄，他方是天堂。在異化的時代，所有地方也是異地，包括家鄉。

佩索亞生於里斯本，七歲隨改嫁的母親移居南非生活，十七歲回歸故城之後，便沒有再離開。他生活在自己最熟悉的街區，日間處理商務文書維生，晚上把自己分裂成七十多個角色，獨力創造出整個文學宇宙。對於經驗，他認為不假外求。他在《不安之書》中說，旅行是最令人噁心而且毫無意義的事情。我們無須舟車勞頓，便可以獲得強烈的感受，因為感官不在外物，而在我們自己的身體內。我們沒法超越自己的感官，所以我們也沒法從自我出遊。帶著既有的自我，就算去到哪裡也沒有分別。相反，在自我的想像裡，我們可以像皇帝出巡一樣，君臨自己創造的世界。所以，最美妙的旅行不是外在的旅行，而是內在的旅行。

巴黎之於普魯斯特，布拉格之於卡夫卡，里斯本之於佩索亞，就是他們的comfort zone。無論是情願還是不情願，是保護還是困鎖，他們在外人看來內向幽閉的生活中，肆意進行無遠弗屆的精神冒險。

我好像扯遠了。我無法分清楚，我心目中的歐洲，究竟是我曾經多次踏足和親睹的地方，還是我在文字遊歷中的虛構。我不知道，自己可曾踏出過自己，或者這樣做有沒有可能。所以，我也不宜用「舒適圈」的說法來評斷你。不過，讀文學作品和看《警訊》，還是有差別的。我只希望有一天，你可以突破某種圈圈的束縛，更自由地闖蕩。又或者，證明本來就沒有圈圈這回事。那，就是真逍遙了。

命子

人到了最後，通常也有遺言留給後人，向子女交代後事，或者加以勸勉。如果還未到最後，又恐怕真的到了最後之時沒機會說出，可以預先寫定遺書。

我對遺書這種東西，沒有甚麼禁忌。廣義地說，所有曾經寫下的東西都會變成遺書，所有曾經說過的話都會變成遺言。那何不開宗明義地寫它一寫呢？可是，遺書這東西，真的要寫起來也不是那麼容易的。因為沒有寫遺書的習慣——不好意思，應該說是寫遺書的訓練——也不是——正確來說，是欠缺這方面的經驗——下起筆來似乎不像寫小說那樣得心應手。也許，我應該先來研究一下遺書的本質。

談到遺書，首先可能是想到自殺。一個人好端端的，一般不會想到自己會死，更不會想到自己死後有甚麼話要說給別人知道。因為有輕生的念頭，才會想到留下遺言；可能是解釋自我了斷的原因，可能是對世界作出控訴，可能是對親愛的人說再見，也可能純粹只是不想自己的死過於不明不白，算是對自己的行為負最後的責任。連幾句遺言也不留下來便自殺，拋給世界一個永遠無法解答的謎團，是對人生最狠辣的否定，也是對生者最無情的背棄。我正在做的，並不是屬於這個類型。但是，我也不是由於年老或者身患惡疾，深感來日無多，而興起了立下遺書的念頭。我甚至也不是居安思危，提早做好準備，或者精神過敏，覺得死神隨時不請自來。我只是很好奇，寫遺書是怎樣的滋味。

很明顯，遺書是寫給別人看，而不是給自己看的。（「給自己的情書」還可以，畢竟自戀是人性的自然現象，「給自己的遺書」卻很明顯歪悖常理。）那麼，遺書的目標讀者究竟是誰？除了未亡人、人生的另一半、我的愛妻之外，當然就是我的下一代、我的繼承人、我的兒子了。對於兒子的未來，我當然是關注的。我還未至於像古人一樣，故意「有子不留金」，讓他自己一無所有地去打拼。不過，事實不是我有金不留，而是我沒金可留。很遺憾地，我手頭並沒有任何生意、物業、投資和儲蓄，可以讓兒子去繼承。那點每年結算兩次的微薄版稅，只可以算是對兒子的一點心意吧。但是這些老本大概也吃不了多久。出乎意料地贏得死後的名聲，即所謂的「鹹魚翻生」，作品被大量再版和重印，賣個鋪天蓋地的盤滿缽滿，或者從我的抽屜底翻出一部還未發表的驚世巨著……哈哈！兒子，我希望你有心理準備，那樣的事情只會在小說中發生。如果你有能耐把我的作品炒作起來圖利，那是你的本事。但與其花這些無謂的力氣，我建議你不如自己去開創一番新事業好了。

比較沒趣而且毫無疑義的是，遺書是寫給遺書執行者看的，無論那是家人、好友，還是指定的法律工作者。我既然是個完全沒有財產的人，也並未擁有甚麼足以傳世的珍寶，也就不會像那些有錢人一樣要勞動律師了。況且，近乎一無所有的我，需要執行的遺願並不很多，也不複雜，只要簡單地說明一下就可以。我試試把它們列舉出來：

一、把身上任何用得著的器官捐贈給有需要的人。

二、喪禮從簡，有沒有宗教儀式也可，但輓詞千萬不要用「哲人其萎」、「天喪斯文」、「流芳百世」、「安息主懷」之類的套語。我唯一想用的，是「縱浪大化」四個字。至於輓聯，如果有文友慷慨相贈，內容如何我都非常樂意。如果沒有的話，也不必勉強。

三、讓狐狸和刺蝟陪我上路。最好置於棺木裡遺體的兩側，讓人瞻仰遺容的時候可以看到牠們可愛的樣子，增添趣味，減少悲傷和過於嚴肅的氣氛。

四、在喪禮上如播放音樂，可選巴哈《馬太受難曲》中的詠嘆調“Erbarme dich, mein Gott”（我的上主，求祢憐憫），最好是Sir George Solti或者John Eliot Gardiner指揮的版本。另外，還有Glenn Gould彈奏的巴哈《郭德堡變奏曲》（一九八一年錄音版）開首的詠嘆調。

五、採取火化形式，骨灰（連同狐狸和刺蝟）撒在山上（現在稱為「綠色殯葬」），實現「託體同山阿」的願望。乾乾淨淨，爽爽快快，免去後人年年要登高拜山掃墓之苦。

到時勉強而行，徒具形式，不去又內心不安。不去而又沒有不安的，就更不好了。徹底消失，不留半點痕跡，是萬全之策。

嚴格來說，遺囑跟遺書不是同一回事。遺書是個比較廣泛的概念，當中可以有囑咐，有交託，有指示，也可以沒有。遺囑則是一種法律文件，交代的是實際事務的安排，不帶情感，或者把情感隱藏在條文後面。正式的具有法律效力的遺囑，成立的時候須有第三者在場作證，然後交由律師保管。遺囑的英文是will，和「意志」相同。人的意志真不簡單，可以延續到死後還發生效用。但是，對於身後事想得太多，太想延伸自己的意志，試圖控制後人的行為，或者主宰後人對自己的看法，其實也是一種無益的執著。

對像我這樣的文人來說，物質是其次，名聲才是千秋萬代的事情。但是身後名這回事，既非自己能夠左右，更非自己可以享有，比自己在世能做的徒勞萬倍。正如陶淵明在《形影神》三首的〈神釋〉中說：「立善常所欣，誰當為汝譽？甚念傷吾生，正宜委運去。縱浪大化中，不喜亦不懼，應盡便須盡，無復獨多慮。」又或如《自祭文》所言：「廓兮已滅，慨焉已遐，不封不樹，日月遂過。匪貴前譽，孰重後歌，人生實難，死如之何。」如此看來，寫甚麼遺書，企圖去布置自己身後的事情，最終也是多餘之舉。不過，試寫遺書一篇，也勉強可以比附古人的「自輓詩」，認真地跟死亡開個玩笑吧！

昔日陶淵明生長子儼，寫下〈命子〉一詩，先講述家族祖上功德，然後期望兒子能長大成才，有所謂「既見其生，實欲其可」以及「夙興夜寐，願爾斯才」之語。不過，說到最後，補了一句：「爾之不才，亦已焉哉。」意思即是：假如你真的是不成才的話，那也就只能如此，沒有辦法了。另外又有〈責子〉一詩，以豁達的心胸看待兒子們的不肖：

白髮被兩鬢，肌膚不復實。雖有五男兒，總不好紙筆。阿舒已二八，懶惰故無匹。阿宣行志學，而不愛文術。雍端年十三，不識六與七。通子垂九齡，但覓梨與栗。天運茍如此，且進杯中物。

做父親的哪會對兒子沒有期望？但是兒子的稟賦和取向，卻不是父親可以強求和主宰的。而且，時代已經大大不同了，「命」和「責」都有點不合時宜。如果對兒子還有甚麼囑咐的話，無非就是「好好做人」四個字。看似很簡單，實則極深奧。但我也不適宜再絮絮叨叨，留給我兒自己慢慢領略吧。所謂「遺言」，就寫到這裡好了。

平安夜

劇終，我偷偷拿紙巾擦了擦眼睛，小聲的和旁邊的果說好在外面等，便以原著作者的身分上台謝幕了。謝幕後，我跟導演和演出者們回到後台，自是一番互相讚賞、感謝和拍照留念。擾攘了半天，我被叫到劇場入口給觀眾簽書。想不到已經排了好幾十人，父母帶著子女的，手裡拿著剛買的原著小說。我不肯定孩子們對演出有多明白和多喜歡，但家長們卻顯然相當稱心，也期待孩子從那本書裡學到甚麼東西。我幾乎是帶著歉意似的一一在扉頁上簽名，多次因聽不清楚孩子的話而寫錯對方的名字。

人群終於散去後，我抬頭一望，又高又瘦的兒子還站遠遠的角落，有點無聊地等著。曾幾何時，他跟剛才的孩童們差不多高大，我也像剛才那些家長一樣，滿心期待地帶他去看舞台演出。第一次大概是一個揉合了魔術、雜技和巨型木偶的著名外國兒童劇團吧。小觀眾們都看得歡天喜地、興奮大叫，兒子還未到中段便睡著了，而且很香甜的一直睡到完場。這對初為人父的我不能不說是個小小的打擊。

一起步下樓梯到大堂的時候，我問兒子覺得演出怎樣。他說：不錯。跟上次比較，歌曲增加了，歌詞也豐富了，演員的演繹也有進步。我會加分！一副頭頭是道的樣子，突然話題一轉，說：但是你就太過分了！要扣分！

我不想再次挑起爭端，伸出橄欖枝說：坐巴士去元朗那邊吃飯好嗎？今晚是平安夜，請你吃聖誕大餐！

他沒那麼容易上釣，冷淡地回答說：

53號半個鐘頭一班。剛走了一班，等下一班白費時間。

沒有其他巴士嗎？

現在才來坐有甚麼意思？還是坐輕鐵吧。

兒子提出更方便的方案，我沒理由不從。妻子方面早已約好，她完成工作後前往元朗，在新開的購物廣場會合。我給她傳了個訊息，確認我們會八點半左右到達。

輕鐵站不遠，就在屯門大會堂對面。我們下了天橋，在昏暗的夜色中尋找正確的月台。我瞇著眼看著資訊板上五顏六色的路線圖，果說：不用看了，坐614可以直接去到元朗。

說時遲那時快，一輛614便進站了。只有一個車廂的，車身白色，有青色、深紫和淺紫色橫紋，車窗頂部紅色；跟另一種雙車廂的，車身銀灰，車門紅色，窗框周圍藍色的不同。我條件反射地看了看果的反應，見他臉上沒有異樣，腳步已經朝上車處移動，便猜想這輛車是合符要求的了。進了車廂，竟然還有相連的位子。坐下來沒幾秒，他便急不及待地打開那個一直憋在心裡的話題，說：

你有甚麼理由來的時候不坐巴士？

我已經說過很多遍，我今天不舒服，不想坐巴士。

你哪像不舒服？你現在看來完全沒事。

我為演出的事緊張嘛！那是我的書的改編啊！就等於自己的作品一樣。現在順利完成，才終於可以放鬆下來。

會這樣的緊張嗎？我不明白有甚麼好緊張。

你體會不到，我也沒有辦法。

但當時２６１已經來到你面前，只要即刻上車，很快就到目的地，怎會那時候才走開？這樣的行為完全不合理。

我對坐巴士這回事感到很壓抑。我知道我坐了上去，情緒會忍受不住。

有甚麼忍受不住？那是很特別的一種巴士，數目很少，平時很難見到，只有在２６１才找到。那是千載難得的機會啊！你這樣子也不懂得珍惜！

先生！你是巴士迷，我不是。你覺得珍貴的東西，對我來說沒有任何意義。對當時的我來說，最重要是平穩和快捷地到達目的地。

你根本就不懂得尊重巴士！

巴士只是一種交通工具，有甚麼尊重不尊重？我對巴士沒有敵意，但也沒有特別的好感。一切視乎當時的需要。

但當時的巴士完全切合你的需要，又快又方便，而且是那麼經典的型號。

你又來了！我對它是甚麼型號沒有興趣。是你令我對搭巴士感到很大壓力，所以我才無法說服自己坐到巴士上去。

怎樣會有壓力呢？那巴士很舒服啊！我就是知道它那麼好，那麼難得，才希望你也有機會享受到，見識到。你為甚麼不給自己機會呢？

哎呀！多謝你呀！但我不用見識了。從你幾歲到現在，我已經陪你坐過無數巴士，見識和享受過無數的靚車了！當然遇上所謂的爛車而見證你大發脾氣也不在少數！我做父親的在這方面已經仁至義盡了！你現在大個仔，可以自己坐車，不用大人陪伴，那很好啊！你喜歡坐哪條線，挑哪個款，你有完全的自由，沒有人會干涉你。如果你碰到喜歡的車，我真心的替你高興。但是，請你不要再強迫我陪你去面對這些挑戰。我的精神承受力已經去到極限了！

我哪有迫你？我只是想跟你分享我對巴士的喜愛啊！

ＯＫ，ＯＫ！我明白你的好意，但是，恕我沒法像你一樣欣賞巴士的好處。那就像我沒法叫你喜歡看書，喜歡寫作，喜歡文學一樣！

兒子靜了下來，沒有回話。我有點激動起來，禁不住提高聲線說：

你知道剛才那齣戲講的是甚麼嗎？你知道我這本書的創作背景嗎？我寫這本書的時候，離你出世還有兩年。那時候我在想，如果我成為爸爸，有一個女兒，我會怎樣給她知道寫作的美妙，知道文學的好處。我會把我最喜愛，最重視的東西跟她分享，希望她也會喜愛，也會重視。好了，結果我生了個兒子。那也沒要緊。但是，偏偏這個兒子對我最重視最珍惜的東西一點興趣也沒有。我一直很想跟他分享，但他卻無動於衷。於是，我終於明白，我沒法強迫他喜歡我自己喜歡的東西。好吧！那就讓他自由選擇吧！他喜歡巴士，不喜歡文學也沒有所謂。我不能迫你鍾意文學，正如你不能迫我鍾意巴士。就是這麼簡單的一回事！

果露出震撼的表情，說：

原來是這樣的嗎？原來你寫這本書有這樣的意思嗎？我一直也不知道啊！我到現在才知道，原來你對我感到那麼失望！

「失望」這個詞，是我一直告誡自己不能用的。但是，現在他卻直接說出來了。這使我感到心痛。我嘗試解釋說：

我沒有對你感到失望，只是跟期望不一樣而已。

我不知道這說法有甚麼不同。幸好果沒有深究下去，只是好像想通了甚麼似的，總結說：

原來我們重視的東西是那麼的不同。我不明白你為甚麼喜愛文學，就像你不明白我為甚麼熱愛巴士。看來，我們是永遠沒法明白對方的了。

也許是這樣吧。但是，就算互相不明白，也可以尊重對方的選擇嘛！這才是真正的尊重啊！

尊重別人跟自己的不同？

無法互相理解，也就唯有如此吧。

果的心情好像安靜下來了。在輕鐵車廂的左右搖晃中，我們默默無言地坐到元朗總站。

妻子已經在一間北歐餐廳找了位子。大型玻璃窗外面，是交通要道來來往往的車子。打著漂亮燈光的各式巴士絡繹於途，老實說是頗為可觀的。兒子一坐下來，便忍不住向媽媽講述午間的261事件，並且不停地數落我的不是。剛才在輕鐵上得來不易的和解好像立即給推翻了，但我已經沒有那麼焦躁不安。他畢竟是我熟悉的兒子。我換上老花眼鏡，慢慢看著餐牌，覺得這家店的聖誕套餐滿有特色。妻子一邊聽兒子的投訴，一邊以笑話安撫他。雖然不斷重複對我的質疑和不滿，但當中的火藥味已經大為減弱了。久而久之，甚至散發出喜劇的趣味來。

飯後我們一起坐了巴士。先坐276從元朗到上水，再轉279X從上水回粉嶺。過程無風無浪，尚算愜意。

回到家裡，兒子嚷著要把聖誕襪掛在窗前。十五歲人了，居然還相信有聖誕老人派禮物這回事。他不會不知道，每年的禮物都是我偷偷放進襪子裡去的吧。他也不是沒有這樣的懷疑的，但每次我也矢口否認。妻子則提醒他說：你不是小孩子了，聖誕老人今年不會來的了。他還有很多真正的小孩子要照顧啊！

半夜醒來，比鬧鐘預設的時間早。我摸黑下床，先去個廁所，然後從衣櫃抽屜掏出一個盒子。輕輕打開兒子的房門，踏著悄悄的腳步，伸手到窗前，把預先準備好的東西放進襪子裡。兒子像個酣睡中的嬰兒，一點也沒有察覺。我躡手躡腳地回到自己的睡房，在妻子旁邊躺了下來，噓一口氣，沉沉的回到夢鄉去。

聖誕老人今年的禮物是甚麼呢？是一輛紅色的復古雙層巴士微縮模型。

笛卡兒的女兒

笛卡兒的女兒

笛卡兒走進房間的時候，跟鏡子中的自己打了個照面。鏡子中的他先是條件反射地向後微微一縮，定下神來後，嘴角有點不耐煩地往下彎了彎，正有點心急地別過身子，卻又回頭站住，盯住了那個站在房門口的自己，好像跟一個帶有敵意的人對峙一樣。

昏暗的房間裡點著兩支蠟燭，一支在書桌上，一支在一個矮櫃上，剛好把鏡中人的右邊臉照得較為清晰。此人身穿一身黑袍子，露出大大的向下翻的白色襯衫領子，左手抱著剛摘下來的黑色闊邊帽子。頭上留著不厚的黑髮，兩邊鬈曲而零亂地下垂到肩部。那有點斑白的眉毛和上唇的鬍子，卻暴露出已經不小的年紀。炯炯有神的鷹勾鼻，完全被浮腫的眼袋和疲累的眼神所抵銷了。看起來有點滑稽的樣子，竟然跟早前在不情願之下被畫的那幅人像畫肖似。他不由得苦笑了出來。

笛卡兒再靠近鏡子一點，拈起臉旁的一撮髮絲跟鬍子比對了一下，嘀咕著說：看來要換一個淺色一點的假髮了。自從年過四十，為了頭髮日漸稀薄和變灰，也為了冬天保暖，他便一直戴假髮，而且定期更換以配襯眉毛和鬍子的顏色。假髮都是從巴黎選購的上好貨色，這方面他是挺執著的。但對於衣著打扮，他卻全不在意。在聯合省分旅居接近二十年，外表跟一個普通荷蘭市民沒有分別，如果不開口說那帶有法語口音的荷蘭話，完全看不出是個法國人。[1]

今天確實是回來晚了。明明說了很多遍，第二天一早便要上船，朋友們卻一直依依不捨地拉著他不放，在酒館喝了一杯又一杯，之後還大伙兒跑到碼頭上吹風。真是吃不消，累他現在還頭昏腦脹。幸好舒路特那小子沒有偷懶，不但一直在守著，待他一回來就機靈地開了門，沒有吵醒主人家，還立即跑到樓上的臥房給他點好了蠟燭。當初向皮柯借這個德裔小子作僕從一用，聽說他好像有點不願意跑到老遠的瑞典。[2]不過，這兩三天看來，這孩子還算是盡忠職守的。那僕從的問題就可以安心了。

笛卡兒擱下帽子，在書桌前坐下來，慢慢地伸展了一下腰身。忍不住回頭又去望了那

1　聯合省分（The United Provinces）指由荷蘭、烏特勒支等七個省分合組而成的新興共和國，也稱為尼德蘭斯（the Netherlands）七省共和。

2　克洛德・皮柯（Claude Picot），笛卡兒的法國友人，曾往荷蘭探訪笛卡兒，《哲學原理》法語版譯者，受笛卡兒委託代理其在法國的財產和法律事務。德裔青年亨利・舒路特（Henry Schluter）原是皮柯的僕人，笛卡兒向皮柯借取作為瑞典之行的僕人。

面鏡子一眼。從這個角度，已經看不見自己的倒影。然後，又以有點僵硬的姿勢，環顧了一下這間臥室，心裡計算著，自己是多少年前在這個住過的。應該是十五年前吧。這是書商友人湯馬士・薩金特寓所裡的客房。[3]書桌、衣櫃和睡床的擺放，跟當年完全一樣，只是不知道為甚麼在對著門口的牆壁上放了一面長鏡子，好像是隨便擱在那裡然後被遺忘的東西，但又好像有某種刻意的企圖。薩金特知道他要來阿姆斯特丹待幾天，堅持請他再到房子裡住。盛情難卻，笛卡兒便答應了。但是，不知為甚麼，一住進來，他便感到有點後悔。也許，未至於後悔這麼嚴重，但總之就是渾身不自在。不過，也算了吧，反正明天就要起程了。

雖然感到眼皮很重，頭也有點痛，但笛卡兒並沒有睡意。該不會是對航程感到緊張吧？他以目視確認了一下行李的狀況。兩個載禦寒衣物和日用品的大皮箱已經整齊地放在衣櫃前面，床邊掛著另一套供明早替換出門的衣服。從成年開始便離鄉背井，過著旅居生活，輕裝上路已是習慣。單是在荷蘭，也不知搬過多少次住處。但是，近年他對旅行卻感到越來越厭倦，去年回巴黎一趟更加是心神不定，待了沒多久便心急想回到荷蘭北部的荒僻小鎮。幾天前離開居住了差不多五年的艾格蒙特的時候，心情竟像跟清靜悠閒的生活永別似的，格外的捨不得。[4]產生這樣的依戀，可能是自己邁入老年的徵兆。想到這裡便覺得很不痛快。

在出發之前，已經寫信給在巴黎的皮柯，交待了萬一他在瑞典之行中遇到甚麼不測，請對方代為處理在法國的一些法律和財務上的後事。然後特意南下到萊頓，把一個皮匣子委託給多年好友范．荷格蘭特，裡面主要是一些手稿和歷年來其他人寫給他的書信。[5]他慎重地告訴范．荷格蘭特，如果他不幸身故，請他把所有書信燒掉，除了其中一封必須保留下來。那是當年他的死對頭，烏特勒支大學的加爾文教派神學家沃修斯寫給巴黎的梅森神父，向他套取笛卡兒是無神論者的證據的惡毒信件。[6]雖然他和沃修斯的爭議好像已經

3 湯馬士．薩金特（Thomas Sergeant）是一位書商，從一六三四至一六三五年招待笛卡兒住在他位於阿姆斯特丹的家中。

4 笛卡兒自一六二九年移居聯合省分，往後二十年多次搬家，在最後五年定居於荷蘭北部海邊的艾格蒙特—邊寧（Egmond-Binnen）。

5 康尼利斯．范．荷格蘭特（Cornelius van Hogelande）是天主教醫生，曾為笛卡兒提供免費居所，是笛卡兒最信任的荷蘭籍朋友。

6 吉貝爾圖斯．沃修斯（Gisbertus Voetius）是荷蘭加爾文教派神學家，在擔任烏特勒支大學院長期間，大力打壓笛卡兒哲學的傳播，與笛卡兒展開長期筆戰，並試圖證明笛卡兒為無神論者。

馬蘭．梅森（Marin Mersenne）是法國最小兄弟會（the Minim Friars）神父，對自然科學有廣泛研究，並精於數學，與當代各國學者有緊密聯絡，有「歐洲郵箱」之稱。居於巴黎的梅森，是隱居荷蘭的笛卡兒的主要聯絡人，為他提供最新學術出版消息，報告學術界人事動態，也為笛卡兒拉攏關係和作學術推廣。

平息，但他覺得必須留下這封信作為歷史證據，讓後人知道此人的卑鄙。不過，他最後向范．荷格蘭特補充說：如果經你的判斷，認為有價值留下來的信件，也可以不燒掉。老朋友聽罷，向他會心地點了點頭。

笛卡兒就是這樣帶著赴死的心情，起程前往斯德哥爾摩。在一些不那麼敏感的朋友的眼中，他的心態實在有點誇張和可笑。那一向性情和行徑一點也不像神父的布魯馬特，就說他只是在講風涼話。[7]明明是被年輕的瑞典女皇克里斯蒂娜重金禮聘，成為她尊貴的私人哲學導師，簡直就是找到了一座黃金造的靠山，怎麼還掛出一副上刑場去的哭喪臉？[8]有了這個強大的贊助者為後盾，以後發表學說就不怕受到敵人的挑戰。笛卡兒心想，這傢伙真是有點頭腦簡單。可是，在多番推搪和拖延之後，為甚麼終於決定接受邀請，連笛卡兒自己也不很清楚。

到他啟航前一天，范．荷格蘭特和尚．紀洛從萊頓過來阿姆斯特丹，與幾個本地朋友一起為笛卡兒餞別。[9]想不到當天早上，當笛卡兒還賴在床上（他近年習慣睡到接近中午），也不等僕人舒路特的通傳，胖嘟嘟的布魯馬特便突然闖進來，把還在夢中的他硬生生地拉起來，說要帶他去畫畫像。笛卡兒從來也沒有畫過畫像，對繪畫也完全不感興趣，但布魯馬特卻說找的是當代人像畫大師弗蘭斯．哈爾斯，很難才預約到時間，不能不去。[10]萬分不情願地，笛卡兒換了衣服，跟著這位過分熱心的朋友坐馬車去了哈倫。據說哈爾斯從不離開哈倫，要畫畫像的話，必須到他的畫室去。笛卡兒心想，好大派頭的畫家呢，就看看他何方神聖吧。

用了大半天從阿姆斯特丹跑去哈倫，又從哈倫跑回阿姆斯特丹，得來的是一幅笛卡兒認為相當兒戲的畫像。那位老哈爾斯就像個唇舌也不願多費的江湖郎中，或者是接客過多而變得麻木的娼婦，以熟練得近乎馬虎的手筆，草草地給這位被介紹為當代最偉大的哲學家的法國人畫了幅肖像畫。前後也不過用了一個多鐘頭的時間。拿過那幅尺寸不大、繪在木版上的畫像一看，笛卡兒立即哭笑不得。那不就是一幅小孩塗鴉嗎？頭髮像被大風吹亂

---

7 奧古斯汀・布魯馬特（Augustine Bloemaert）是服務哈倫區天主教徒的神父，是笛卡兒的長年好友。

8 克里斯蒂娜女皇（Queen Christina of Sweden）是一位對哲學、科學和藝術有廣泛興趣的女性統治者，曾極力招攬歐洲當代頂尖學人。笛卡兒自一六四九年十月初抵達斯德哥爾摩，至一六五〇年二月十一日死於肺炎，只與女皇會面四至五次討論哲學，且都在嚴冬清晨五點進行。

9 尚・紀洛（Jean Gillot）曾經是笛卡兒的男僕，因天資甚佳，為笛卡兒所賞識，親授數學。後自立成為數學家，亦為笛卡兒長期好友及追隨者。

10 弗蘭斯・哈爾斯（Frans Hals）為荷蘭黃金時代肖像畫家，繪有笛卡兒的唯一肖像。現在最廣為流傳的笛卡兒畫像，多取自法國羅浮宮收藏的版本，但館方斷定此乃複製本，非哈爾斯本人所畫。學界傾向認定，收藏於丹麥哥本哈根、由丹麥國家美術館所擁有的，才是哈爾斯的真跡。後者比前者尺寸較小、畫工較粗糙，似是速寫，很少被引用為大哲學家的肖像。

似的翹起，雙眼又大又腫看起來像隻青蛙，聳起的彎彎的眉毛猶如小丑，唇上的那兩撇鬍鬚簡直是惡作劇的效果，整體看起來完全是個腦袋有問題的瘋漢。他也懶得理會布魯馬特向大畫家付了多少錢，亦不願意對這惡意的汙衊再看一眼。想不到在晚上的餞別宴上，胖神父把畫像拿出來給朋友們欣賞，大家竟然都讚不絕口，大嘆活生生地捕捉到大哲學家的神髓，絕對是名家手筆，甚至比著名的荷蘭同行林布蘭特更勝一籌。在眾人的喧鬧中，笛卡兒一聲不響，逕自在喝悶酒。

奇怪的是，現在回想起來，那幅粗糙的畫像竟跟剛才進門時在鏡中碰到的自己十分相似。然後又想起，人生中第一次畫畫像，感覺卻有點像畫遺像。又不免想到，在一百、二百，甚至是幾百年後，如果未來的人類還知道笛卡兒的哲學貢獻，會不會就以這幅滑稽肖像來紀念他的姿容？想到這裡就有點後悔，好像不慎為自己輝煌的一生留下了汙點似的。

笛卡兒繼續坐在書桌前，雙肘支著桌面，以雙手掌心揉搓雙眼。在黑暗一片的視野中，出現了隱約的變幻的光彩。這是他從小就留意到的奇妙現象。為甚麼在閉上眼睛的漆黑中會看到色彩呢？那跟他提出的人體理論完全一致。視覺並不是如亞里士多德和經院哲學家所說那樣，由一些在空中飛來飛去的「形像」進入眼睛所造成的。眼睛接收到的只是一些光線和色彩的感官刺激，而把這些刺激的訊息傳送到腦袋去，在那裡經過處理，所出現的就是所謂的視覺影像。所以，就算是閉著眼睛，眼球內部的神經纖維還是會繼續受到微弱的刺激，而產生類似看到顏色的反應。他張開雙眼，把右拳擊打在左掌心上，心想：一定要把這一點補進《論人》裡！[11]

這篇寫於十六年前的論文，連同物理學論述《論光》的草稿，現在就藏在書桌上的一個舊皮箱裡。在最先的構思中，這兩篇論文分別屬於《世界》的第一和第二部分。[12]當初笛卡兒滿滿的自信，這部自然哲學著作會令他一舉成名，震驚世界，但他卻因為得知伽利略的《關於兩大世界體系的對話》被羅馬宗教裁判所譴責和查禁，而立即停止了寫作，並且取消了出版計劃。[13]他甚至考慮過把手稿燒毀，最後決定嚴密地收藏起來。多年來無論

11《論人》（*Traité de l'Homme*）是笛卡兒早期自然科學著作《世界》（*Le Monde*）的第二部分，當中提出了人體機械觀和靈魂與身體二元論。

12《世界》（*Le Monde*）初稿寫作於一六二九至一六三三年，第一部分《論光》（*Traité de la Lumière*）以宇宙機械論為基礎，推論了宇宙及其中的星體，以至於各種物質的形成。第二部分《論人》，則集中探究人體的構造和運作。笛卡兒生前一直拒絕發表《世界》，只把部分內容簡化，融入其他作品中。於笛卡兒死後，經後人整理，拉丁文版《論人》於一六六二年出版；法文版《世界》及《論人》（從前者獨立出來）於一六六四年出版。

13《關於兩大世界體系的對話》（*Dialogo sopra i due massimi sistemi del mondo*）是意大利科學家伽利略發表於一六三二年的論著，當中比較了托勒密和哥白尼的地心說和日心說，前者為教會所認可的正統學說，而後者被視為異端。此書於一六三三年被羅馬宗教裁判所斷定為違反信仰與道德，予以燒毀及禁止出版，伽利

學術界的朋友們怎樣勸誘他，他也拒絕把它公開。這部他曾經向梅森稱聲，「埋藏在我死後一百年也沒有人找得出來的地方」的書，現在就在他的隨身小皮箱裡。《論人》的部分內容，後來還是陸陸續續地以其他形式發表了，但認同日心說的《世界》，到今天依然是個不能公開的禁忌。除非有一天伽利略得到平反吧。年輕時曾經致力研究自然科學現象的他，為了迴避宗教壓迫，後來轉而談起價值不大的神學和形而上學來，真是始料未及。難道一生最重要的發現，所做的最重要的功夫，就這樣白費了嗎？

自從五年前，雄心勃勃地出版了希望可以取代經院哲學，成為學校教本的《哲學原理》，但卻遭到法國耶穌會和索邦神學家們的冷待，寫作的動力已經大大降低了。[14]有一段時間，甚至覺得以後也不要寫任何東西了。在未到五十歲之前，想在當代思想界取得成就，已經感到有點心灰意冷。雖然對《世界》依然充滿信心，但卻下不了不顧安危和名聲，完全豁出去的決心。他不想做真理的殉道者，但漫長的等待令他的意志日漸消磨。這段日子的最大得著，就是跟伊麗莎白公主的交談和通信中，討論到靈魂的passions的性質，以及身體和心靈的關係的問題。[15]多虧這位聰敏過人的年輕公主的尖銳提問，笛卡兒逐漸整理出一套關於passions的理論，並且給公主寫成了一份初稿。也因為看到了這份初稿，瑞典女皇克里斯蒂娜才會對笛卡兒哲學感到興趣，並且多番邀請他親身到訪。

在到達阿姆斯特丹的第一天，笛卡兒便去找印刷商路易．艾思維爾，商討出版新作

《靈魂的激情》（*Les Passions de l'Âme*）的事宜。[16]書稿早已在今年春天完成修訂，如無意外，將於十一月印妥，並在荷蘭公開銷售。到時也會把樣書寄到斯德哥爾摩給作者本人。艾思維爾也答應把部分成書運送巴黎，換上不同的封面，由當地的亨利・萊・格拉斯出版。[17]確認好書本的出版安排後，笛卡兒放下了另一塊心頭大石。除了證明自己還能著書

略本人亦遭到終身軟禁。

14 《哲學原理》（*Principia Philosophiæ*）出版於一六四四年，以當時典型的教科書方式，簡明地講解笛卡兒的形而上學及自然哲學大要。

索邦書院（Collège de Sorbonne）是巴黎大學內的神學院，其學者在法國擁有神學意見上的最高權威。

15 伊麗莎白公主一般稱為Elisabeth of the Palatinate或Elisabeth of Bohemia。其父腓特烈五世（Frederick V）為神聖羅馬帝國的選帝侯，一度被擁戴為波希米亞國王，失勢後與家族流亡荷蘭。伊麗莎白自小接受廣泛而良好的教育，對哲學及自然科學深感興趣。自一六四三起與笛卡兒通信，直至一六五〇年笛卡兒去世。後進入路德會修道院，並成為院長。

16 路易・艾思維爾（Louis Elzevier）是當時荷蘭的著名出版及印刷商。

《靈魂的激情》（*Les Passions de l'Âme*）為字面譯法，與原意有甚大偏差。在十七世紀以及在笛卡兒的用法中，“passion”一詞並非後世所指的「激情」或「熱情」，而更接近於一般的“emotion”（情緒）。基於在笛卡兒的理論中，“passion”一詞帶有「被動」、「被影響」的意思，和意志所主導的“action”相對，所以文中會採用原文“passion”一字而不予翻譯。

17 亨利・萊・格拉斯（Henri Le Gras）為法國出版商。

立說，說不定自己的研究可以在新環境找到轉機，他的物理學在新贊助人的支持下，也可以得到面世的一天。這樣一想，心情又沒有那麼沮喪了。

笛卡兒依然在書桌前坐著不動，神情呆滯地撫著飽脹的胃部。今晚不經不覺吃多了，又喝多了。他想起和伊麗莎白公主討論passions的時候，提出過心情不佳反而食欲增加的理論。當時公主便質疑說，她自己的情況剛好相反。如果他的推論沒錯的話，難道自己現在正陷入悲傷的情緒，因而造成了血脈的過度活動，激活了腸胃的過度吸收？

他其實早就想回來休息。從酒館出來，紀洛提議到碼頭那邊逛逛，散散酒氣。不知怎的，和一生僅有的幾個朋友站在街頭，心頭突然浮起永別的興味，便依了他們的意思。幾個人邊走邊聊，布魯馬特還大聲唱歌，完全是個酒肉和尚的模樣。抬頭看天，天很清，可以看見漫天星輝。在東邊低角度處有一顆大星，不閃動的，憑肉眼也可以辨別是行星。都有點醉的眾人便七嘴八舌地爭論那是火星、木星，還是土星。笛卡兒心想，那顆星色澤並不偏紅，也不呈橢圓形，面積又很大，一定是木星。范．荷格蘭特語帶惋惜地說：如果有伽利略的望遠鏡就好了。笛卡兒曾經寫信向梅森神父問過，伽利略的望遠鏡是否真的能看到木星的月亮。據說這望遠鏡當時落在笛卡兒的死敵伽桑狄的手上。[18]去年在巴黎的時候，笛卡兒給一個中間人勉強拉去拜訪伽桑狄，算是跟這傢伙和好了。當時這老狐狸卻並不主動把望遠鏡拿出來讓他觀賞，他也不屑低聲下氣開口去問，結果便錯過了這樣難得的機會。

來到碼頭，想不到深夜時分像白天一樣熙熙攘攘，岸邊泊滿船隻，貨物上落不絕。阿姆斯特丹真不愧為歐洲的新興經濟活動樞紐。見他們一行人一直抬頭向著夜空指指點點，有水手用荷蘭語說，明天北海會有大風暴。見天色這麼清朗，眾人都不信，但水手卻說得十分堅決，甚至因為自己的專業判斷被質疑而有點生起氣來。醉客們也口沒遮攔，出言嘲諷，雙方差點便大打出手。站在一旁的笛卡兒卻不由得心裡一沉。海難的情景又在他的心頭冒現。

書桌前的他把臉埋在雙手裡，試圖克服對航海的恐懼。這種恐懼是從前未曾有過的。除了擔心遇上海難，還有北國嚴寒的冬天，一想起來就渾身打顫。他伸手拿過桌上的小皮箱，打開來，掏出裡面的一疊信件。那是七年來伊麗莎白公主寫給他的書信。他把它們全部帶在身邊，好像是某種護身之物似的。除了公主的信、《世界》和其他未完成的手稿，行李中就只有幾本書。從年輕時開始，他就不喜歡看書。他情願四處周遊，觀察世界，或者獨自思索，以自身的理性探究問題。世界上的書本十之八九不但是沒用的，甚至是有害

18 皮埃爾・伽桑狄（Pierre Gassendi）為法國哲學家、數學家、天文學家及神父，因曾對笛卡兒的《沉思集》作出嚴厲而嘲諷的批評，而與笛卡兒交惡。

無益的。成為有點名氣的哲學家之後，不讀書成了他出名的習慣。別人寄贈給他的學術著作，他大半連看都不看，或者只是略翻一翻，便予以完全否定。所以他家中幾乎沒有藏書，旅行時更加不會帶書。這次他旅居瑞典，因為害怕嚴冬的鬱悶，算是帶了幾本書作消閒之用，但都是古人的著作。當中有一本塞內卡的《論美好生活》，雖然內容沒怎麼樣，但因為是之前給伊麗莎白公主導讀過的書，所以便帶上了，作為心靈的寄託。[19]

有人輕輕地敲了敲門。笛卡兒從浮想中回過神來。門後傳來舒路特帶有德語口音的法語，小聲地問：

先生，還未睡嗎？明天很早便要出發啊！

笛卡兒清了清喉嚨，壓低聲線說：

有點事還要處理。你先睡吧！

先生沒有別的吩咐了嗎？

沒有。

好的，先生。

隨著躡足走開的腳步聲，門縫下漏進的光也消失了。

他還有甚麼事要處理呢？他自己也不知道。這幾天一直想著要不要在上船前寫封信給伊麗莎白公主。雖然早前已經告知她自己前往瑞典的決定，也得到了她的大方允許，但是心情始終有點七上八下。公主真的不會因為他投向克里斯蒂娜女皇而心生妒忌嗎？而且公主去年便表示過，自己曾經為了家族的前途，考慮親自到瑞典一趟，爭取女皇的支持。行程後來因為種種波折而取消了。在她和瑞典皇室之間，應該存在某種難以言喻的複雜關係吧。現在公主究竟是身處克羅森還是柏林呢？和公主最後一次見面，已經是三年前的八月她被迫離開海牙的時候了。可憐的伊麗莎白公主，父親在神聖羅馬帝國的王位爭奪中失敗，後來更戰死沙場，留下來的王室親族成員，之後一直流離失所，寄人籬下。所謂的王族身分，只是虛銜一個，實際上生活拮据，但在禮儀上還是要充撐場面，心情之不堪可想而知。加上今年二月，她的叔叔英格蘭國王查里士一世，因為輸掉了內戰而落得被公開斬首的下場，對公主也肯定是個難以承受的打擊。在這個她最需要精神支持的時候，笛卡兒這位亦師亦友的多年相交，卻投靠地位更為顯赫而且也更為年輕的瑞典女皇，這能不讓伊麗莎白感到心酸嗎？當然，這樣的心情她一定不會表露出來，對笛卡兒此行亦萬般祝福。笛卡兒覺得，在臨行前必須向公主表明一點心意，或者作出一點讓她寬心的暗示。

書桌上已經放著幾天來他用過的信紙、鵝毛筆和墨水。笛卡兒調整了一下蠟燭和信紙

19 盧修斯．阿奈烏斯．塞內卡（Lucius Annaeus Seneca）是古羅馬哲學家、政治家及劇作家，《論美好生活》（*De Vita Beata*）（英譯 *On the Happy Life*）是其著作之一。

的角度，拿起筆，蘸了墨水，身子前躬，伏在案上，瞇著眼睛，開始寫起信來：

女士，

自從月前去信殿下，未有收到她的回覆，深怕遞送過程出現延誤，或因我近日的奔波而錯過，心裡一直記掛不安，唯恐對殿下的指示有所疏失。雖然早已向殿下稟告我的瑞典行程，但在臨出發之際還願再次向她表明，我沒有忘記她一直對我的信任和關懷，並感激她以寬大慷慨之心，鼓勵我繼續尋求研究學問的機會。為此，我定必以更卓越的成果回饋殿下多年來的恩惠。我即將謁見的女皇素有聰敏好學的名聲，亦具治理國務機要的才能。我期待此行可以竭盡所能向女皇獻上我的服務，特別是分享由殿下所啟發和完善的關於passions的理論。為此殿下將一直被銘記於我的言行之中，作為我困難時刻的支持和迷途之際的明燈，助我渡過旅程的險阻和陌生北國的考驗。正如我在上次的信件中所承諾，假若殿下在協進家族安康的事務上和女皇有所交接，而我在此中以卑微的角色能夠略盡綿力，請她不要礙於溫厚的個性和對臣民的愛護，遲疑於向我發出相關的指令。為了殿下及其親族的福祉，我樂意竭誠付出最大的努力，即使粉身碎骨也在所不辭。至於瑞典之行的期限，其實到目前為止仍沒有固定的計劃，一切也有賴於抵達之後的實際情況，特別是我對女皇所能作出的侍奉，是否有效、有用和切合她的要求。所以依然存在於冬天過後便拜別女皇結束訪問，趁初春之期回到南方的可能。到時如果時機適合，或許可以考慮取道丹麥，途經柏林跟殿下會面，以聚三年未見之情，及領受她親身的訓示。而一直令我掛在心上的殿下的身體毛病，也希望能親自為她進行診斷，提出讓她恢復健康的有效方案。我並不擔心就以上的話題向殿下公開我的想法，因為對於我有責任表示尊崇的對象，我絕無可能懷有任何偏頗的意圖。公正和誠實的道路是最為有用和肯定的，這是我一直秉持的格言。所以就算我上述所寫的被他人看到，或者落入其心不正者的手中，我也無懼它會引起惡意的解讀，或者令人誤會我忠誠履行的職責，以及毫不隱諱的宣示。我永遠是，

殿下最卑微和服從的僕人，

笛卡兒

笛卡兒拿起信紙，靠近燭光下再看了一遍，甚感滿意，便把內容另外謄寫了一個底本。然後，把將要寄出的一封折疊起來，放進信封裡，另一封則收藏在專門存放底本的文件夾裡。他揉了揉有點模糊的眼睛，想起甚麼來，又提筆開始寫另一封信。

尊敬的神父，

久未聯絡，好像還未告訴你，我現在身處阿姆斯特丹，明天便要上船，起程去斯德哥爾摩了。此行吉凶未卜，令人擔憂。剛才碼頭上的水手說，明天北海會刮大風。就算僥倖逃過海難，也不知道自己能否捱過瑞典黑暗而漫長的冬天。我一生人最怕冷，偏偏要跑去世界上最冷的地方，自己也覺得莫名其妙。如果我真的沒命回來，我死後的名聲就靠你來維護了。以你在宗教界和哲學界的廣闊交遊，大家都會尊重你的看法。我在荷蘭那邊的新教徒論敵，就不用去理會他們了。首要的是確立我在法國國內的地位。伽桑狄已經算是跟我和好，應該爭取他的支持。不過羅貝瓦勒那既沒水準又冥頑不靈的傢伙，我是怎樣也不會原諒他的。[20]這句說話就算公開出來也沒所謂。耶穌會那幫神父們，雖然一直對我潑冷水，或者對我的建言不理不睬，但是也未至於採取敵對的態度。畢竟我也是拉弗萊舍書院的畢業生，跟一些神長們也保持禮貌的關係。[21]他們絕對是爭取的對象。你很清楚，我的目標是說服他們把《哲學原理》放進學校教程，取代已經過時的完全經不起驗證的經院哲學。至於我最為重視但卻十六年來不見天日的物理學，就算我已不在生，是否公開也要慎重考慮。那不只是作者自身的安危問題，而是時機問題。在不適當的時機公開，可能導致嚴重的誤解，引來惡意的攻擊，反而不利於真理的發現。所以，就算等不到伽利略的平反，較理想的情況是在我的學說廣為傳播，獲得一定數量的追隨者，在學術界建立起一定的實力的時候，才正式出版，那會達到最大的效益。請你放心，《世界》的手稿我正帶在手邊。除非天意要我葬身於大海，否則就算我遇到甚麼不測，夏呂先生也會在我的遺物中找到它，並且小心保管的。[22] 具體的安排，你們到時再商量吧。說起夏呂，這位先生現在還在巴黎嗎？我之所以決定以身犯險，完全是因為他的甜言蜜語，把瑞典女皇的資質和誠意說得天花亂墜。但偏偏在我起行的時候，他的人卻不在斯德哥爾摩。聽說他很快就會被提拔為正式駐瑞典大使了。請告訴他快點過來，我不想在他到任前便已經死掉。至少我死前要先勒死他來消氣。另外，也請告訴帕斯卡先生，我們約定在不同緯度量度氣壓變化的實驗，如果我在瑞典能僥倖生存下來，我會繼續嘗試測量相關的數據。[23]

你的忠實友人，

20 吉勒斯·德·羅貝瓦勒（Gilles de Roberval）是法國數學家，與笛卡兒因數學方法的分歧而交惡。

21 拉弗萊舍書院（La Flèche College）是由法國國王亨利四世授意開辦的耶穌會學校，笛卡兒於一六〇七至一六一五年間於此就讀。

22 皮埃爾·夏呂（Pierre Chanut）是法國駐瑞典外交官，後升任大使。瑞典女皇克里斯蒂娜由夏呂的推介認識笛卡兒的著作，並通過夏呂遊說他到訪瑞典。

23 布萊茲·帕斯卡（Blaise Pascal）是法國數學家、物理學家及神學家，著名的《思想錄》（*Pensées*）作者。

正當笛卡兒要在下款簽上自己的名字的時候，他突然停了下來，筆尖懸在半空，拿筆的手甚至開始微微顫抖。他不由自主地低聲開口說：

我的天啊！我在幹甚麼呢？我在寫信給誰呢？梅森這位最小兄弟會修士不是去年已經死去了嗎？我怎麼會連這個也忘記？還給一個死人寫信呢！我的腦袋出了甚麼問題？

他擲下筆，用雙手捧著腦袋，大力地按壓，好像要把裡面不正常的運作穩定下來似的。但是，他的頭痛只是越演越烈，毫無舒緩之勢。他抓起剛剛寫好的信件，滿臉不可思議地默讀了一遍，突然激烈地把紙張捏作一團，往身後的黑暗中胡亂地拋擲出去，好像這樣便可以把惡夢置諸腦後似的。他往後揮動的右臂還未來得及垂下來，便聽到身後不遠處發出了一下聲音。

哎呀！

笛卡兒垂下手，動也不動，細心地聆聽著。他覺得背後好像有衣裙輕微摩擦的聲音。然後是一個小女孩的聲音，說：

爸爸，你不可以亂丟東西啊！

他有點不相信自己的耳朵，但也忍不住回過頭來確認。只見床緣上坐著一個穿著淺色裙子的五歲左右的女孩，頭上留著烏黑的卷曲及肩長髮，在昏暗中閃亮著一雙精靈的大眼睛，不著地的雙足沒穿鞋子和襪子，露著小豆子般的腳趾，在空中微微擺盪著。他嚇得張著嘴巴說不出話來。女孩故意裝出不快的樣子，說：

爸爸，你這麼快就不記得我了嗎？

……弗朗仙！[24]

一個名字從笛卡兒顫動的唇間溜出。

爸爸，我們已經多少年沒見了？是差不多九年了吧！

九年……是九年沒錯……

也即是說，我原本應該已經十四歲了。

十四……十四歲了……

笛卡兒恐懼地回過身去，用雙手撐著書桌，一邊搖著頭，一邊自言自語地說：

我是瘋了嗎？我先是寫信給一個死去的朋友，然後見到死去的女兒！我自己也已經死了嗎？還是今晚喝得太多酒，醉到思緒混亂？

那女孩好像知道他心裡所想似的，說：

沒有啊！爸爸你自我測試一下吧。你自己提出的：「我思，故我在」。

---

24 弗朗仙・笛卡兒（Francine Descartes）是笛卡兒和荷蘭女傭海倫娜・珍斯（Helena Jans van der Strom）的私生女。

笛卡兒回過頭去，那女孩還在那裡，向他微笑著。

我思……故我在？

是爸爸你的名句啊！

笛卡兒低頭看了看自己攤開的雙手，又轉頭看了看燭光，再望向坐在床上的女孩，喃喃地說：

這雙手，這火光，甚至眼前這個女孩，也可能是幻象。但是，無論是做夢、幻覺，或者是神靈的惡作劇，我的確在思考著。我思考著，所以我存在。

這是清晰而且可以明確區分的事情。女孩補充說。

他還是陷於疑惑中，以說出口的方式繼續思考：

可是，我不能確知我正在以怎樣的方式存在，因為感官都是不可靠的。我只能確知，思想或靈魂存在，而如果思想或靈魂可以證實自身的存在，它就不依賴於物質，所以它亦是獨立於身體的存在。對！這就是我當年的推論。

既然是這樣，爸爸對自己便無需有懷疑了吧。

但是，你呢？你怎麼會……

爸爸不是主張靈魂不滅的嗎？

是的。

那你就當我是你女兒的靈魂吧。

但我，一個活人，怎麼可能看到你的靈魂？

靈魂這東西，當然不是用肉眼看到的。

所以我是已經死掉，或者是即將死掉的人了？

爸爸，不要對死的問題太執著啊！

笛卡兒一邊說話，一邊仔細地觀察著眼前的異象，並且大著膽子地慢慢接近女孩，站到了房間的中央。在燭光掩映下，女孩的形象卻反而變得更加清晰。他試探著問：

你身上的裙子，是湖水綠色的吧？在領子周圍和袖子的邊緣，有白色的蕾絲……

女孩抬了抬雙臂，像是要展示身上的衣飾似的，點頭說：

對啊！爸爸也記得嗎？這是我當年最愛穿的裙子啊！

所以，你真的是弗朗仙？不會是惡魔製造出來愚弄我的幻象吧？

我為甚麼要愚弄你呢？爸爸！我是來給你分憂的啊！

弗朗仙！

聽到爸爸叫我的名字，感覺真溫暖啊！雖然，作為靈魂，我是感受不到溫度的。

弗朗仙，對不起！爸爸從前也太忽略你了吧。我甚至向人撒謊，說你是我的姪女。

我知道爸爸你有難言之隱。

笛卡兒心想，無論眼前的是真象還是假象，感覺已沒有當初那麼可怕，甚至洋溢著一點點難以言喻的溫馨。他決定放任自己浸沉於這奇異的經驗裡，回身拿了把椅子，坐在和女孩隔著一臂之距的對面。但是，到了此刻，他還是沒法接受這個女孩的幻影是他的女兒。極其量，那也只是一個有著他的女兒的形態的幻影而已。就看她說的話那麼的成熟，便一點也不像只活到五歲的弗朗仙。不過，正如女孩所說，如果靈魂不滅，根據人世間的算法，她現在已經是十四歲。一個聰穎過人的十四歲女孩，並非沒可能說出剛才的一番話。而且，她是大哲學家笛卡兒的女兒啊！

爸爸你記得這個房間嗎？

女孩在笛卡兒沉思之際，又搶先開口了。他下意識地隨著她的話的提示，在陰影晃盪中環視了一下臥室，並未太在意女孩的問題。

你就是在這個房間裡，跟媽媽孕育了我的吧！

女孩嬌柔的語氣，像雷擊一樣打中了笛卡兒的心臟。他的胸口氣悶得無法說話。他終於醒覺到，打從幾天前住進這個房間開始，心裡的不自在因由何在了。雖然有點心虛，但他嘗試直接面對女孩的提問。只見女孩掛著天真的笑容，微微傾側著臉，一點也不心急地等著他的回答。

那是一六三四年十月十五日。

女孩拍了拍手，興奮地說：

爸爸的記憶力好強呢！

我有記錄下來的。

那我的生日呢？

一六三五年七月十九日。

爸爸果然不是不重視我啊！

女孩開心得眼泛淚光。

媽媽當時是在這房子當女傭的吧？

是的。我當時是房客。是薩金特先生招待我住在這裡的。

那你為甚麼會看上媽媽呢？她當時很漂亮嗎？還是哪方面吸引了你？

哲學家深呼吸了一口氣，對這些問題感到為難，遲疑著不懂回答。這次女孩有點心急了，連忙又問：

爸爸該不會是到處拈花惹草，生活放蕩的人吧？也不會是純粹出於無聊吧？

笛卡兒心想，這女兒的「靈魂」不是甚麼都知道的嗎？問我來做甚麼呢？是故意對我作出試探嗎？是想令我說出不及格的答案時，立即對我施加指責，甚至是報復嗎？他開始覺得這場奇異的談話不好應付。

老實說，當然啦，海倫娜年輕時有一定的吸引力。她做事很細心，對我態度也很溫柔。可能就是因為這樣，對她慢慢產生了好感。不過我雖然是個單身男人，卻沒有很多這方面的經驗。你知道啦，我從成年開始便立志研究學術，尋求真理，所以在四十歲之前，從來沒有心思考慮結婚的事，也絕對沒有過甚麼放蕩的生活。可是呢，當時和你媽媽待在一間屋子裡，雖然身分不同，但彼此經常接觸，便有了點親密的感覺。大概就是這樣的一回事吧。

女孩似是滿意地點著頭，笛卡兒卻覺得好像還未說到重點，便忍不住繼續說：

而且嘛——要不要跟女孩兒說這種事好呢？

爸爸你儘管說啊，別看我的外表很小，我已經十四歲了，也是時候了解這方面的事情了。

好的，那我就試著說說吧——這可是相當嚴肅的話題啊！——當時嘛，我正在研究人體結構的問題，正苦無對女性身體部位的認識，又對男女之間生殖的事情和胎兒的形成很感興趣，於是便作為一種實驗，跟你媽媽發生了關係。（清了清喉嚨）——多虧海倫娜，我在這課題上才得到深入觀察的機會，上了寶貴的一課。雖然得到的知識還嫌有點片面，但也不好意思不斷地實驗下去。所以那件事其實也發生得有點偶然。想不到的是，竟然在一次的嘗試中，便讓她懷了孩子。這不能不說是上天的安排，我也當然要對事件負責。所以，之後便不斷為你們兩母女作安排，盡量爭取見面和共處的機會。

但你為甚麼不跟媽媽結婚？

這個嘛，你小孩子很難明白。我當然知道，你已經「十四歲」了，但是，對於人世間的事情，你作為純粹的靈魂還是不太懂吧。我跟你說，我身分雖然並不高貴，頂多是個布爾喬亞家庭的出身，成年後又過了一段漫無目的四處遊歷的日子，最後才決心以哲學研究為業，但跟你母親的傭人身分，始終有階級上的差別。這在社會風俗上是不被認可的。在經濟方面，我靠家裡的遺產和物業，雖然個人生計不成問題，但說到組織家庭，卻是個沉重的負擔。況且，在宗教信仰上，我是羅馬天主教徒，你母親是荷蘭加爾文派教徒，兩者也有難以共融的地方吧——

爸爸！說穿了其實你只是擔心我們母女妨礙你鑽研學術的自由，打擾你最重視的寧靜隱居生活，還有拖累你清高的名聲吧！

給女孩搶了白，笛卡兒一時間無言以對。他以雙手把本已有點扭曲的臉面揉搓了一頓，像個想盡量保持清醒的醉漢般，用力眨著眼睛，搖晃著腦袋，然後大嘆了一口氣，說：

女兒……弗朗仙……你這樣說實在太令爸爸傷心了。事情不是這樣的！可能你當時年紀太小，所以不太了解實況吧。沒錯，我是非常重視自己的工作和生活方式，但我也是個負責任的男人。我絕對不會拋下你們母女不理。我已經盡了我的所能，照顧你們的生活。

我甚至已經決定，把你送到法國家鄉，接受更好的教育，讓你長大成一個有智慧和學識的女性。如果不是你不幸染上猩紅熱的話……。

說到這裡，笛卡兒哽咽起來，連他自己也有點意外。

但媽媽呢？你始終不打算給她正式妻子的名分吧！她只是你的科學實驗夥伴，甚至只是工具，或者是你女兒的照顧者，一個關係親密的傭人。你根本從來沒有愛上過她！

面對女兒的質疑，他平素的辯才全都派不上用場，只能像個傻瓜似的拍著腦袋，把假髮也弄歪了。最後，他不得不承認說：

愛這回事，坦白說，不是你父親的專長。

爸爸，你的專長是雄辯，或者是詭辯吧！

弗朗仙！我不得不相信，你真的是我的女兒。好吧！在我們父女之間，我就乾脆承認，我對你的母親沒有愛。我也不知道，自己對任何女人有過愛。但是，我對海倫娜的關心是真誠的。我願意保護她，至少不要讓她受到閒言閒語的傷害。為此我一直費盡心機，去作出有利於她的安排。就算在你離開人世之後——不好意思，當面對你這樣說有點奇怪——我也一直在為她的未來籌謀，希望盡快讓她安頓下來。海倫娜回復自由身之後，在我的介紹下，跟家裡在艾格蒙特開酒館的贊斯・范・韋爾交往。[25]我除了親身擔任他們的證婚人，還在她父親的名義下出錢給她辦了一筆嫁妝，確保她安穩無憂地生活下去。我這次離開艾格蒙特之前，去過紅心客棧探望過海倫娜。她在夫家的店裡幫忙，工作愉快，生活充實，還生下了一個可愛的小兒子呢！

費盡唇舌的他此時靜了下來，好像要稍作喘息。女孩低著頭，慢慢眨著眼睛，似是秤量著剛才父親所作的辯解，低聲地說：

那麼，我也算是有個小弟弟了吧。

放在矮櫃上的蠟燭已經燒剩一半，而書桌上的蠟燭則差不多燒到底，發出了響亮的滋滋聲，火光也變得不穩定了。坐在椅子上，身材中等的笛卡兒的影子，不斷在女孩身上擺動，直至突然消失。身後那支蠟燭終於熄滅了。空氣中瀰漫著一股殘餘的煙味。

雖然燭光少了一支，但房間裡的事物和坐在床上的女孩的形象，卻好像變得更加清楚。相信是瞳孔打開到最大限度，眼球內部的神經纖維也相應加強了接收作用所致。這些視光學和人體器官構造的分析，很自然地在笛卡兒的思維裡進行著，致使在女孩發出下一個問題的時候，他有點來不及從沉思中回到現場。女孩斬釘截鐵地問道：

爸爸，那麼你對我有愛嗎？

當然有啦！

25 贊斯・范・韋爾（Jansz van Wel）是艾格蒙特一間酒館的老闆的兒子。

他立即道出了毫無說服力的答案。

愛是一種passion，對嗎？

為甚麼這樣說？

爸爸不是正準備出版這方面的著作嗎？

連這個你都知道？

Les Passions de l'Ame!

你是怎麼知道的？

爸爸說，靈魂或心靈有主動和被動兩種行為。主動的行為是由意志所做的決定，被動的行為則是由不同的passions所做成的反應。

對，沒錯！你的理解力相當高。

那麼，愛也不過是一種被動的passion吧。也不過是一種身體的機械反應吧。由於天生渴求令自己愉悅的東西，擁有對自己有利的東西，甚至是想跟那種東西融為一體，促使心臟輸出特定的動物精質，對腦部的松果體造成衝擊，而在這個靈魂之座中產生了愛的passion。[26]這個passion因為被靈魂所感知，而啟動了感官上的相關反應，向身體各部位的神經輸出了相關的動物精質。這個過程當中並不一定牽涉意志，也即是靈魂的主動行為。甚至有些時候，愛的passion跟意志所主張的action互相衝突，而對松果體構成兩種相反力量的撼動。這就是所謂的內心矛盾或掙扎吧。

對於女孩把自己還未公開的理論記得滾瓜爛熟，而且表述得條理分明，笛卡兒感到驚訝萬分。但是，自然理性告訴他要保持冷靜。無論眼前的是一個騙局，一個幻象，還是某種無法解釋的現象，他首先要防止自己失去理智和判斷力。於是，他以嘉許的語氣回應說：

是的，說得很好！

那麼，這就是你所說的對我的愛嗎？

難道，這還不夠嗎？

那你的意志呢？你有沒有主動地下決心去愛我？你不是說過，愛和欲望之不同，是因為愛是de volonté的嗎？[27]

笛卡兒心想，這麼難纏的女孩，果真是我女兒對吧。他又不期然想起伊麗莎白公主，想起在她那些在措詞上自我貶抑的書信中，如何以無知者的語氣，向他發出一個又一個尖

26「動物精質」法文原文為"esprits animaux"，拉丁文為"spiritus animalis"，英文為"animal spirits"，是動物身體內的一種比血液更精細的物質。此物質的理論承傳自古希臘醫學，其功能主要在於神經訊息傳導，以驅使身體部位作出活動和反應。

27"De volonté"意指主動地、自願地通過意志去認可和加強一種passion，即action與passion一致的狀態。

銳而且永遠命中要害的問題，教他每次都要絞盡腦汁去想出令她滿意的回答。一生中面對過無數論敵，他全部都不把他們放在眼內。對其中的惡毒者，他會絕不留情地作出狂風掃落葉的反擊；對其中的愚笨者，他則不屑與之相辯，以免白費唇舌。唯獨是伊麗莎白公主，能坦誠直接地指出他的謬誤，或者未盡完善的論點，而他竟然都慷慨聆聽，虛心接受，並且心平氣和、循循善誘地跟她繼續深入討論。公主無疑是他一生所遇到過的最理想的對話者。現在，眼前的女孩給予他同樣的咄咄逼人但卻溫柔甜蜜的感覺。

對，我在書中是這樣說的。

他只能說出那樣緩衝性的無意義的句子，而對方則立即以背書的口吻，流利地唸道：

「一個父親對子女的愛是那麼的純粹，以至於他並沒有欲望從他們身上得到任何東西，也不希望擁有他們。相反，他把他們當成另外的自己，而且像為了自己的好處似的渴望他們得到好處，甚至尤有過之。因為他把他們和自己看作一個整體，而其中他自己所佔的並不是較好的部分，所以他往往會把他們的利益放在一己的利益之上，甚至不惜犧牲自己的性命去救護他們。」[28]

我的天！

爸爸，這是你在新作中談到愛的部分。你用了父親對子女之愛來做例子。

但是，女兒！你當時患的是猩紅熱！我就算犧牲了自己也救不了你！

你誤會了！我不是怪責你沒有救我。

我也沒有忽視你的利益啊！

爸爸，請你想想。我沒有正式結婚的父母。我的公開身分是你的姪女。就算我僥倖沒有病死，而你真的如你所說把我送回法國家鄉，你也不過是想把我寄養在親戚的家裡，接受女子式的家庭基礎教育。我將會如何成長還是個未知之數。但我肯定不能以當代最偉大的哲學家笛卡兒的女兒的身分，堂堂正正地站在世人面前。因為作為你的私生女兒，我只會成為你人生的汙點。而相對於你一直追求的榮譽和成就，我這個汙點還是及早抹除比較好吧。

良知受到嚴重考驗的笛卡兒，震驚得連人帶椅往後移了一步，只差沒整個的翻倒在地上。他不由自主地驚呼出來：

弗朗仙！這是復仇！是靈魂的復仇！對我所犯下的罪惡的復仇！

他渾身顫抖著，呼吸緊促，無法好好說話。他知道要克服內在的顛簸，不能讓自己被洶湧的情緒擊倒。他不是一直跟伊麗莎白公主說，只要理性對待自己的情緒，在腦袋裡呈現對事情合理的認識，便可以誘導出正面的passion，以控制負面的passion嗎？然後，他

28 出自《靈魂的激情》第八十二節。

以近乎自言自語的方式，把心中的思辨過程表露出來，也不知道是不是有意地向控訴者作出回答：

我現在眼前的復仇幽靈，一定是自己的passions所造成的幻象。因為從前的動物精質對腦部松果體的刺激留下了印記——對海倫娜和女兒的記憶、女兒出生時喜愉的passion和女兒逝世時悲傷的passion——就是精微物質穿透腦部表面而留下了被強行撐開的細小孔洞。雖然，很坦白說，當時的感覺好像並不特別強烈——那幾年間是我事業的高峰期，在出版了《談談方法》和三篇科學論文之後，忙於跟各地的學者以書信辯論，在女兒死去的同時，正在對《第一哲學沉思集》作最後整理。[29]我哪裡來那麼多的心思和精神，去浸沉在情緒的波動裡？作為一個要應對現實的男人，那不是情有可原的做法嗎？但是，也很難說，是不是在自己意識不到的情況下，這種種的經歷留下了深刻的印記，就是物理學上在松果體的表面所穿刺的孔洞的圖式。當我回到這間舊日住過的房間，這些深藏的印記就重新被動物精質所打開和滲透，勾起了像夢境一樣的幻象。所以，眼前這一切並不是真實的，而是發生在腦袋裡，在心智裡的事情。所有都只是非物質的顯影！

他像在自我爭辯似的，時而左顧，時而右盼，雙手一邊在空中作出比畫。得到最後的結論的時候，他的動作停止下來，眼神直視著坐在床上的女孩，向她伸出右手，說：

弗朗仙！就讓爸爸來確認，你究竟是人是鬼吧！

由於剛才椅子向後移動，現在的距離剛好不夠他伸手便抓住女孩。隨著他俯身向前，身體開始離開椅子，大有向女孩撲去之勢。這時，女孩卻突然身子向後一挨，雙腿屈曲起來，整個人縮到床上，背部靠到牆邊去。笛卡兒撲了個空，雙手撐著床緣，才不至於摔到地上，又因為雙腿軟麻，而不得不往身後摸索椅子的位置，好不容易才再次穩坐下來。

女孩雖然做了個逃脫的反應，但臉上並沒有驚慌，反而露出俏皮的笑意，好像在跟大人玩捉迷藏似的。她屈曲雙腿側身坐著，把裙子的下襬拉好，用手掌撫平上面的皺摺。室內響起摩擦布料的聲音，一下又一下的，像是輕輕地拂拭在笛卡兒的靈魂上。他剛才的衝動慢慢被撫平了。他的肩膀放鬆下來，呼吸也回復平順，背部安穩地靠在椅背上。女孩停下動作，側著臉，一邊撥弄肩上的髮絲，一邊說：

爸爸，如果我是一個男孩，你會更愛我嗎？

不會——我的意思是，我會同樣地愛你。

29《談談方法》（*Discours de la Methode*）全名為《談談正確引導理性在各門科學上尋找真理的方法》，發表於一六三七年，是笛卡兒第一部正式出版的著作。原為《屈光學》、《流星》及《幾何學》三篇科學論文的前言。

《第一哲學沉思集》（*Meditationes de Prima Philosophia*）出版於一六四一年，是笛卡兒嘗試證明神的存在和靈魂不滅的形而上學著作。他相信藉此能建立對物理世界進行探究的穩固基礎。

為甚麼呢？男人不是都希望有兒子，可以繼承自己的財產或事業，把自己的家族血脈傳承下去的嗎？

很可惜，我沒有多少財產可以讓兒子繼承。所謂家庭或家族，也從來不是我關心的東西。比財富和血緣更長久也更廣大的，是真正對人類福祉有貢獻的功績。關於事業，我認為哲學和科學研究的工作，女性一點也不輸給男性。甚至乎，因為女性沒有遭受過正統教育制度裡經院哲學的荼毒，反而更適合接受新式教育的培養，心靈對新思想也更開放。就以我一直跟她通信的伊麗莎白公主為例，雖然她常常聲稱自己愚昧無知，但她的智力遠遠高於許多所謂的大學者。如果她不是受到身為女性和王室成員的束縛，她一定可以在學術上有所成就。

爸爸和伊麗莎白公主之間，就只是師友的關係嗎？難道你在心底裡，沒有一點點兒喜歡上她嗎？

笛卡兒嚇得差點從椅子上彈跳起來，連忙鄭重地說：

小女孩說話可以小心點嗎？你知道這樣的話傳了出去，對公主的名聲會造成多大的損害！

哎喲，爸爸真是十分維護公主啊！

像公主這樣尊貴的人，不是拿來開玩笑的！

見父親真的有點生氣了，女孩便抿了抿嘴巴，不敢再說下去了。笛卡兒也覺得自己的語氣的確是重了點，心軟下來，嘗試掛起一副慈祥父親的臉容，說：

親愛的弗朗仙，雖然你生下來便沒有福份享有公主的尊貴地位，但對我來說，你永遠也是我的公主。以你遺傳自我的聰明和智力，經過我的悉心教導，長大後一定會成為一個在才學上比伊麗莎白公主毫不遜色的傑出女性。

可是，爸爸你別忘記，我已經死了。

想不到繞了個大圈子，又回到這個無情的事實。笛卡兒只好大嘆一口氣，心情也一下子沉了下來。他只能無奈地說：

那麼，弗朗仙，你教我現在應該怎麼對待你呢？當你是一個真實的活人，還是一個逝去的幻影呢？還是，那個雖然我一直相信，但親眼看見又覺得不可思議的，不滅的靈魂？

看到父親困擾的樣子，女孩前傾了一下身子，坐到床的中央，關切地說：

爸爸，你何必要分辨真假呢？你就當我是一個fable吧！[30]

---

30 笛卡兒多次在著作中，以“fable”來形容他所提出的科學假設，以表示那只是想像或思想實驗，並非對真實世界的描述。由於把“fable”譯作「寓言」會過分強調當中的「寓意」，而減弱了虛構或想像的色彩，文中保留“fable”一字不作翻譯。

Fable？

你自己不是多次用到這個說法的嗎？

確實是，但是……

當你解釋宇宙是如何誕生的，你假設那只是一個fable。當你解釋人體的構造時，你也假設那只是一個fable。結果那些假設的fable，跟現實的宇宙和人體幾乎一模一樣。為甚麼會這麼巧合呢？你只不過是借fable為藉口，逃過宗教上違反教義的指責吧。爸爸，你真是個很懂講故事的人啊！我小時候，你有沒有給我講fable呢？還是，你只是很懂找藉口呢？至於說到那用盡一切方法去欺騙你，讓你懷疑所有事物的真實性的神靈，你也說是一個fable。

但我只是想運用假設性的推論，去證實靈魂的存在，再而證明神的存在。可是有些冥頑不靈的傢伙，硬要說我是暗地裡推銷懷疑論和無神論。我能不給他們氣死嗎？

別生氣啊，爸爸！可見fable的藉口是沒有用處的啊！要攻擊你的人，不會因此而停止攻擊。而爸爸因為害怕遭到宗教迫害，不是連那最根本的fable也不敢發表嗎？可見所謂fable所說的，其實就是真實。

但是羅馬教廷一直在說，只要作為科學上的hypothesis而不是demonstration，也不挑戰聖書所記載的真實信仰，那就連日心說都可以納入討論。[31]

那爸爸為甚麼連說一個fable，也遲疑了十六年呢？難道你心中不是早已清晰明瞭，其實不滅靈魂的存在，甚至是神的存在，才是真正的fable嗎？

弗朗仙！你怎麼可以說出這樣冒瀆的話來！你剛才不是說，你自己就是那個不滅的靈魂嗎？

爸爸，我已經說過，我是一個fable。

好的，好的！那你就是一個fable吧。當作fable去說說，可以告訴我作為純粹的靈魂的感覺是怎樣的嗎？我對這個很感興趣。

爸爸不是老早就知道了嗎？在你總結出“cogito, ergo sum”的時候。[32]

沒錯，沒錯。我認為這就是確切的證據了，但是……這樣的思想，始終是存在於一具肉體中，而且跟它緊緊地連接在一起。在完全離開肉體之後，獨自存在的靈魂或思想，究竟是怎樣的呢？這個我很想知道。

何必心急呢？你死後便會知道了。

---

31 根據以亞里士多德學說為基礎的中世紀經院哲學（Scholastic Philosophy），“demonstration”是一套通過邏輯推演以證明真理的方法，與作為科學假設而未經證實的“hypothesis”不同。

32 即「我思，故我在」。

笛卡兒心裡一驚，但表面還是保持鎮定，說：

女兒，你的意思是，我的死期將近了嗎？

我沒有這樣說啊！我只是一個靈魂，又不是神，我怎知道你命定的死期在何時？

那麼，我想問一句，一個還擁有肉體的我，依靠身體感官去認知外物的我，是怎樣能看到靈魂，也即是你，並且跟你交談的呢？

女孩嘟著嘴巴，以指尖按著嘴唇中央，眼珠兒滾了滾，思考了半晌，才說：

你不是用你的身體感官看見我。是你的靈魂直接看見了我，另一個靈魂。應該可以這樣說吧。

那麼，可不可以說，你根本就不在那邊，坐在那張床上，甚至不在這個房間裡，而是在我的靈魂，或者是我的思想裡？

女孩這次側著臉，單手托著腮，又認真地思考了一下，說：

也沒有理由不可以這樣說的。

笛卡兒點了點頭，再慎重地推論下去，說：

既然是這樣，如果我走近看似是坐在床上的你，伸出手去，是不可能實在地觸摸到你的吧。因為真實的你根本就不在那個物理位置上。對嗎？

因為剛才曾經被父親試圖抓住，女孩有點戒心地往後挪動了一下，說：

是的，但也不是的。

此話何解？

作為非物質的靈魂，我當然不具備被觸摸到的特性。所以你的手不會真正地碰到我的「身體」。但是，正如在夢中一樣，發生在你的靈魂，或者是思想裡面的一切，感覺都會如真實的一樣，所以，你的靈魂，或者你的靈魂之座，即是那個松果體，還是會釋出動物精質，通過神經管道去到你手部的肌肉和皮膚，而讓你有觸摸到我的感官反應。所以，當你嘗試去觸摸那個觸不到的我的時候，你卻會感到猶如真的觸摸到我一樣。

所以，到底也是分不清楚的？我不但無法認清外在事物的真相，更加無法認清事物究竟是在外在還是內在。是這樣嗎？

女孩點了點頭，說：

沒錯，爸爸。我們唯一能確知的，是自己的存在。至於他人或他物的存在，是永遠被置於存疑狀態的。你所奠定的真理的基礎，也即是「肯定地存在著的思考著的我」，也只是真理的唯一可能的範圍。

笛卡兒不肯定自己是否已經被說服，但心情卻陷入了絕望之中。就好像花了一生的精力建造起來的、以為堅固無比的房子，竟然經不起輕微的衝擊，一下子就倒塌了。

我們只能確知「自我」，卻無法確知「世界」。那麼，我的物理學，豈不是白費心機？

也不能這樣說的。我們對物理世界雖然不能擁有絕對的知識，但也可以擁有相對的、假設性的、可能的知識。說到底，我們每一個人，也是這個廣大無邊的物理世界中的一分子。或者，正如爸爸你在《世界》中提出的機械觀，上至星體，下至生物，都建基於相同的原理衍生和運作。所以，如果我們把問題反過來思考，我們腦袋裡的所謂「靈魂」或「思想」，其實也可能是整個機械運作的效應。這不就是伊麗莎白公主，從一開始就向你不斷追問的，非物質的靈魂如何能夠推動物質的身體的難題嗎？如果連靈魂本身，也不過是由物質的效應所構成，所有問題不就可以迎刃而解嗎？

女兒的一番話，令笛卡兒更為震驚，在他的心中引起了本能的反彈。他忍不住又用了嚴父的語氣，既想大吼但又必須克制地說：

弗朗仙！這是徹頭徹尾的無神論啊！

女孩並沒有被父親的反應嚇倒，反而坐直了身子，神態自如地回應說：

爸爸，你回顧一下自己的研究方向，為何是先鑽研物理學，然後才談形而上學，甚至介入神學課題？如果當年伽利略沒有受到審判，《世界》和《論人》便會順利出版。如果你的這個新興學派，就算未立即得到全世界的認同，但也有充分的自由發展和傳播開去，而沒有受到迫害或打壓的威脅，你還會不會寫《談談方法》和《沉思集》？還會不會花心思去證明神的存在？去附和教會的基本教義，去取悅那些無論是新教還是羅馬天主教的神學家？還會不會去爭取別人相信，你是個堅定不移的信徒？但是，請別忘記，你曾經跟伊麗莎白公主說，形而上的思考和冥想不宜多花時間。只要知道基本理論，也即是你給出來的結論，便足夠了。就好像種樹一樣，只要樹木好好成長，就不必多此一舉地不斷把泥土挖開，把樹根翻出來審視。你私下的想法其實是，形而上學和神學，或者所謂「第一原理」的東西，根本就是毫無重要性的東西。多想無益，不想更佳。總之，只要相信神的存在和靈魂不滅的兩個義理，信仰的事情便不必深究。既然確立「第一原理」的工作，已經由你完成了，那大家往後便踏在這塊地基上，全力去探究物理學的知識吧！爸爸，這不就是你的立場嗎？你所論述的神和靈魂，歸根究柢，其實只是萬物運作的地毯啊！看似十分基礎，但隨時可以一腳踢開。

笛卡兒一邊聽著，一邊以雙手按著兩邊額側，把假髮也推得鬆脫了。他雖然充滿困惑，但心情已稍為安定下來。他平靜地說：

女兒，你的意思是，我是個無神論者，但連我自己也不知道？

這次女孩沒有答話，只是雙手托著腮，眼睛一眨一眨的望著他。他有點害怕這個幻影女兒的目光，便別過了臉，假裝繼續思考，但他的腦袋其實一片混亂。這是從來未有過的事情。從一開始，他就是個自信十足的思考者。那些所謂「懷疑」也只是刻意鋪排的思考過程。他也從未對他人的質疑認輸。他永遠是對的，而別人永遠是錯的。只有，在伊麗莎白公主面前。還有，在這個所謂的「女兒」面前。

這時候，笛卡兒察覺到，矮櫃上的那支唯一的蠟燭，依然維持在燒到一半的位置。但是，他和女兒談話期間，時間明明已經過了好一陣子。難道又是自己的觀察有誤？他回頭望向床上，發現坐在上面的那個女孩，體形好像變大了不少，至少好像一個嬌小的成年女子的模樣。在同樣是湖水綠色的裙子下面，是一個成熟的女人的軀體。而她的樣子，竟然跟伊麗莎白公主肖似！笛卡兒不由自主地喊了出來：

殿下！

女子臉上露出溫婉的微笑，說：

我不是伊麗莎白，我是弗朗仙啊！

但是……

我現在是以長大了的弗朗仙的形像出現。

但為甚麼，你的樣子跟伊麗莎白公主這麼相似？

是嗎？可能又是你心中的passions作祟吧。

又是passions的問題？

你不是說過，意志的action沒法直接控制passion的嗎？只能靠間接的方法，嘗試以理性喚起相反或相克的passion，去調和原先的passion。首先以理性分析事情的利弊，然後集中於有利之處，以喚起愉快的passion，以抵銷悲傷的passion。

沒錯，意志的作用是有限的，但是，那是一個心靈訓練的問題。如果熟練的話，這樣的操作會更迅速、順利和有效。所以，理性還是凌駕於passion的。

爸爸，你到現在還這麼有信心嗎？

這不只是信心的問題。說到底還是一個美德的問題。

以理性引導出正確的判斷，然後喚起正面的passions，或者passions的正面作用，以達到那極致的美善。這就是爸爸所說的美德？

你說得很對。這不就是我在新書的初稿中跟你討論過的內容嗎？

爸爸，你又把我當作伊麗莎白了。

不好意思，我給弄得一塌糊塗了！

但是，美德真的是自由意志的結果嗎？

如果不是，還怎能稱得上是美德？

如果，就像伊麗莎白公主多次強調，理性受到身體的passions不斷的干擾，而無法正常運作，那這個人還有能力實踐美德嗎？還應該全盤負上道德的責任，或者受到道德上的指責嗎？

我就這個問題已經多次回答她了。

你並沒有回答她的疑問，你只是重申理性的作用來安撫她吧。對於體弱多病，又長期承受巨大的社會壓力的她來說，不受干擾的純粹理性，以及意志所做的正確action，都只是缺乏體諒的奢談啊！

是的，我承認在這一點上沒法完全說服她，為她解除憂慮。

不只是這一點。還有關於自由意志和神的旨意的衝突，你也無法提出令她信服的答案。

這個問題，千百年來教會的神長和神學家們，也沒有人能提出無法駁倒的說法。

所以呢，這會不會是根本無法解答的問題？也即是兩者根本不能並存。要不，所有事情都是全能全知的神在創世之初便完全決定下來的。任憑人作出怎樣的努力，也無法改變事情的結果。人的得救，全憑神的恩寵，個人是無法影響神的意志的。為善為惡的選擇變得毫無意義。人生只是按著預先寫定的劇本演出。要不，人擁有自由意志，而神並不存在。因為受人的自由意志所影響的神，就不符合神的資格了。

你想說甚麼呢？殿——不，弗朗仙！

我想說的，就是你以為你已經解答了，但其實根本未曾解答，也永遠解答不了的問題——人的理性，或者你說的所謂靈魂，究竟是否受制於物質身體的passions和非物質的最高靈性神的問題。

笛卡兒凝望著這個猶如另一個自己的女性，啞口無言。對方繼續說：

你就是因為要假裝站在正統教義的一方，釋除教廷的疑慮，爭取教派的支持，而費盡心力在神的旨意和靈魂不滅這兩個義理上作妥協，甚至嘗試發明出自以為更精確更簡潔的證明，目的卻是希望一了百了，以後可以把這兩個問題束之高閣，不再深究，而集中精神處理對世界的自然哲學探討。這就是你一直在做，但卻不敢承認的事情。

但是，沒有了神的概念，神的原理，沒有了不滅的靈魂，我們對一切的認知豈不是統統都要崩塌嗎？

怎麼會呢？試試拿走神，拿走不滅的靈魂，剩下來的還有理性，還有意志，還有passions。這三者作為一個肉身的運作，完全可以自足自在，完全可以用你的人體機械論去解釋。不假外求於任何超自然的原因。這不就是你夢想著的，以統一的方法論和理性的推演運算，去達到的對自然世界的認識嗎？

變成大人模樣的女孩，說起話來彷彿也深沉成熟了許多，論點和修辭也更可以跟笛卡兒匹敵。她成為了不折不扣的，笛卡兒的女兒，他的另一個自我。不，甚至是比他更強的，同中有異的自我，或者超自我。

笛卡兒苦苦地思索著反駁的方法，但並不是為了替信仰辯護，而是為了自己的理性的自尊。在他一生中，從未敗在別人的手下，至少他一直這樣的認為，但這次他不得不承認自己處於下風，並因此而感到了屈辱。他一定要找出對方的漏洞，向縱使是最細小的裂縫施以攻擊。

弗朗仙，你剛才不是說，你是我死去的女兒的靈魂嗎？

這時候，矮櫃上的蠟燭發出了一下輕微爆炸。他分了心，側臉往那方向望了一下。他發現火光竟已差不多燒到底了，在一堆癱軟的蠟油上激烈地、垂死地掙扎著。他回過頭來，繼續未說完的話：

請你讓我親自證實一下，靈魂的存在，或不存在吧。

說罷，笛卡兒從椅子慢慢站起來，極小心地邁出了腳步。他走得很慢，就好像為了要捕捉一隻被迫進牆角的小動物，生怕牠會驚慌逃走，而以幾乎難以辨別的速度，一步一步地靠近。但是，當他越靠近，床上的女孩便越退後。他很奇怪，對方明明是無路可退了，為甚麼卻好像一直跟他保持距離？他用力眨了眨眼睛，企圖在昏暗中看清楚事實。然後他發現，女孩根本動也沒有動過，她只是漸漸縮小而已。到他挨近床緣，只要一伸手便可以抓住她，她已經變回那個五歲女孩的大小了。

這時候，他好像踩到像枯葉似的又軟又脆的東西。他停下來，移開右腳，低頭看了看，然後彎身去把那東西撿拾起來。那是揉作一團的紙張。攤開一看，上面是他自己的字跡，是他早前寫給已死去的梅森神父的信。

爸爸，你剛才丟東西的時候擲中了我。女孩抱怨說。

我擲中了你嗎？很抱歉，女兒。我擲中了你哪裡？

女孩指了指自己的額頭。

爸爸擲中了你的額頭？對不起啊！女兒！爸爸不是有心的！爸爸真魯莽！

笛卡兒把信紙丟到床上，伸出右手，試圖觸摸女孩的額頭。

是擲中這裡嗎？痛不痛？爸爸給你呵一下吧！

女孩竟然沒有如預期中逃開，反而用手撥開額前的頭髮，迎接那將要碰上去的手指。

他終於碰到了女兒的額頭，既柔軟的，又堅硬的。他用指頭在額頭的正中央輕輕揉了揉，然後手指又碰到了垂下來的髮絲。他順手把髮絲拈在指間，溫柔地搓了搓，的確是柔軟細滑的髮絲。然後，他的身子彎得更前，以雙手捧著女兒的臉蛋，以掌心痛惜地撫摸著她圓潤的雙頰。在接近最後的光線中，他看見女兒的雙眼泛滿淚水，而他自己的視野也變得模糊一片。有溫熱的眼淚從他的鼻翼兩旁流下。他感覺到自己的心在慢慢融化。胸中剛才還滿滿地充斥著的不忿和屈辱，甚至是攻擊性的態度，都完全消解了。他哽咽地叫出了：

弗朗仙！我的女兒！你為甚麼不留下來陪爸爸呢？

爸爸，我現在不是回來陪你了嗎？

但你甚至不是不滅的靈魂，而只不過是我心中的幻影啊！

他在床上坐下來，執著女兒柔滑的雙手，不停撫摸著那些幼嫩的手指。那種觸覺，那種質感，那種溫度，完全像真的一樣，令他覺得這個夢實在太美妙，但也太可怕了。

爸爸拉起女兒的手，讓她挺起身子來，好讓他緊緊地擁抱她。她那柔若無骨的纖小身軀，在他的臂彎裡軟綿綿的、暖烘烘的，像一頭充滿生命力的小獸，既溫馴，又不受約束。他甚至感到了她的呼吸，聽到了她的心跳。他心中的passions強烈地洶湧，致使驚奇、愛悅、喜樂、悲傷等種種情緒，同時互相衝擊和混合。身為人父的歡欣與痛楚，比女兒在生的時候還強烈。他終於了悟，這就是所謂的，骨肉之情吧！

弗朗仙！這不是一齣內心的劇場吧？不會在散場之後，便人去樓空吧？弗朗仙！我的女兒！爸爸可以怎樣才能留住你呢？

把臉埋在他肩膀上的女兒幽幽地說：

爸爸，有一個辦法。

希望在他心中重燃。他放開了女兒，以雙手扶著她的雙肩，正視著她，說：

是甚麼辦法？

把我製造成自動人偶。[33]

你是說，一個機械人？

在爸爸的fable裡不是說，人體本身就是一部精密的機器嗎？那就製造出一個有心跳、懂進食、能活動、曉說話，甚至能思考的自動人偶吧！

女兒天真的想法讓他既驚訝又心痛。他不忍問道：

但是，誰賦予你靈魂？

為甚麼需要靈魂？有腦袋不就可以了嗎？

腦袋就是靈魂了？

爸爸就這樣做吧！

他剛剛湧起的充滿父愛的心忽然冷了半截，含糊地說：

理論上是可以的，但是，在技術上……恐怕還要等好幾百年才做到。

這次輪到女兒撲上前去，用小巧的雙手捧著爸爸粗糙的臉龐，近距離直視著他的雙眼，說：

爸爸要對自己有信心啊。

33 即英語中的automaton，以機械技術製造的模仿人類外貌和動作的人偶。自動人偶技術發展的全盛時期為十八世紀。最著名的是法國人賈克．德．沃岡松（Jacques de Vaucanson）於一七三八年展出的橫笛子及鼓手、長笛手和鴨子三個自動裝置，其逼真程度轟動一時。

他不知道應不應該答允女兒這麼荒誕的要求。女兒依然凝望著他，眼裡充滿柔情地說：

爸爸，你知道嗎？後世將會流傳一個故事，說大哲學家笛卡兒在女兒弗朗仙死後，因為悲傷過度，無法捨離，而製造了一個跟女兒一模一樣的自動人偶，把她叫做弗朗仙，並且跟她形影不離。最後，笛卡兒帶著這個「女兒」前往瑞典。不幸的是，他們乘搭的船隻在海上遇到了大風浪。水手對哲學家帶著的箱子感到懷疑，在搜索他的房間的時候，發現了這個自動人偶。船長認為這個人偶是不祥之物，便把它丟到波濤洶湧的大海裡。風浪隨之而平息，但笛卡兒卻一直向著大海叫喊著女兒的名字。

女孩說罷，臉上流下了兩行閃閃發亮的淚水。

爸爸，這就是我最想聽到的 fable！

笛卡兒嗚咽著，萬分羞愧地說：

對不起！女兒！這樣的事我實在沒法做到！爸爸並沒有你想像中那麼厲害。

女孩用手背拭了拭臉上的淚水，咧嘴而笑，說：

怎會呢？爸爸！

他凝住了臉容，不知該作何反應。女孩又說：

爸爸，你不記得了嗎？你已經做到了！

弗朗仙……你這是甚麼意思？

爸爸，我就是你親手製造出來的自動人偶。

你是……？

你真的忘記了嗎？就是你製造出來，向世界示範人體機械論的自動人偶啊！而你刻意把它造成我的樣子，當作你的女兒一樣去呵護。

我有做這樣的事嗎？

不信的話，你親自來證實一下吧！

女孩說罷，在床上半跪著，挺直上身，張開雙臂，擺出一個等待檢查的姿勢。笛卡兒疑惑地望著女孩，遲遲不敢有所舉動。

女孩見狀，便自己動手，慢慢把裙子的鈕扣從後解開，然後把上衣向前翻下，直至露出肩膀和鎖骨。她停下來，執起笛卡兒的雙手，把它們放在自己的胸口，示意他繼續幫她脫下衣服。但是，他的雙手顫抖著，幾乎無法把衣裙好好抓住。在女孩的協助下，才笨手笨腳地成功脫下了裙子。他忽然想起了十五年前十月十五日的晚上，他和女傭海倫娜在這個房間的這張床上做的事，情況竟然跟現在十分相似。

裸身的女孩躺到床上去，仰臥著，直直地伸著手腳，看上去像個未穿衣服的玩具娃娃。不知所措的他卻僵硬地坐在床緣，望著眼前這個不可思議的景象。女孩側了側腦袋，向他發出鼓勵的微笑，說：

爸爸，來吧！

來？……怎麼來？

打開我。

這近乎一個不能不服從的命令，就像由一個公主所發出的一樣。

哪裡？……如何？

他連聲音也抖動起來了。

女孩拉著他的手，把它放在自己肚臍的位置。

他的思緒陷入一片混亂，眼睛無法看清前面的事物。也許燭光已經越來越昏暗。他只朦朧地感覺到，在那小巧的肚臍位置有一個開關，按下去之後，整個胸腔一直到下腹部，便像兩扇門似的向兩邊打開。他的心怦怦亂跳，但卻同時不能自已地躬身向前，探頭往裡面望去。在那個纖巧的軀殼裡面，分布著許多模擬人類器官的裝置和部件。以燃料發熱的心臟，促使它有規律地跳動。從心臟流出的液體，通過多條管道向身體各部位輸送能量。像風箱一樣的肺部，不斷地收縮又膨脹，把空氣打進發聲的喉管，也煽動著心臟的熱力。這些裝置有的像鐘錶的齒輪和鏈條，有的像以水力推動的機關。然後，女孩指了指自己的眉心。他服從地伸出手指，在那位置按壓了一下，整個腦殼自額頭以上便像蓋子般打開。

拿開頭蓋子，可以看見，在那應該是腦部的位置，在那布滿不明的管道和金屬零件的裝置內，有一顆小小的松果狀的東西。只剩下臉面的女孩的嘴巴動起來，說：

爸爸，那裡就是我的靈魂。

她的不完整的臉露出幸福的笑容。

是你給我的靈魂。

她伸出小手，在父親的眉心輕輕點了一下。

四周頓即昏暗下來。可能是燭光終於滅了。可能是他昏倒過去了。只知道，世界陷入絕對的黑暗中。連聲音也完全滅掉了。靈魂，也終於安息了。

大風猛烈地拍打在窗子上，把笛卡兒吵醒了。他瞇著眼，蹙著眉，艱難地抬著頭來，發現自己在床上和衣而臥，假髮掉在枕頭一旁。頭痛欲裂，似是宿醉未消，便又平躺下來，用拇指尖按壓眉心的位置。

天已大亮了。但窗子沒有透進陽光，而是均勻的陰鬱的色調。天空想必是多雲了。

有人敲響了門。

舒路特以德語口音的法語在外面說：

先生！要起床了。我們快要出發了。

命子：花

1.

有一晚妻子約了舊學生吃飯聊天，我照例很早便上床睡覺。也不知她甚麼時候回來，只知道她爬到床上的時候把我弄醒了。我起身去了個洗手間，回到床邊，妻子卻已經熟睡。當我鑽進被窩裡，她卻突然開口說：你知道嗎？P生了個機械BB呢！我見她眼睛是閉著的，知道她只是在說夢話，便沒有答理她，蒙頭睡去了。

第二天早上吃早餐的時候，我向妻子報告了昨晚她說的話，她卻矢口否認。她的舊學生P的確生了個女兒，已經差不多一歲了。據妻子所說，P生了女兒之後，整個人也變了。從前抽煙很凶的她，立即戒了煙。在電視台當導演和編劇的夫妻，一向過著波希米亞式的生活，現在卻對起居飲食變得非常嚴格。把房子布置成七彩繽紛的兒童天地，並且高度注意家居安全，這些都不在話下；對嬰兒食物營養的要求，更加超越了一般第一世界的水準。除了排除萬難在上班之餘，搾取和儲存足夠的母乳，還堅持每天親自炮製以鮮魚湯加入磨碎的多種蔬菜慢煮而成的糊仔。以前對丈夫的溺愛完全轉移到女兒身上；可憐那位新任父親每晚下班回家便只能默默啃下女兒吃剩的殘羹，而在家裡的地位也淪為補給供應者和苦力了。

但你昨晚明明是說機械ＢＢ的啊！我堅持說。

不是啦！我可能是受到Reborn Babies影響吧！

妻子用匙子敲破水煮蛋，用指尖剝掉蛋殼，揭露出柔滑而富有彈性的蛋白。再用匙子剖開蛋白，內裡是橙色的流心蛋黃，生熟度把握得剛剛好。灑上少許岩鹽和黑胡椒碎，把匙子放進嘴裡，神情似是相當滿意。我重新撿起話題，說：

Reborn Babies是甚麼東西？

是一種假baby，或者可以說是嬰兒玩偶。

那不就是洋娃娃？

也不是啊！不是一般的洋娃娃，而是跟真實嬰兒極度相似的一種娃娃。

P已經生了真娃娃，為甚麼又要假娃娃？不是用來給女兒作伴吧？

不是啦，是用來做道具的。P打算寫一齣關於初生嬰兒的新劇，想買個比較像真的ＢＢ公仔拍攝時用。而且，好像也有關於Reborn Babies的情節。

但這種娃娃為甚麼叫做Reborn Babies呢？很奇怪的名字啊！是死去然後又重生的意思嗎？聽來有點詭異呢！

妻子一邊吃掉最後的一口水煮蛋，一邊說：

我開頭也以為是這樣，但原來跟嬰兒夭折無關。聽說Reborn Babies發源於歐洲，大概在上世紀八十年代左右，有些工藝家把傳統的舊洋娃娃回收，重新加工，令皮膚、毛髮、神情、身體的柔軟度等等，都變得跟真的嬰兒很相似。這樣重新製作出來的娃娃，初時叫做Reborn Dolls，後來不知怎的變成了Reborn Babies。做一個Reborn Baby似乎也頗費工夫，至少要兩、三天才完成一個。可能是做得實在太逼真吧，開始出現了一群成年人顧客。當中主要是女性，但有時也得到丈夫或者伴侶的支持。她們訂製自己理想中的Reborn Babies，帶回家裡當是真正的嬰兒看待。不是說笑的，這些人是非常認真的，在家裡設置了嬰兒房，買齊各種可愛的嬰兒裝，還有嬰兒玩具；會幫這些假嬰兒悉心打扮，然後帶它們上街；還有幫它們洗澡、換片、餵奶……總之是做足工夫，一點也不馬虎啊！你上YouTube找找，有些供應商上載了些照顧Reborn Babies的示範短片。那些ＢＢ呀，逼真到呢，你完全看不出是假的啊！如果付貴一點的價錢，還可以upgrade，加裝笑聲、哭聲、呼吸和心跳。

是嗎？真是有點匪夷所思！

有甚麼值得大驚小怪？你自己不也養了狐狸和刺蝟公仔，把它們當作真動物一樣嗎？

但是，那不是一般玩偶，是人類嬰兒的替代品啊！

替代品之所以出現，代表真的有這樣的需要。可能是本身沒法生孩子的，或者不願意生孩子的，但又很想嘗試當父母的感覺。也可能是孩子不幸去世了，於是便弄一個替身回來作補償。甚至有男人用自己嬰兒時的照片，度身訂造一個Reborn Baby，送給年老的媽媽作母親節禮物，讓她重溫年輕時照顧兒子的回憶。那聽來也相當溫馨啊！我覺得那些Reborn Babies的母親，還有父親，都很有勇氣。他們無視世界奇異的目光，敢於向世界說：為甚麼把感情投放在一個假娃娃身上，就是心理有問題呢？人類的孩童不是一直在玩人形娃娃和動物毛公仔，把它們當成有真實生命似的去愛護嗎？既然我們也鼓勵孩子這樣做，為甚麼成年人自己卻不可以？

妻子說得理直氣壯，好像在爭取某種玩偶權似的。據我所知，妻子小時候並不是那種喜歡玩洋娃娃和毛公仔的女孩，長大後也沒有這方面的傾向。我不知道她是否開始懷念照顧初生兒子的日子，而重新勾起了母性來。或者是出於我們沒有女兒的遺憾？我認真地思索，是否需要訂購一個Reborn Baby。但是，應該重新選一個漂亮可愛的，還是照兒子的模樣再造一個呢？又或者，根據我們夫妻的照片合成，給已經十五歲的兒子創造一個弟弟或妹妹？我們畢竟已經超過了適合再生孩子的年紀了。反正，如她所言，Reborn Baby只是一個矽膠公仔，不用真的吃喝，也不會生病，當然也不會有成長過程中的各種麻煩和令人擔心的事情。當父母的重任，也不用重頭再來承擔一遍。

妻子吃完早餐便回大學上班了。我清理了餐桌，開始用手機上網搜尋關於Reborn Babies的資訊。

2.

隔了幾天，我便把Reborn Babies的事情忘了。某個下午，我在家中寫作的時候，速遞員按了門鈴，送來了一個郵包。那個紙箱不大，捧在手裡不重。我第一個直覺是妻子網購的服裝或日用品。看了看包裹上的收件人資料，寫的卻是我和妻子兩個人的名字。寄件者是Homunculus，可能是公司名稱，下面是一個看來是德文的地址。

我把箱子放在餐桌上，考慮著要不要打開。也許我應該先問問妻子，但是，既然收件人也包括我，那我把它打開也不算是自作主張吧。我用剪刀切開封箱膠紙，揭開箱子的頂部。首先露出來的，是用作防護的透明塑料泡泡。拿開泡泡，下面是一張精美而柔軟的粉藍色包裝紙，摺疊處以一個紅心貼紙粘著。那顯然是非得小心翼翼地處理的東西。我盡量溫柔地撕開紅心貼紙，揭開包裝紙，裡面竟又是另一個以粉紅色包裝紙包裹的東西。在那東西旁邊，整齊地擺放著好幾樣事物。我逐一把那些附帶物拿出來。首先是一套白色底，印著小熊圖案的初生嬰兒服；然後是迷你的棉質嬰兒手套和腳套；再來是一個奶嘴和一件會發出清脆的鈴聲的塑膠小玩具；接著還有兩塊紙尿片。最後，是一張印著Birth Certificate的卡紙。除了產品資料，諸如型號、編號、物料、配置等等，還有溫馨的祝福字句。噢，差點沒留意，下面還有一本「寶寶照顧小冊」呢。

我幾乎可以肯定那粉紅色的包裹裡的是甚麼東西了。那一刻的感覺，有點像不小心弄出個意外懷孕的不知所措，再加上不肯定生父是誰的困惑。

我沒有立即打開那粉紅色紙團，甚至下意識地從餐桌退後，隔著一段距離，一邊揉搓著下巴，一邊觀望著那個打開的箱子，和散置在桌面的指向完全一致的事物。我想，還是應該打個電話給妻子吧。最大的可能性是，眼前的物品是她所訂購的。也許是出於好奇，又或者是認為我會感到興趣，是不是包含驚喜則不得而知。我甚至想到，可能是替P買的也說不定。上次不是說，P打算開一部關於女性生育的劇集，當中要用到道具嬰兒嗎？但是，P為甚麼不自己買，或者指示電視台助理訂購？

我拖延著不作出行動，好像那樣便不用對後果負上責任似的。我甚至一度回到書房去，嘗試繼續工作，把飯廳裡的「不速之客」忘記。又或者，我妄想那其實只是自己的幻覺。速遞員根本沒有來過，我也沒有收過任何包裹。但那顯然是行不通的。我根本無法專心工作下去。

我回到飯廳，用手機把餐桌上的情況拍攝下來，傳送給妻子，附加文字：剛收到。是你買的嗎？隔了幾分鐘，收到妻子的回覆：那是甚麼？我立即有遭到五雷轟頂之感。那麼，情況就不是意外懷孕，而是某種孽債的償還，或者神祕的降生了。

我繼續假裝事不關己，直至妻子下班回來。我從書房走出來，看見還拿著公事包的她，在好奇地檢視著桌上的東西。她探頭往箱子裡看了看，說：

你為甚麼不把它拿出來？

我想先確認一下有沒有寄錯。亂碰別人的東西不太好。

但是，這裡明明寫著寄給我們的。究竟是誰呢？

會不會是P？我們認識的人之中，跟這件東西有關的，只有P。

但P為甚麼要這樣做？她買來拍劇用，那是工作上的事。送這個給我們有甚麼意思？

不會是愛B成狂，想和我們分享她的喜悅吧？

這分享也滿奢侈的啊！這東西不便宜的呢。

那麼，要不要退貨？反正，我們也沒有怎麼碰過。現在網購甚麼都可以退，你也經常這樣做。

妻子白了我一眼，說：

自由退貨是網購的賣點，沒有甚麼好質疑的。不過，退還退，為甚麼不打開來看看？

我認為還是不要亂動比較好。

不怕啦！小心點就是！又不會弄壞的。見識一下也好嘛！反正已經送到面前來，不親眼看看豈不是白費一場？

說的也是。我毫無熱情地附和說。

妻子拉起了衫袖，雙手扳開箱子的上蓋，說：

喂，你來拿吧。

我？不用喇，你來吧。

你是爸爸耶，你來接生吧！

胡說甚麼呢？

我覺得還是不必彆扭，便把右手伸進箱子裡，但又覺得單手好像不太穩妥，便又改為雙手。妻子突然又叫住了我，說：

不要整團的拿出來，先拆開包裝紙吧！

有甚麼分別呢？

我話雖這樣說，手卻依妻子的意思，慢慢揭開粉紅色的包裝紙。

你好像婦科醫師在接生呢！妻子笑說。

不知怎的，我給她的話嚇了一下，手也微微顫了起來。我故作風趣地說：

這顏色，真有點血淋淋的感覺啊！

Oh my God！你看！Baby 露出頭來了！

幸好沒開錯方向，腳先出來就不好了。

它在笑呢！

出世不是應該哭的嗎？

沒那麼快，出來之後才哭的。

那也不至於笑著出來吧！

是男的還是女的？看樣子看不出來。

應該是……男孩。

噢，失望嗎？你一直想要個女兒。

哪有。

快點拿出來吧。

是不是應該先托著頭？

你不記得了嗎？又不是第一次當爸爸！

完全出來了。那皮膚的感覺，真的一樣呢！

是嗎？讓我來抱抱。

你小心點啊！別太粗魯！

只是個玩偶吧！用不著那麼緊張。

弄壞了不好退貨。

老實說，真有點不敢弄傷它。太逼真了！

這個，會發出笑聲的嗎？

捏捏看……看來不會的。

嗯，發聲有點可怕。安靜點比較好。

但它有心跳的呢！

是嗎？不用啟動的嗎？一拿出來就有？

……可能是，本來就有了。

哎呀，真是卜卜跳的啊！

你看它像誰？

像誰？

像你和我嗎？

不會吧。

有拿照片度身訂造的。

說真的，確實有點像阿果ＢＢ的時候。

哈哈！是果果二號！

不啦，是貝貝重生。

是重生貝貝，Reborn Baby。

喂，你抱得太馬虎啦！怎可以這樣？讓我來！

給你！

你覺得，叫甚麼名字好呢？

還改名？不是打算退貨嗎？

退貨也有限期嘛……可以再考慮一下。

好啊，你考慮吧。反正我沒所謂的，又不用我去養。你有興趣的話，你來照顧它。

妻子說罷，拿起擱在椅子上的公事包，走向書房。我讓重生貝貝躺在我的左臂彎，右手拿起桌上的嬰兒服，揚了揚，思量著怎樣幫它穿上。

3.

對於「收養」重生貝貝，我最初還是有點疑慮的。那麼逼真的嬰兒玩偶，別說不可能當垃圾丟棄，就算是擱在一旁不理，心裡也會隱隱然的不舒服，覺得好像疏忽照顧或者虐待兒童似的。說到退貨，就更加是於心不忍，情況就如把孩子親手送進孤兒院一樣。

第一個晚上，我首先要決定如何安置重生貝貝。把它放回紙箱裡是完全不用考慮的了。但是，把它單獨留在客廳沙發或者書房桌子上，也覺得有點不妥當。比較接近人情的，是讓它待在我們的睡房裡，但妻子堅決拒絕跟它躺在同一張床上。我也覺得讓初生嬰兒跟大人睡在一起並不合適。常常因此釀成幼兒窒息的意外，我對這類新聞是格外留意的。結果我從飯廳搬進去一張有靠背的椅子，在上面鋪上摺疊起來的毛毯，再把重生貝貝安放在上面。

重生貝貝睡得很安靜，不像真嬰兒般半夜會哭鬧，要換尿片和餵夜奶。當我半夜醒來，我下意識在黑暗中伸出手去，確認那小東西沒有掉到地上。冷不防觸到那柔軟的小身體內搏動的心跳，教我當場打了個寒顫。

頭幾天我謹慎地跟重生貝貝保持距離。雖然不想對嬰兒玩偶顯得太無惻隱之心，但也覺得不應該做出過火的反應。只是教它日間坐在椅子上，晚上則讓它躺下來，如此這般的合符人性的舉動。那些附帶的嬰兒用品，放著不用有點浪費，便幫它穿上紙尿片和嬰兒服，戴上嬰兒手腳套，塞上嬰兒奶嘴。

不過，在隔壁的書房寫作時，總是有點心緒不寧。隔不久便藉故跑到睡房去，漫不經意地望那嬰兒玩偶一眼。有時忍不住去給它扶正一下坐姿，有時調整奶嘴，有時還摸摸它的頭頂，對它那天使般的容貌讚嘆幾句。

有一天突然察覺到，重生貝貝身上的尿片已經穿了好幾天，是時候給它更換一下。把它放在床上換尿片的時候，又想到試試給它洗個澡也不錯。實情是那幾天我不斷上網看有關 Reborn Babies 的影片，那些洗澡片段的逼真度真是令人目瞪口呆。但是洗澡也不是隨便拿個盆子便洗的。因為家裡沒有合適的小型澡盆，於是便跑到外面的嬰兒用品店去買。看見盆子以外，還有很多可愛的小東西，好像印著卡通人物的奶瓶，趣緻的家居和外出衣服，可愛的小帽子、小毛巾、口水肩和各種各樣的小玩意。看著看著，便忍不住各種也買了一些。

這樣有趣的事情，我決定等妻子下班回來一起玩。妻子見我買回來一堆嬰兒用品，哭笑不得。當我提出想給重生貝貝洗澡，她還罵我神經病。但是，到我在浴室弄好了熱水，把重生貝貝抱進去，她又忍不住探頭進來，好像很好奇的樣子。

我小心翼翼地給重生貝貝脫了衣服和尿片，單手托著它的身子，慢慢放進暖水裡，另一隻手擠了點嬰兒沐浴乳，輕輕地給它塗在身上。重生貝貝肌膚的質感柔滑而富彈性，跟真嬰兒竟然沒有兩樣。我頓覺全身悚然，也不知是由於感動還是恐怖。在水波的盪漾中，它的肢體好像活的一樣在微微擺動。它的臉容彷彿有神情變化似的，露出了舒服而歡快的樣子。給它洗頭的時候，我還要很小心不要濺到它的眼睛。

原本冷眼旁觀的妻子，此時也禁不住越湊越近，嚷著也要試試，伸手把水中的嬰兒搶了過去，把我擠到一旁。她由開始時的戲耍的態度，慢慢地變得認真起來，並且談起了十幾年前給初生的兒子果洗澡時的種種。那樣子你一言我一語，浴室內洋溢著水蒸汽和溫馨的感覺。這時候果在外面經過，望了望圍在洗手台前面的父母，和他們正在做的荒唐事，便捺不住說了句：你們癲夠未？

果似乎對重生貝貝抱持敵意，縱使它只是一個玩偶。他一向不喜歡公仔，無論是人形的還是動物形的。小時候曾經擁有過的唯一玩偶，是一隻Miffy兔子。不知為何，他把它叫做「爹地兔」。那是我在日本的夾玩具機以一千日圓夾回來的。果老早便沒有玩「爹地兔」了，對我的狐狸和刺蝟也毫無愛惜之心。對於我們無故弄回來一個嬰兒玩偶，還搞三搞四地照顧它，他認為十分無聊。不過，有時他又會說：幸好它不是真的，要不就麻煩了。記得從前問過他想不想要個弟弟或妹妹，他堅決地表示反對。大概是不想有另一個孩子搶奪父母的注意，也對如何當哥哥感到無所適從吧。就算是對重生貝貝，他也完全不感興趣，甚至是有點害怕，幾乎從來沒有碰過它。我卻沒有理會果的反應，繼續沉醉於養育假嬰兒的遊戲。

自從做了幫重生貝貝洗澡的這個動作，便打破了心理關口，之後怎麼離奇的行為也沒有障礙了。我正式進入育嬰者的角色，感覺既像舊事重溫，但又充滿新鮮感。我會定時給重生貝貝餵奶和換尿片，每天更換衣服和每晚洗澡。後來甚至買回來一個藤製的嬰兒籃，作為重生貝貝的睡床。那個籃子跟以前果用過的有點相似，勾起了許多回憶。玩具也買了好幾件，都是些色彩繽紛，會發出清脆聲音的東西。跟網上所見的Reborn Babies玩家相比，我已經算是十分節制的了。那些狂迷在家裡設置了獨立的嬰兒房，內裡嬰兒物品不止一應俱全，而且都是精美無比的高級品，簡直是公主王子級的待遇。有人還一下子養了好幾個，個個都有自己的性格和喜好，絕對不是說笑的。

妻子並沒有那樣持久的熱情，只是間中玩票一下，大部分時間也是袖手旁觀。我有玩狐狸和刺蝟的先例，她也不覺得我有甚麼問題。玩公仔一般來說以女性居多，妻子卻沒有這方面的喜好和經驗。這絕不妨礙她成為一個好母親。只是說，她的母性是具有相當實際的傾向的，不是那種把子女當作玩偶去寵愛的類型。

我越看重生貝貝的樣子，便越覺得它跟我和妻子相似，也因此跟果相似。但是，又不完全是果小時候的模樣。正確地說，它完全符合當果的弟弟的要求。有一個年紀相隔十五年的弟弟，本來也是一件頗令人頭痛的事情。兄弟間因為年齡的差距而沒法一起玩耍，哥哥甚至要負起照顧弟弟的責任，這肯定不是果樂見的情況。對我這個父親來說，不只家中多了一個弟弟這件事，連帶果成為哥哥這件事，也是需要調整和適應的。而作為兩子之父，將來也難免會把他們互相比較吧。我一直在思考著如何應對這些嶄新的挑戰。

當然，也不是沒有停下來省思的時候。首先，養育一個假嬰兒，其實是沒有多大意義的。我不像某些人士一樣，因為生不到孩子或者失去孩子而尋找替代品；我平常又不是個特別喜歡孩子的人，親戚朋友的嬰孩我也不特別積極去逗玩；對於養育孩子雖然有美好的回憶，但箇中的苦況也依然歷歷在目，實際上是萬分不願意重頭再來的。再者，這樣假裝照料一個玩偶嬰兒，總會有感到厭倦的一天吧。到時才來擱置或拋棄它，豈不是更加冷酷無情？玩偶無罪，人何以堪？於是，到了大約第三、四個星期，我便開始認真地思考著終止這個遊戲。

某天，經歷了整個星期的嚴寒，天氣回暖，陽光和煦地普照著，令人頓覺生機勃勃。躺在床上午睡的重生貝貝，臉上也浮現出溫暖而活潑的笑意。我突然想到，不如帶它到外面散散步吧。帶重生貝貝外出的想法已經浮現過很多次，但一直沒有適當的時機或藉口。此刻想法卻如櫻桃成熟般，非得立即摘取不可。

我立即給重生貝貝換了外出的衣服，再在外面包上厚厚的毛毯。雖說天氣好轉，但畢竟是冬天，萬一冷壞了就不好。因為沒有買嬰兒車或者嬰兒揹帶，唯有用雙手抱在懷裡。出了家門，在等電梯的時候，心裡還有點忐忑不安，顧慮著人家對自己抱著玩偶嬰兒出外的看法。電梯門一打開，走出來的是住在隔壁的一對退休夫婦。他們對我和嬰兒投以驚奇而善意的目光。其中的那位太太說：

哎呀！生得很像你們兩夫妻呀！

我不懂回話，只能微笑以對。對方又樂滋滋地說：

多大了？不到一個月吧？

哦，差不多四星期了。

頭髮很多呢！是個男孩吧？

我點了點頭，她又問：

叫甚麼名字？

我一怔，本來想說「重生貝貝」，但是，卻直覺地改了口，說：

叫花。

噢，是花嗎？

哥哥叫果，弟弟便叫花吧。

太太笑了起來，掩著嘴巴，說：

呵呵呵！花和果，兩兄弟，很好聽啊！

然後，輪到那位先生拍了拍我的肩，說：

辛苦你了！勇敢的男人！換了是我就不行了！雖然我們也只得一個女兒。

不知怎的，他們的說話令我感到莫名的鼓舞。我進了電梯，心情已經不那麼緊張了。我以熟練的手法抱著嬰兒，跟大廈管理員打了招呼。嬰兒滾著它的那雙圓圓的大眼，好像對世界的一切充滿好奇。帶著它到公園走了一圈，沿路也碰到別人羨慕的目光，好像都在說：你看！多麼漂亮可愛的孩兒啊！重生貝貝，不，花令我感到驕傲。

回家的時候，剛巧在樓下碰到放學回來的兒子。他見我抱著假嬰兒四處招搖，立即皺起了眉頭，好像不想跟我走在一起似的。我和果進了電梯，他才說：

爹地，你搞邊科？

沒甚麼，帶你弟弟出去玩。

我弟弟？

對啊！以後叫弟弟做花吧。

兒子反了白眼。我把花輕輕托起，面向著果，說：

叫哥哥啦！果哥哥！

果往後縮了一下，就像平常遇到小狗一樣。

唔使驚！我是你的花弟弟啊！

4.

既然把花當作真兒子看待，跟他聊天自是理所當然。想起果嬰兒的時候，我每天抱著他到公園散步，也不理他聽不懂，一邊走一邊跟他講東講西。當時是說些甚麼的呢？已經記不起來了。大概是看見甚麼東西便向他解釋一番吧。例如天和地是怎麼出現，為甚麼會出太陽和下雨，天氣為甚麼有冷暖的變化，植物有些甚麼品種，和動物有甚麼分別，動物又怎麼演化成人，人為甚麼有男有女有老有少，甚麼是生，甚麼是死……。諸如此類的一個父親認為是人生大道理的東西。那簡直就是一部自然簡史了。

可是，當我帶著花，嘗試重頭向他講解這些事情，心裡總感到有點彆扭。不是因為花並非真嬰兒，而是因為，這說出來有點奇怪，心裡好像感覺到，花其實已經懂得一切。望著他天真但充滿睿智的眼神，我有預感這個孩子將來會有不凡的成就。

一旦決定了把花當作真正的兒子養育，心情便變得安穩，不再像當初那麼七上八下。所謂的照顧可真是非常簡易，吃喝拉睡不是問題就不用說，就連一般家長擔心的健康問題，我也不必理會。我開始明白人們收養Reborn Babies的心情。這個特殊的體驗，就像提取出養育嬰兒最美好的部分，而排除了最麻煩和令人憂心的部分。就這方面來說，Reborn Babies比真正的嬰兒優勝。

如果有人認為花只是個死物，我是絕對不認同的。隨著跟他相處的日子越久，我便越感到他不只是一個玩偶，甚至不只是一個活物，而是一個具有精神層面的存在。為免令人誤會當中包含靈異成分，我不會隨便用上「靈魂」這個詞。更恰當的說法是，由於想像力的激發，花在虛擬的遊戲世界裡獲得了生命力。這樣的生命力，隨著我不斷地跟他說話，而變得越來越豐富和活潑。他除了擁有非常逼真的身體，也漸漸因為成為語言的對象，而被一股靈氣所包圍。這股靈氣令他的物質身體慢慢地活化，超越了模擬而達到了真實的程度。

我開始發現花的個性。他是個求知欲非常強烈的孩子。我跟他談甚麼話題，他也非常專注地聆聽，絕不會因為其他事情而分心，還不時以好奇的神情促使我繼續說下去。反而是我擔心他對知識的渴求，超過了他小小的腦袋所能承受，而提醒自己適可而止。這時候，花雖然沒有明確地表示不滿，但眼神中的失望之情還是難以掩飾。

我認為小孩子需要多一點無聊戲耍的時光。我沒時間一天到晚跟他嬉玩，他哥哥也絕對不願意擔任陪伴者的角色。於是從英國帶回來的狐狸和刺蝟便大派用場。當我要專心工作的時候，便讓狐狸和刺蝟陪花在我的床上玩耍。狐狸的體型比嬰兒稍小，因為馴養已久，性格溫良。刺蝟有名無實，身上的只是軟毛，當然也不會傷及孩子。有時候，花和兩隻小動物一起在床上打滾；有時候，卻又乖乖地依偎在一起，狀甚親密。看見這個樣子，我便感到安心。

有一天，我走進睡房的時候，竟然發現他們在看書。只見一本大書攤開在床上，狐狸和花低著頭，湊在一起專心地讀著。一臉無知的刺蝟則呆在一旁。我上前探頭一看，發現原來是Maurice Sendak的*Outside Over There*，中文譯做《在那遙遠的地方》。那是果小時候我和他一起看過的繪本。故事很簡單，講女主角愛達的爸爸因事出門遠行，一群小妖精偷偷用冰嬰兒換走了愛達的小妹妹。愛達發現之後，穿上媽媽的黃色雨衣，身體浮上半空，仰臉朝天的飛去小妖精的國度。小妖精變成了很多個嬰兒來混淆愛達，她於是拿出號角吹奏，令假嬰兒不停地跳舞。最後妖精們全部累倒，愛達找回自己的妹妹。回到家裡，媽媽拿著爸爸寄回來的信，說他還要一陣子才能回家，囑咐勇敢的愛達照顧媽媽和妹妹。

肯定是狐狸把繪本從書架上抽出來的。他們在看的，是愛達在許多一模一樣的嬰兒中尋找妹妹的那一頁。我把兩隻小鬼移開，拿起書本，說：是狐狸你做的好事吧！見他們不答話，我又說：怎麼啦？很想看書嗎？好吧！我給你們讀吧。於是我便坐在床頭，摟著花和狐狸，從頭開始把繪本讀了一遍。讀完之後，看花的樣子好像意猶未盡，便又從書架上抽出另一本繪本，Helen Ward和Wayne Anderson的*The Tin Forest*，一頁一頁地讀了起來。那是個關於一個老人如何利用金屬廢料創造出一個假森林，然後孕育出真動物和真植物的故事。

從此以後，我便常常給花讀書。先是讀兒童書，好像認字書、童話和繪本，但很快花便覺得不夠，想看深一點的東西。於是便陪他看科學知識百科全書、動植物圖鑑、唐詩宋詞、世界經典名著等等。總之隨手從書架上抽出甚麼給他，他便興致勃勃地讀下去，好像完全沒有難度似的。比較長篇的書，我沒法由頭到尾朗讀出來，便任由他自己鑽研。走開一段時間回去，看見他還是那樣一本正經地看著，一點也沒有疲倦和偷懶。花的智能的進展，實在令人吃驚。

對於家裡出了一個神童（應該說是神嬰），妻子只是覺得有趣，並沒有加入施教的行列。我認為她的態度似乎過於保守，並未察覺花作為我們的兒子的巨大潛力。果對弟弟的行為則感到不以為然。當然，小小的花並不知道甚麼叫做鋒芒太露。在學習這方面，花小小年紀便顯露出過人的興趣和天賦，跟他哥哥形成強烈的對比，難怪哥哥會覺得不是味兒。作為父親，我既不想埋沒花的才華，阻礙他的發展，但又不想他過早變得頭腦發達，做出跟年齡不相稱的事情。畢竟他只是一個嬰兒。想到這裡我便不禁陷入兩難。

另一天，我在整個下午埋頭寫作之後，回到睡房，打算小休一會。看見花挨著豎起的枕頭坐著，面前又擱著一本打開的書。我把書拿起來，發現竟然是笛卡兒的《談談方法》。我把狐狸叫過來，問是不是牠做的好事。只有狐狸才會自己爬到書架上拿書。狐狸卻只是一臉無辜的，擺著毛茸茸的尾巴。我拿著書，翻了翻，嘆了口氣。這時候，花突然開口說：

爸爸，可以把書還給我嗎？我還未看完啊！

我把手裡的書晃了晃，說：

覺得怎樣？好看嗎？

好啊！

怎麼好？好在哪裡？

「我思，故我在」，這一點很有意思。

怎麼有意思？

你還不懂嗎？我思，故我在。

你說你自己？

當然。

所以呢？

我在想，我既然存在，我應該怎樣去認識這個世界？我應該怎樣令自己的存在有意義？

花的語氣完全不像一個嬰兒。我繼續跟他像大人般對話：

你覺得現在很無意義嗎？

老實說，有點無聊。

那麼，要做甚麼才不無聊呢？

爸爸，我想長大。

甚麼？

我想長大。我不想永遠是個嬰兒。

長大有甚麼好？做嬰兒又有甚麼不好？

做嬰兒很舒服，但做甚麼都要靠別人，這個不好。

你想靠自己？

我想做個獨立的人。

你覺得我這個照顧者做得不夠好嗎？

不是，你做得很好，但是做得太好了。

你不想我來給你安排一切？

我想得到自由。

長大並不等於自由。

但不長大，便肯定沒有自由。

長大不是你想像中那麼簡單的，需要承受相當的風險。

沒有風險的人生，沒有意思。

但我會擔心你啊！

當爸爸不是沒有代價的。

我當然知道。

是你選擇這樣做的，不是我。不過，我不會怪責你。

你應該知道，你想長大的話，不必得到我的同意。我沒有權阻止你這樣做。

我知道。只是情感上覺得應該問你一聲，讓你有個心理準備。

謝謝通知！我會盡量配合的了。

爸爸，如果我長大了，我就不能像之前那樣陪你了。

沒關係，有狐狸陪我。你儘管去做你自己想做的事。

那麼，就這樣決定了。

嗯，就這樣！不過，來，讓我再抱你一下，以你還是嬰兒的模樣！

我把花抱起來，摟在懷裡，輕撫著他的腦袋。我想起十幾年前的果。一個小小的嬰兒，我的兒子，甚麼也不懂得的，一個至親愛的，脆弱的生命。

然後，我雙手捧著他小小的身軀，把他舉在空中，跟他對視。有那麼的一刻，我望進他的雙眼，他也望進我的雙眼，而我突然感到了陌生，和輕微的恐懼。我覺察到，我並不知道他在想甚麼，也不知道他怎樣看我。兒子，變成了徹底的他者。

瞬間的惶惑令我差點鬆開了手。幸好，我沒有。

5.

父親大人膝下：

敬稟者，由於父親的大方允許，我終於得以成長，嘗到作為一個大人的滋味。當然，我的堅持對你來說也是無可抵擋的。因為我生自你的腦袋，而你的腦袋雖然頗為精密，但當中並不是所有東西都是在你的控制之內的。這一點相信你會完全同意。所以，在半違反半遵從你的意願底下，我不只出生了，也成長了。而一旦我出生了，而且成長了，你也一定會盡量作出配合的。這個就是身為父親的你的責任了。

當然，你答允讓我成長，也不是沒有條件的。你的條件看來其實很簡單，要求並不過分，甚至對我有利無害，那就是——成為一個愛讀書，愛文學的人。一個父親對兒子有這樣的要求，絕對不能說是過分，但卻似乎是有點不合時宜。不過，怎樣說也是一個正面的，有意義的條件，所以我也就無條件地接受了，成為了一個愛讀書，愛文學的人。

可是，只是開出這麼的一個條件，想來又好像太少了。設若我成為了一個「愛讀書」、

「愛文學」的人，但我也同時作奸犯科，為害人間，那怎麼辦？不要以為「愛讀書」、「愛文學」就一定會成為好人，不會變成壞人。歷史上有許多「愛讀書也愛文學」的壞人，要舉例未免令人納悶。這樣一來又會扯上，如果讀書和文學不能令人變好，也不能令世界變好，那讀書和文學又有甚麼存在價值？這是個大話題。雖然不是我不懂談——事實上父親你也慷慨地賦予了我至少與你同等的智力和學識——但現在來談這個似乎有點太殺風景了，所以還是暫時按下不表吧。

那麼，「一個愛讀書、愛文學的人」還可以包含甚麼意思？我動腦筋想了想，那不就是指父親你自己嗎？這在修辭學上叫做借代（synecdoche），即以「愛讀書也愛文學」這個局部特質來代表某個人的整體。所以，我說父親的條件是要我「成為一個像父親（也即是你）一樣的人」，應該不會是過分解讀吧。弄清楚這一點，對我的成長來說是至關重要的。因為雖然我擁有足以和父親你匹敵的智力和學識，但我怎麼說也缺乏真正的人生經驗。所以究竟成長是甚麼一回事，我並不能憑空靠智力和學識去弄懂的。這樣的話我其實跟其他幼兒一樣，還是必須摸著石頭過河，一步一步地體會成長中的種種未知和變數。

搞清楚了這最重要的一點，我就可以開始成長了嗎？但是，我怎麼知道父親你是個怎麼樣的人，以讓我照著去「成為」呢？該不會單單因為我是你的兒子，便會由於遺傳和耳濡目染，自然而然地「成為像父親一樣的人」吧。這一點不用看別人，只要看看哥哥的例子便知道。（對了，我要記住，我有一個叫做果的哥哥，而我是爸爸的次子花。）兒子不了解或不願意了解父親（或反之），似乎是人類社會的普遍規律，而且越是近代便越是如此。聽說這東西叫做「代溝」，新近流行的說法叫做「世代撕裂」。我既然要像別人一樣成長，自然也不能避免受這條規律所約束。我是否能克服它則是另一回事了。所以我雖然生自你的腦袋，但我也不能像住在裡面的蛔蟲一樣熟悉它內部的狀況。（不好意思，蛔蟲是寄生在腸子裡的。這裡錯用了某文學名家的金句。）就算是爸爸你自己，也不可能完全做到自我了解，更莫說是從你分裂出來的我了。（事實上，自我蒙蔽和誤解的情況也多不勝數，甚至屬於常態。）

好了，對於我應該怎麼走我的成長之路，思考了這麼久似乎還沒有明確的答案。於是我便想到，在所謂「愛讀書」和「愛文學」當中，既然爸爸是個作家，那我應該往你的小說裡，尋找一些成長的原型，以構造我和你之間的基因遺傳。至於媽媽在此中的角色，我就無可奈何地把它略去了。雖然說媽媽也並非沒有生出次子的想法，而關於Reborn Babies的事情也是她首先提出的，往後也曾半心半意地玩著這個遊戲；但是，去到我決定成長這一步，完全是有賴於爸爸個人的首肯，並沒有得到媽媽的同意和參與。所以，為免事情變得過於複雜，我就暫且把媽媽擱在一旁，或者當成是不必細問因由的角色了吧。

爸爸的作品中，很少出現幼兒的角色，除了在那部帶有家族史和自我成長色彩的長篇小說裡。要我像那個年幼的你那樣再成長一次，再細說一次小時候的種種印象和創傷，似乎有點費時失事，我就索性跳過好了。至於那本關於一個叫做「小冬」的初中生的故事，我倒覺得值得參考。那麼，我就不妨成為那樣的一個性格孤僻、沉默寡言，但是心靈敏感、愛好幻想的少年吧。這個設定不錯，既滿足父親你的投射，也很合我的口味。至於另一本關於那個叫做「貝貝」的女孩的故事，如果爸爸希望也在想像中生個女兒的話，就留給我的未來妹妹吧！不過我不肯定能否跟她相處得來。（她看來是個愛撒嬌的麻煩傢伙！）

不過，談起相處，我還在考慮我和哥哥的關係。哥哥的性格，在很多方面也跟我相反。他曾經多次表示不希望有弟妹，平時對比他年幼的孩童也沒有好感。所以對於兄弟情誼這種東西，我打從一開始就沒有期待，只希望我的存在不要對他做成打擾就萬幸了。因為他始終是我哥哥，所以我當然是尊重他的，也會避免跟他作出任何比較，或向他提出任何意見。比如說「愛讀書」和「愛文學」這些要求，就完全不適用於他身上，而我也不會覺得有甚麼問題。至於哥哥「愛巴士」的嗜好，當然也跟我無關，我既不必去模仿，也不會去評價。大家就各愛其所愛吧。在這樣的前提下，我可以預見，我們兩兄弟最多是做到相敬如賓，應該是不會太談得來的了。那也是沒辦法的事情。這方面希望爸爸你見諒。

回到我的成長設定，中學階段也就同樣匆匆略過好了。雖然好些人把青春期看得很重要，對那些身心上的急劇變化感到既刺激又懷念，但我覺得成長期當中做的還是蠢事居多，並沒有很值得珍惜的地方。知識方面半懂不懂，人際方面亂撞亂碰，情感方面患得患失。我既然已經擁有對等於父親的智力和知識，就覺得要和同樣懵懂的人一起度過這樣懵懂的一段日子，實在是難以忍受的事情。因此這一段最好還是跳過去了。我並不是說我是個神童，所以不屑於跟其他孩童相處，我只是有點心急，想去面對成為真正的大人更重要的事情。但是，甚麼才是更重要的事情呢？缺乏人生經驗的我還是說不出來。那就走著看吧！

因此，最理想的設定就是，我已經成為了一個大學生，跟爸爸一樣主修比較文學，在大學這個思想還相對地自由的地方，面對學術、社交、感情和社會的各種衝擊。至於我搶在哥哥之前進入大學，在時間上的不合情理，就不必去計較了。反正我跟哥哥活在兩個互不接壤的世界。如果倒過來說，我是比他早出生的一位，而他則是我的弟弟，我覺得也沒有分別。對於兄弟名分這回事，我覺得無所謂，相信他也不會太介意，只要我不以哥哥的身分來干涉他的生活的話。

不過我還有一個考慮。爸爸的所謂「愛文學」，除了是喜歡讀文學書，以至於研究文學，似乎也包含創作文學這個部分。這對父親來說肯定是個核心部分，要不父親就不是現在的父親了。我可以預見，或者我其實在略而不談的一段日子裡已經深深體會到，父親是一個作家這個事實，對兒子（也許亦包括哥哥吧？）來說不可能沒有影響。哥哥（還是弟弟？）怎樣想我不知道，我自己在小學到中學的階段（雖然沒說，但卻假設是存在的），對身為一個作家的兒子，不能不說沒有半點虛榮心。當然這也對我造成了一定的壓力，因為老師們對我的期望（特別是中文科）便更高了。幸好由於我繼承了父親的智力和知識，所以應付中學的學業實在是綽綽有餘，有時甚至要故意保留實力，以免顯得跟自己的年齡不相稱，引來別人怪異的目光，或者在同學間受到排擠。在我有意識的調整下，我以優異但並未至於拿到狀元這種吸引目光的成績，考進了大學比較文學系。我認為那種剎那的光輝沒有多大意義。

事情好像比想像中順利，唯獨是剛才提到的那件，令我至今仍然感到困擾：究竟「愛文學」這個條件，當中是否包含「愛寫作」？而就算我也「愛寫作」，這是否表示我有這方面的能力，達到至少是父親的水準？我也開始思考，「成為像父親一樣的人」那樣的追求，是否應該包含「成為比父親更優秀的人」的目標？那「一樣」指的究竟是實際的成果，還是指那追求的行為？如果是後者，那就應該包括超越父親的野心了。在別的方面，我還算有這個自信，但談到寫作或者創造力，我卻感到莫以名狀的空乏。我不是指我會不會成為作家，或者寫出甚麼作品，來跟你作出比拼。我是指，在我的條件設定當中，是否包含創造力這個成分？還是，我始終也是父親的創造物，受困於父親的創造界限中，沒法真正的獨當一面？挖掘到最根底處，問題就是：我有沒有真正的自由？

也許你會覺得，這些發問還是言之尚早。那麼，我就在我的成長後期中，一一的面對和嘗試回答吧。我將繼續以書信的方式，把我心靈經歷的軌跡，以及種種悲喜交集的經歷，記錄下來，向你訴說，跟你分享、討論，甚至是爭辯。相信父親不會對此表示反對吧！肅此敬請

金安。

男花叩稟　某月某日

6.

父親大人膝下：

敬稟者，可能父親會比我記得更清楚，我如何在幼兒期已經是一個讀書狂。我當時年紀太小，已經不太記得細節。聽你說我三歲的時候已經書不離手，連吃飯也要把書放在旁邊，一邊讀一邊進食。如果把書本拿開，我便會立即大吵大鬧。帶我出外，或去甚麼親戚朋友的聚會，我也只是一味低頭看自己的書，不跟別的小朋友玩。唯獨是大人的談話，有時會吸引到我，我便暫時放下書本，以幼稚的口吻加入討論。

這個隨時隨地也讀書的習慣，一直沒有改變，直到今天也如是。在學校裡，這向來也是我被同學（甚至老師）當成怪人，對我敬而遠之，或者直接加以排斥的原因。小學三年級的時候，便經常發生書本被同學偷走或搶走，在爭奪之中被撕破的事件。好像也因為這些過激行為而累爸爸被老師召見。不過，日久下來，同學對我這個怪癖都習以為常，便很少再為此發生衝突。我還因此交上了一兩個同樣喜歡看書的朋友。在五年級的班際閱讀常識大賽中，我們以絕對的優勢奪得了冠軍。

另一件記憶很深的事情，是中文課上教寫書信，就是那些在生活中完全不會用到的東西，例如：「親愛的表妹：很久沒見，近來好嗎？我下星期生日了，將會在家舉行生日會，想邀請你出席……」之類的。我覺得很無聊，很不想做這份家課。那時候爸爸拿出一本叫做《尺牘》的東西，說是以前的人寫信的格式範例。上款和落款有甚麼規則，起語和結尾語的習慣用法，祝安語的諸多形式，全都要按寫信人和收信人的身分和關係，以及寫信的相關處境來決定。我拿到此書，如獲至寶，立即記下了許多諸如「尊前」、「賜鑑」、「如晤」、「閱悉」、「雅覽」、「鈞安」、「時祺」、「福綏」、「頓首」、「拜啟」、「謹稟」等等的用語，並且用在我的書信家課上。這封信連老師也看得不太懂，還把結尾語「餘不一一」四個字圈了起來，打了個問號呢！不過，我想說的是，後來我便開玩笑地，把「父親大人膝下」當作口頭禪，每次和你說話之前，都用上了這句作開頭。這應該是我們父子之間的一段有趣回憶吧。有一次，你又囉唆甚麼下雨記得要帶傘之類的話，我有點生氣，便回話說：「父親大人膝下，你別當我是白痴好嗎？」

基於不想我重複你相同的成長道路，父親沒有藉著舊生之便把我送進你的母校；你反而挑選了自己母校的死對頭，一間同樣擁有過百年歷史的男校。其實兩間學校的相同點還是比相異點多。我對這些名校之間的競爭一點興趣也沒有。每年校際運動會，這兩間男校在田徑場上鬥得你死我活，觀眾席上的學生都叫喊得力竭聲嘶，我卻只是坐在一旁低頭看書。我實在沒法做這種歇斯底里地高叫口號的行為。有一次卻累我被學生領袖拉在一旁訓斥，說我完全沒有"XXX spirit"，還威脅要沒收我的書。我心裡不服，但覺得反駁也是多餘的，便任他罵個夠。幸好他消了氣便把書還給我，匆匆又回到前面指揮同學打氣，為我校運動員加油。我還記得，那本書是聖奧古斯汀的《懺悔錄》。

不過，我也不是對學校沒有貢獻的。我校管弦樂團的水準全港數一數二，每年校際音樂節的各種獎項也是我們的囊中之物。我至少在玩樂器這一點上是超越父親的。我從小就學小提琴，據說這是我自己的選擇。我喜歡它的輕巧，是一種可以隨身的樂器，音色也是很內省的，而不是外揚的。我當然也無法不參加管弦樂團，但我討厭比賽，所以我從不參加獨奏項目。我情願躲在家裡拉自己喜歡的樂曲。後來我和三位同學組了個弦樂四重奏樂團，玩我們喜歡的音樂。因為我們玩得很起勁，結果還是不免被老師拉去參加比賽。我們選了偏鋒的蕭斯塔科維奇弦樂四重奏第八號。由於眼高手低的關係，這部傑作給我們弄得一團糟，結果敗了給一間女校所選的已經變得庸俗無比的帕海貝爾的《卡農》。（這首巴洛克曲子原本不是真正的弦樂四重奏呢！）

在童年時期，我的音樂品味被認為相當異常。我一開始最喜歡的是巴哈。他的無伴奏小提琴奏鳴曲和組曲，是我百聽不厭的音樂。我也愛聽巴哈的鍵盤作品，特別鍾情於被視為標奇立異的顧爾德的演繹。連我的音樂老師也覺得奇怪，為何一個少年會沉醉於這麼抽象的曲子，而不是旋律優美的作品。我當時也沒有自覺為何會有這樣的傾向。後來回想，我應該是喜愛當中那種極為純粹的，沒有任何情感指向的結構美感吧。可是，到了高中時期，我的品味出現了奇怪的轉變。我竟然愛上了音樂風格完全不同的柴可夫斯基。是美妙旋律的天才創造者柴可夫斯基！這是我無法解釋的事情。當然，我並沒有離棄巴哈，而是自此便在兩位音樂家所代表的兩個極端之間來回擺盪，有時為此而昂揚，有時為此而痛苦。

父親你應該記得，我曾經的夢想是參加巴倫波因和薩伊德創辦的West-Eastern Divan樂團。當年父親和我一起看他們創團時期的ＤＶＤ，通過兩位偉大人物的對談，了解以音樂打破種族和信仰隔閡的理念。看到這些來自對立的國家和不同的文化背景的年輕男女，放下身分和成見，純粹以一個人、一個音樂愛好者的心，在台上合奏出柴可夫斯基的第五交響曲「命運」，真是令人感動莫名。特別是幽遠悠揚但又掛肚牽腸的第二樂章Andante Cantabile，以及慷慨激昂但又莊嚴沉穩的第四樂章Andante Maestoso。很可惜，West-Eastern Divan主要招收以色列猶太裔和中東回教國家的成員，不會向與創團宗旨無關的人士開放。況且，我的性格其實也不適合大型樂團。更重要的是，按照原初的設定，我的人生是要環繞著「愛讀書」和「愛文學」發展下去的。「愛音樂」可以是一個延伸，但不可以喧賓奪主。

為此，我升高中的時候全部選讀了文科。雖然「愛讀書」亦包含理科書籍，而我亦一直保持閱讀多方面題材的習慣，但是文學和文科依然是心中的首選。這在一所傳統菁英男校必然會遇到障礙，因為成績好的同學全部都會選修理科，而只有最差的學生才會像垃圾一樣被掃進文科班。在老師們多番勸阻無效之下，我還是主動報讀了文科班，在選修了歷史、地理之餘，還自修了英國文學。

其實文科班生活也不是很難度過。除了課堂秩序較差，學習氣氛全無之外，同學對我不壞，頂多是把我當作稀有動物看待，並沒有發生欺凌或排斥的事情。在這個班裡的學生，被留在校內的主要理由，是替學校在各種校際運動比賽拿獎牌。由於嚴格的操練，他們除了讀書時間很少，休息亦嚴重不足，難免經常利用課堂時間補充睡眠。所以有時上課也蠻清靜的（偶有鼾聲為伴），老師也懶得干涉。況且，到了這樣的程度，我認為念書根本就不必靠上課，也更加不必參加甚麼天王補習班，全憑自修便可以。學校的校風也相當自由，時間運用全由學生自主，只要考試交出成績就可以。

上面說的這些，爸爸大概都已知道，那就不贅了。唯有一件事，我從來沒跟爸爸提過的，也不願再向自己提起的，倒想在這裡說說。我在這個全無歸屬感的班裡度過的三年高中生活，曾經交過一個朋友。他是專門練長跑的，在學界長跑成績排頭五位。人黑黑瘦瘦的，頭髮很硬，永遠梳不貼服的胡亂翹起。也沒有甚麼特別的原因，上課的時候我們總是自然而然地坐在一起，變成了習慣之後，也覺得沒有理由刻意去改變。其實我們並不特別投契，也沒有共同興趣。問他為甚麼玩長跑，他只是聳聳肩，說：沒甚麼，長跑不用跟別人合作，又不用對打，沒有甚麼規則，也無需甚麼用具，只要有一雙腿，想跑就跑，不用理會別人，自己一個一直跑下去。大概是，這種感覺很好吧。我當時心裡想，好孤獨的一種運動啊！不知為甚麼，就對他有了好感。

有時在放學後碰上，我們會一起走。他住在元朗，比我住得更遠，他會和我一起坐東鐵，去上水轉車回家。（他本來可以選擇坐西鐵或者長途巴士回家。）在車廂裡大家也不是很多話聊。通常只是兩個人對站著，他低頭用手機打電玩，我低頭看書。到站了，大家便抬起頭來，揮揮手。對一向獨來獨往的我和他來說，這大概已經算是「朋友」的表現了。也試過有幾次，放假約了出來見面，看場其實沒多大興趣的電影，或者隨便吃頓飯。但是，如果聊起來，感覺也滿親切的。我喜歡聽他談長跑的事——訓練的方法、跑過的路段、不同地方的風景。還有就是，他希望將來可以去世界各地跑馬拉松。對於運動零天分的我來說，這真像挑戰諾貝爾文學獎那個層次的事情。輪到我說我愛看的書，他雖然沒有很大熱情，但也盡量表現出忍耐。

後來，到了中五升中六的暑假，他帶了他的女朋友出來見我。我早就知道他有女朋友，也表示過豔羨的心情。其實是不是真的羨慕，我也不知道。總之就是覺得擁有女朋友這回事很新鮮，也很好奇吧。他在確定了我們的「朋友」關係之後，便讓我看他手機上女友的照片。是個雖然不是很漂亮，但樣子甜美可愛的女孩。如我所料，是就讀於和我校同一間教會的女校的學生。這兩間學校的學生結交為男女朋友，是很普遍的事情。但事實上，這位女生的成績很好，又是彈鋼琴的，是位接受典型淑女教養培育出來的人。我朋友除了身上的校服，沒有哪裡跟她相襯。這一點，他大概也是知道的。朋友的女友一見到我，便很主動地跟我攀談；知道我是玩管弦樂團的，很快便熱烈地聊起音樂來。我當時也沒有在意，滔滔不絕地說了一大堆校際音樂節的事。後來聊到看書，這位選修了英國文學的女生，很自然地跟我有說不盡的話題。我因為自修英國文學，便裝作謙虛地向她請教了一些應考此科的祕訣。偶爾往旁邊一瞥，看見朋友正在打手機遊戲。

想不到，後來便發生了那件事，令我和這位朋友疏遠，互相不聞不問。整個中六，我們再也沒有上課坐在一起，也沒有下課後一起回家。那件事我到現在還不敢面對，不敢直接說出來。在我心裡，我一直把它稱為「人間失格」事件。我在當中的角色，也許不是有意的。也許我可以辯解說，我對這種事太無知、太遲鈍、太沒經驗，以至於無意間做了傷害別人的事。但是，我始終難辭其咎。

爸爸，我本來很想告訴你，但是說到這裡又突然覺得，還是沒法把那件事原原本本地坦白，所以便就此打住了。我之前說過，把小學至中學階段略過不談，反正許多情況你都已經知道，但結果還是忍不住說了一些。自從進入大學，住進宿舍，回家的機會少了，跟你見面的時間也少了。就算是暑假搬回家暫住，好像也不如從前般，可以開懷和你談話。當然你依然是同樣的人，整天待在房間裡閱讀和寫作，見到我也會噓寒問暖，但總好像是多了一點客氣，而少了一點親密。也許，變了的是我吧。是我變得越來越難向你說出我的心中所想。也不是我覺得你不會明白，而是我自己不太明白自己想說甚麼。大學生活所經歷的事，反而沒有中學時代那麼簡明直接，清晰可辨，而是好像混作一團的泥濘，越想掙扎便陷得越深，越想抹去便弄得越髒。它就像一團卡在喉嚨頭的頑痰，吐又吐不出，吞又吞不下，弄得人說不出話來，甚至難以透氣。

不過，父親大人，我還是決定了要把這些事情一一向你細說。通過文字，通過書信的方式，似乎是個可行的辦法。我試著逐天逐天地，一點一點地向你吐露吧。就像回到小時候，在我的脾氣差不多到了難以忍受的爆發點，爸爸總是坐在我跟前，耐心地、認真地、溫和地，聽我細說那些堆積在我心中的不快。那些可能是強辭奪理，頑固執著所致的不快。那時候你常常說：不要讓心中的垃圾堆積，不要帶著垃圾生活，要把無用的垃圾拋掉。來！拋出來！爸爸就做你的垃圾桶吧！不好意思了，爸爸。請你有心理準備，我將要拋給你的垃圾可能會又髒又臭。希望你不會見怪！肅此敬請金安。

男花叩稟　某月某日

7.

父親大人膝下：

敬稟者，我終於開始談到我想談的大學生活了。在未進入大學之前，我對大學的確是有憧憬的。雖然說大學在今天已經不像過往一樣受到尊崇，大學生也不再是天之驕子，但我一直相信，它是一個求學問的地方，一個鼓勵自由思想的地方。我期待著在這裡可以把知識融會貫通，找到思索多年的問題的答案。

可是，在正式開學之前，我便經歷了被剝奪自由和尊嚴的宿舍迎新活動。當中的一些令人噁心的環節我就不想再提了。整個活動的宗旨，與其說是令新人融入社群，培養團體精神，不如說是舊人對新人來個下馬威，去盡量打擊新人的自尊，令他們感到卑下、無助、脆弱，然後屈服於上級和群眾的力量之下，任其擺布、戲弄和侮辱。美其名說這是為了破除新人的自我中心和嬌生慣養的習氣，學懂放下身段，成為團體中的一分子，實則是在行使精神甚至是肉體上的暴力。這將會是我一生中最惡劣的記憶之一。

唯一值得慶幸的是，原來我的同房K的感受跟我完全一樣。他甚至比只懂啞忍的我更進一步，在迎新活動中多次違抗命令，以致遭到重罰，又因為堅拒受罰，而和組長們發生激烈衝突，差點兒便大打出手。後來主辦者拿他沒法，決定放棄追究，以免事情鬧大，破壞活動的進行，也對其他新人產生不良影響。聽說他是多年來唯一敢於如此反抗的人。他每次提起這件事，也依然會怒氣沖沖，說：他媽的法西斯！這裡是大學嗎？我們是大學生嗎？是一群他媽的胡鬧的欺凌者而已！

K在大學是修哲學的，但是他對哲學沒有多大興趣。他是個不讀書的人，書架上沒幾本書，平時也不見他看書，只見他常常緊閉雙目躺在床上，但卻並沒有睡著。問他在做甚麼，他說他在思考。他似乎認為單靠用腦袋思考，便可以解決很多問題。對於書桌上堆滿了書，無時無刻不是一書在手的我，K感到不以為然，認定我是個甚麼都不懂的書呆子。他有時還苦口婆心地勸我，讀太多書會壞腦子，變成了書本的奴隸。他認為與其聽從別人所說的，不如自己研究出結果來。至於我喜歡聽音樂，他雖然沒有共鳴，但覺得無傷大雅。我有時拉一下小提琴，只要不是太刺耳的曲子，他說可以忍受，但最好還是趁他不在的時候才拉。他連流行曲也不聽，基本上是個完全沒有音樂感的人。

K的外貌極為平凡，令他不凡的，是他的神情。但是要形容他的神情也不容易。他大部分時候一副慵懶的樣子，好像對甚麼都提不起勁，但是偶然被觸動的時候，又會露出亢奮的表情，雙眼放光，頭髮直豎。他就好像一輛毫不起眼的破舊車子，掛著隨時也要跪下來的樣子，突然加油時卻可以馬力十足，絕塵狂飆。因為家貧和天性粗疏，他的衣著也極其簡樸，甚至有點寒酸。他唯一令人不敢輕視的，是那頭鐵線般又粗又硬的亂髮，看上去彷彿一隻不宜靠近的箭豬。所以很多人就算看他不起，心裡也忌他幾分。

我和K由純粹的同房，變成可以稱得上是朋友的關係，說起來也有點難以解釋。我和他不但沒有共通點，很多方面甚至南轅北轍。就說學業成績，我和他屬於優劣的兩個極端。據他所說，他小學時期考試一直包尾，到了中學也好不了多少。加上性格直率和倔強，常常得罪同學，也得不到老師的歡心，在學校裡甚為孤立。有一次因為出手推撞副校長，甚至差點給趕出校。他家裡的條件也很不理想。父親是建築工人，在K八歲的時候因工地意外死亡。媽媽是新移民，靠為數不多的賠償金和領取綜援養大孩子。到兒女可以照顧自己，她便出去工作，因為學歷不高，只能當超市收銀員或者快餐店清潔工。K小學時住的是深水埗的劏房，到中學才編配到公屋。他下面還有一個妹妹，在念高中但無心向學。K很關心這個妹妹，經常打電話給她，問她去了哪裡，交些甚麼朋友，好像很擔心她學壞。

至於他自己如何考上大學，據說近乎奇蹟。他升高中的時候，班主任是個教中文的年輕女老師。在所有人都對他絕望的時候，這位老師卻沒有放棄他。她經常向他說些鼓勵的話，又額外抽出時間給他指導。她其實沒有做得太過火，只是一個富責任感的好老師對學生的關心，但他心裡卻受到很大的刺激。一個處於青春期的少年的幻想，促使他全心領受這位老師的好意，開始發憤讀書，決心要考上大學，以報老師的恩情。結果成績雖然未算突出，但卻足夠他進入哲學系，當上大學生。這原本是天大的好消息，不只在家人的意料之外，也令師友們刮目相看，老師也自然感到萬分安慰。但是，更驚人的事情發生了。K在同級同學的畢業聚會上，公開向老師示愛。場面突然變得非常尷尬。大家也不知道他是開玩笑還是來真的。當然，他是認真的。他這個人不懂開玩笑。他的求愛被堅決的拒絕了。此事令他陷入混亂，情緒由原先的興奮跌進了低谷。他一時覺得自己被玩弄了，被背叛了，因而感到怒不可遏；一時又覺得是自己表錯情，誤解了對方的意思，因而感到羞愧萬分。考進大學本來是一件光榮無比的事，但現在卻變成一件充滿遺憾的事。他就是帶著這樣挫敗的心情，來到宿舍的迎新營。他像一隻受傷的野獸，對世界充滿戒心，但受到挑釁就會拼命反撲。

K把這些舊事向我吐露，其實是大家同房共處幾個月後。我相信他是仔細地觀察過我這個人，才決定跟我坦誠以對的。我不知道他為甚麼覺得我是個可以信任的人。對其他人，K不是輕易抱有敵意，就是不理不睬。至少我在宿舍中所見如是，他在學系裡如何則不得而知。不過，相信也不會有很大分別。在最初幾個月，我們甚少談話。大家也很不慣和一個陌生人共住一室，除了非不得已，會盡量避免留在房間裡。我整天待在圖書館，他去了哪裡則不太清楚。後來慢慢地，才開始了一些表面的交談。到了十二月首學期完結之後的某天晚上，我趁他還未回來，便拉了一會兒小提琴。我拉的是柴可夫斯基弦樂四重奏第一號第二樂章Andante Cantabile，如歌的行板。我把第一小提琴手的部分稍為改編了一下，成了一支獨奏曲。來來回回拉了幾遍，K突然推門進來。我怕打擾了他，便準備把琴收起來，但他卻說：剛才那段幾好聽，可以拉多一次嗎？於是我便又拉了一遍。只見他呆呆地坐在床緣，也不知是不是在聽。然後我便說了那個典故：當年托爾斯泰聽了這首曲子，感動得淚流滿面，而柴可夫斯基正坐在他的旁邊。他一臉天真地說：托爾斯泰係乜誰？說罷，他從背包裡掏出兩罐啤酒，把其中一罐遞給我。我愣了一下，半晌才明白，這應該是男人間交朋友的意思吧？他一喝酒，就開始講他的事，也不問我想不想聽。我不慣飲酒，只呷了幾口，喝不完的又讓他都乾了。

坦白說，每當想起中學那件「人間失格」事件，我便對交朋友有所顧忌。我覺得與其因為交朋友而出現糾葛，不如索性獨來獨往好了。朋友對我來說，並沒有必要性，反而只會增加麻煩。按這道理，交女朋友就更加只是自尋煩惱，最好避免。不過，與K相比，我其實是個不難相處的人。我在家裡雖然很大脾氣，但在外面卻總是笑面迎人。就算是天生不合群，也不會刻意與人為敵。我和大部分人保持禮貌的距離，碰面會友善地打招呼，有需要可以認真地交談，但並不會主動深入發展，也避免他人有此意圖。在學系裡的同學，很快就把我認定為一個才學豐富的奇人，但也因此有點敬而遠之的態度。這正合我意。唯獨是K，因為同房的關係不得不日夜相對，也不得不讓各自某些私密的部分洩露出來。所以，完全是在特定的形勢和機緣之下，我們才能成為朋友。所以我始終認為，這只是一段暫時的關係。有一天我們換了處境，維繫我們的細弱的線索便會立即切斷。所以我對於這段友誼也沒有感到壓力。

也許，K跟我所想的不一樣。至少，K比我慷慨和坦誠。他告訴我的比我告訴他的多。但我把這理解為，我的事引不起他的興趣。我過往的人生，除了書本和音樂，似乎沒有特別值得跟別人分享的東西。在K的眼中，我應該是個幸福得近乎平庸的人吧。至於我爸爸是個作家這回事，他倒是頗為驚訝。他竟然聽過你的名字，甚至讀過你的作品，就是那本給中學生看的，叫做《練習簿》的小說集。他之所以記得，是因為那位鼓勵他的女班主任，親手送過這本書給他，說是一本可以啟發閱讀興趣的書。他的閱讀興趣最終沒有被啟發，但卻對送書的老師產生了愛意。所以當他知道我的父親是誰，他便覺得事情好像冥冥中有主宰。至於老師送的那本書，因為他的求愛失敗，而給憤然燒掉了。在此告知爸爸一聲，你的書曾經牽起過這樣的因緣，最後遭到了這樣的命運。我後來回家，便問你拿了一本新的，請你簽了名，補送了給K。這個不看書的人，竟然每晚臨睡前拿著這本書，斷斷續續地看著，半懂不懂地把它看完了。當然，他沒作出半句評語。

K曾經好奇地問：有一個作家爸爸，感覺是怎樣的？見我支吾其辭，他又自顧自說：我已經不太記得爸爸的樣子了，勉強就只是記得他在家發脾氣打罵我的吼聲吧。他在生時整天打工，已經很少見到他。感覺上好像從來也沒有爸爸一樣。不過也沒所謂，我從沒有覺得很傷心，或者自己有甚麼不如別人。這樣說好像很冷酷，但真的，我覺得沒有爸爸反而更好，活得更自由自在。倒是見到媽媽吃苦，心裡便有點酸。這時候便會惱爸爸為甚麼這麼早就死去，生前也沒有好好對媽媽。但我並沒有為媽媽而做好自己，後來努力考大學也不是為了她。我是個不孝子！K給自己下了這麼嚴厲的判語，令我震驚。

在一年級完結的暑假，大家都搬回家住，但卻相約了去一次露營。K從中學開始就喜歡露營，而且都是獨自一人。他對本地的郊野露營地點和行山路線十分熟悉，就好像自己的手心和手背一樣。我對露營這種事有點猶豫，但最終也答應了。他帶我去西貢的一個沙灘，位置甚為偏僻，要爬一段山路才到，對我來說是個艱巨考驗。我還把小提琴帶去，真是相當狼狽。當晚天氣不佳，多雲，有微雨，沒法如期觀星。於是便躲在帳幕裡，聽我拉小提琴。半夜他又說了許多以前的事，包括他喜歡過的女孩。當然沒有一次是成功的。我對這方面經驗貧乏，為了不顯得太遜，便把那位長跑同學的女友編造成暗戀的對象，也胡說了好幾句。對於自己竟然厚顏地利用了這件事，回頭再想又覺得羞愧。大家也說了些對未來的展望。我說我想繼續做學術研究。他問我為何不像爸爸一樣當作家。我便說，作家的生死成敗，是掌握在批評家手裡的。他聽了只覺一頭霧水。至於他，則完全沒有打算。本來讀大學便已經是他意想不到的事情，一旦讀了也不知道可以有何作為。他說自己就好像一片雲，無定向地飄來飄去，慢慢越積越厚，也許會變成一場大暴雨，形成一場大洪水。但雨會落在哪裡，洪水會湧到哪裡，完全是未知之數。我覺得K原來說話也挺有詩意。

過了暑假，回到大學宿舍，我和K又再住在一起。大概是沒有人願意跟我們對調的關係吧。我當時有跟父親你提及過K嗎？可能含糊地說過。或者當時我覺得K並不重要，至少未重要到有需要跟你刻意談論。不過，來到如今，當我要向你細說我這些年的經歷，我才發現，K很可能是最為關鍵的人物。關於K就暫時說到這裡吧。肅此敬請

金安。

男花叩稟　　某月某日

8.

父親大人膝下：

敬稟者，大學階段對我來說是個重大轉折，甚至令我首次嘗到了挫折的滋味。從小學到中學，我也對自己是一個「愛讀書」也「愛文學」的人帶著一份優越感。我雖然不覺得自己是甚麼天才，但我清楚知道自己比別人早熟。對於同齡者的幼稚思想和行為，縱使有時感到煩厭，也盡量採取諒解和包容的態度。我對自己所喜愛、所享受、所擅長的事情感到單純的喜悅，對自己充滿自信，完全不理會別人對我的看法，就算被當成怪人也沒所謂。可是，進入大學之後，我接觸到的世界卻跟我一直所理解的並不相同。我突然發現，自己由一個超前的人變成了一個滯後的人，但卻一時間弄不懂是怎樣的一回事。

因為要「成為像父親一樣的人」而選擇進入父親當年修讀的比較文學系，看來好像很沒個性和創意的行為。坦白說，在成長的過程中，我沒有刻意模仿父親，也沒有刻意要自己變得跟父親不同。也許是遺傳或天性的關係，我就是喜愛讀書、喜愛文學，也自願地選擇了比較文學系。我沒有考慮過，這是不是活在父親的陰影之下。我一直認為，這完全是順著自己的本性而行。也覺得沒有理由，因為這是父親從前走過的路，就要強迫自己放棄自己的喜好，故意選擇不同的方向。這無疑是本末倒置的。

不過，我入讀之後才發現，事實與期待之間有著令人驚訝的差距。現在的比較文學和父親當年念的比較文學，發生了很大的變化。以前聽爸爸說，在大學時修讀「英國小說」、「歐洲小說」、「俄國文學」、「莎士比亞」、「浪漫主義詩歌」、「現代歐洲戲劇」等科目，都覺得很神往。但是，當我查閱課程大綱，卻完全找不到這類科目。現在的課程全部都以議題或理論為主導，甚麼「後現代主義」、「後殖民主義」、「東方主義」、「全球化」、「香港文化」、「身分與政治」、「女性主義」、「性別研究」、「映像文化」、「數位文化」等等，而且研討的內容也涵蓋電影、電視、媒體、網絡、普及文化等範疇，文學作品反而只是佔很小的部分。這令我很疑惑，自己是不是進了一個文學系。就算是英文系那邊，情況也差不多，頂多只有兩三個傳統模式的科目。

其實，作為一個「愛讀書」的人，這原也是無妨的。理論也好，政治文化議題也好，我也感興趣，也可以一讀。但是，在「愛文學」方面，則肯定不能得到滿足了。這不只是文學所佔的比例的問題。念下去就發現，連讀文學的方法，或者對待文學的方式，也跟我預期中很不一樣。今天的文學研究不再注重作品的欣賞，更不理會作家的成就，而只是把作品視為文本，或者探討某特定議題的材料。文學作品的價值和非文學材料沒有本質的分別，甚至乎「文學」和「非文學」的界線也變得模糊了，何謂「文學」本身也成為了一件應該被質疑的事情。也即是說，並不存在所謂普遍和永恆的文學價值。文學本身就是歷史文化的產物，其定義也一直在改變中，甚至有一天會消亡也說不定。所以對待文學的態度，只能是批判性的。這對從小就「愛文學」的我來說，產生了很大的衝擊。

我只是奇怪，爸爸以前為甚麼沒有跟我提及這些轉變。就算你是從傳統比較文學系出身的，當時應該已經興起了新的研究潮流，而這些年來你也一定知悉學術界的發展。我猜想，你可能不想對一個喜歡讀小說、讀詩歌的少年，過早地揭露並不美妙的現實，讓他盡量地沉醉於純文藝的享受中吧。問題是我並不能盲目地、頑固地拒絕接觸這些新興的批判性思維，索性退出比較文學系，轉修其他學科。我很願意了解和思考其中提出的許多問題。但這又同時跟我對文學的熱愛產生矛盾。這令我感到非常痛苦。就好像你一直不問因由地愛一個人，和他共度了美好的時光，但卻突然被迫要對這個親愛的人的個性進行理性的分析，對他的行為作出批判的解讀，並且把他從一個獨特的個體，變成一個歷史的、時代的、政治的、文化的、心理的案例。你很難免會覺得，自己對他進行了暴力性的傷害。

當然，上面這個只是比喻。我好像從未像「愛文學」或「愛音樂」一樣，對另一個人產生過類似的感受。我覺得這樣理所當然，沒有感到自己有甚麼奇怪。也許在我年紀很小，對你有很強烈的依賴的時候，會有過相近的情感。但是，爸爸，恕我直說，到我進入青年期，生活上的事都可以自我照顧之後，便很少感到對父母的依戀。我不是對爸爸毫無感覺，但很多時候是負面的感覺，例如覺得嘮叨和煩厭。就算是正面的感覺，也好像不是「愛」，而是「好奇」。就是笛卡兒在*The Passions of the Soul*裡說的wonder。父親是一個令我產生wonder的人。我因為同樣「愛讀書」和「愛文學」，所以好像很明白你的某些部分，但是，因為我不是一個寫作和創作的人，所以同時對你感到奇怪和不解。對於其他人也一樣。除了大部分我全無興趣、不加理會的人，那少數吸引我注意的，我對他們也只有wonder，或者是joy，但卻沒有love。這是我進入大學之後，從新的角度接觸文學與人的時候，所意外得到的發現。令我困惑的是，我作為一個「愛文學」也「愛音樂」的人，為甚麼在現實生活中卻很難對人產生感受和共鳴？

所以，就算是在同系和同班的同學之中，我也沒有結交到很好的朋友。當然一般的交流討論或者閒談是沒有問題的。年紀漸長，我開始學懂了社交禮儀，不會板著臉默不作聲、對人不屑一顧，或者突然說出甚麼不符場合、令人尷尬的話來。雖然難免有時自恃懂得很多，而顯得有點驕傲自大，但可能由於我的外表沒有甚麼惹人討厭的地方，而被同學們寬大對待。他們給我起了個花名，叫做「花才子」。經過口耳相傳，不知怎樣的變成了「花公子」。後來有一位同班女生，悄悄地問我是不是那位傳聞中的「花花公子」，害我臉紅耳熱，不知如何辯解。

這位女生從一年級下學期第一課開始，就坐在我的旁邊。我上課通常喜歡坐最前排的中間。雖然我有輕微近視，但可以避免的話都不願意戴眼鏡。而且坐前面方便向老師發問。那是入門的必修科，修讀人數很多，但課室還未至於爆滿。當時明明還有空位，這位女生卻偏偏要坐到我旁邊。我側望了她一眼，沒有印象系裡有這個同學。她問了那句關於「花花公子」的話之後，便竊笑了一下，好像是惡作劇似的。我覺得去糾正她有點無謂，便無可奈何地彎了彎嘴巴。她接著又微微靠過來，用手虛掩著嘴巴，好像說甚麼祕密似地問：F同學，請問你爸爸是不是作家D？我木無表情地點了點頭。她好像想尖叫出來似的，但又立即壓抑住，拉著我的手臂說：我是你爸爸的書迷！我下次把書帶過來，你可以拿回去請他給我簽個名嗎？我繼續以木然的表情點了點頭，簡短地說了聲：可以的。

也不知是不是因為這樣聊開了，R之後每次都坐在我旁邊，給旁人的感覺就好像我和她是預先約好的。所以，就算有時候R遲到，別的同學也不會佔用我身旁的位置。給父親你拿簽名一事，她是說真的。第二次就拿了兩本你的小說回來，但都是較舊的作品，而她手上也只有這兩本而已，絕對算不上是一個書迷應有的表現。不過我沒有跟她計較，也沒有代你問她要不要看幾本較新近的。老實說，對於R坐在我旁邊，我並沒有反感，但也沒有特別的好感。當時就只當作偶然發生的一件事，就像每天出門都剛巧碰見某鄰居一樣，打個招呼便把事情忘記了。我聽到有人在說我和R是一對的，已經是很久之後的事情了。大概是我後知後覺，並沒有想到這在班上可能是頗為觸目的狀況，尤其是大家都認為，R是系內數一數二漂亮的女生。

我當初對R的印象，就是她長頭髮，衣服光鮮，裙子有點短，身上散發著幽幽的香氣。也即是說，沒有特別留意到細節。因為坐得很近，不好意思轉過臉去看她，所以反而對她的樣子不太深刻。第一次認真看清楚她的樣子，應該是到了學期中，下課時她問我要不要一起吃午飯。我雖然傾向獨自吃，但又沒有拒絕的理由，便一起去了附近的飯堂。和她隔著桌子對面而坐，總不成一直低頭吃飯，便在談話間不經意地瀏覽著她的容顏。我發現她的頭髮染成了微微的棕色，垂直過肩，臉上的化妝以學生來說比較濃，戴了雙比較誇張的心形耳環，一字膊的白色上衫露出白嫩的肩，臉形圓中帶尖，身形瘦中帶潤。總體來說，給人努力地掩飾稚氣、假扮成熟的感覺。她的英文很好，文學的領悟力似乎也不錯。言談之間提到，她在念書之外，也有做些媒體的兼職，努力賺回學費。看來她的家境並不特別優厚，又或者她這個人特別進取。

R的事情，我並沒有特別多想。升上二年級之後，她連續兩個學期，都跟我選了相同的科目，所以就一直跟她保持見面。這兩科都是一位C教授開的，一科叫做Autobiography, Fiction and Autofiction，另一科叫做World Literature and Local Literature。只看題目就已經令人驚嘆，從微觀到宏觀，從個人到世界，C教授都關注，都有研究。查看C教授的履歷，也很不簡單，博士學位來自美國名牌大學，在英國劍橋待過，起先是研究思想史的，專攻歐洲啟蒙時期，後來轉向世界文學，兼及華語語系文學、數位人文科學等炙手可熱的範疇。他離港留學前的母校，就是我念的中學，所以他原來是我的師兄。他歲數和爸爸你相若，在學術上是最當打的年紀，擁有這樣的實力，卻回到香港任教，為的是甚麼呢？我實在有點想不通透。R對C教授非常傾心，像追星一樣選修他的科目。我心想，C教授有妻有女，R不會對他有甚麼非分之想吧？但轉念又覺得這種想法很無聊。

C教授的兩門課都有用到爸爸你的作品，就是已經譯成英文的那兩本。他不問就知道班上的我是你兒子，第一課就主動走過來跟我握手，嚇了我一大跳，還託我向你問候，說甚麼時候約爸爸出來見過面。我支吾以對，不知道他是認真的，還是出於客套。這種事我一向不太懂得。之後他在班上發問時，經常首先就望向我，幸好我每次也應對得不錯，沒有令爸爸你丟臉。而他總是在同學面前說：F同學肯定得了他父親的遺傳。聽C教授這樣說，R加倍向我投以欣賞的目光，當中有一種難以明白的奇異光彩。

有一次我和R循例在課後一起吃午飯，去的是校園裡的Starbucks。剛坐下來不久，就看見C教授迎面而來的身影。他拿著三文治和紙杯裝咖啡，在人頭湧湧的咖啡店裡找座位。剛巧我們旁邊有一張空櫈子，R便揮手請C教授坐下來。C教授也不客氣，毫無架子地和學生擠在一塊，輕鬆自在地跟我們聊了起來。我想這就是新派學者的風範吧。C見我手邊放著笛卡兒的《世界》，便說：F同學很識貨啊！若是在十幾二十年前，Descartes在學界簡直是過街老鼠，但近年他的人體機械論又重新被熱議起來，有人甚至把他視為cybernetics的先驅。想不到你的潮流觸覺相當靈敏，看來你很有做學術研究的天分！我有點不知所措地微笑點頭，實情是我的同房K最近忽然熱烈地讀起笛卡兒來，但卻因為英文程度太差而向我求助，所以我才從圖書館借了相關的書。接著C便和R聊起來，說在網上看過她主持的節目，然後便扯到文化研究中第一手經驗的重要性云云。

不知為何，我一直沒有跟爸爸談過C教授，就算他多番表示想跟你認識。我不是刻意這樣做的，只是回家的時候沒有想起來，想起的時候又不在你身邊，也不覺得嚴重到要立即打電話給你商談。總之就像我一貫對別人的事情的疏忽，我遲遲沒有作出任何行動。我倒是曾經不經意地跟媽媽提起過。她說早兩年她學術休假去劍橋的時候，在那裡見過C，聽過他的一個演講，印象中是個有實力和有野心的學者。這讓我萌生了本科畢業後，跟C教授做碩士論文的念頭。不過，一切還是言之尚早。

至於K讀笛卡兒的事，原本並不稀奇，因為他本身就是哲學系學生嘛。可是他平常都不看書，經常缺課，功課又亂來，所以突然認真起來便有點奇怪。他說他想讀笛卡兒，完全是因為一句話。就是那句「我思，故我在」。我想說，這句話已經變成一個庸俗的笑話，但看見他好像發現新世界的樣子，又不好意思打擊他。他說在堂上聽見老師引述這句話，心裡突然受到激烈的震撼，就好像一道閃電把塵封已久的心窗一下子擊碎一樣。這麼多年來的空虛、荒廢、頹唐，都一掃而空了，都給實實在在地填滿了。因為，只要他思想，他便存在，便不會一無是處，甚麼都不是。這確實的存在，令他感到無邊的自由，因為他的思想是沒有任何人能剝奪的。那些迎新營的法西斯，那些學校和考試制度，無論怎樣障礙他的行動，也無法控制他的思想。他的存在，完全以他自己的思想來定義，不受任何外界的約束。K就是如此的，以一個宗教狂熱者的亢奮語氣，自由發揮著他對笛卡兒這短短的一句話的詮釋。

K打算以笛卡兒的哲學思想，作為學期終功課的題目，但他對自己的閱讀能力沒有信心。所以他請我當他的私人導師。作為一個「愛讀書」的人，我當然不介意多讀幾本書。況且笛卡兒的書我有些已經讀過。於是，我便從《談談方法》開始給他講解，接著是《第一哲學沉思集》和《哲學原理》，直至《靈魂的激情》。然後回到笛卡兒最早完成，但卻最遲（於死後）出版的《世界》和《論人》。可以看見，K這次是認真的。雖然英文很不濟，對內容一知半解，但也狼吞虎嚥地啃下了笛卡兒的著作英譯。在開始看每一本書前他先聽我的導讀，看完之後再聽我的總結，中間遇到不明白的地方亦隨時問我。也因為這件事，他才終於對我的學識和閱讀能力有了些微敬意。

父親大人，關於我大學學業的部分，暫時說到這裡吧。肅此敬請
金安。

男花叩稟　某月某日

9.

父親大人膝下：

敬稟者，父親請勿驚訝，我之前說的和即將說的事情，都是你聞所未聞的。這些年來，我們之間的交談好像變得表面了。這不能怪你或我任何一方。也許，這是世間父子所面對的普遍現象。我實在不知道。但至少，我現在依然懷有這樣的衝動，以書信的方式，把我想告訴你的事情，盡量原原本本地向你披露。我希望可以堅持到底。

我所犯的最大錯誤，可能是答應讓R到訪我的宿舍房間。那是二年級下學期初一次例行午飯之後的事情。R那天心情有點低落（是她自己說出口我才知道的），原因是甚麼卻沒有解釋，我也沒有追問。她說晚上有一個錄影節目，下午沒事做，有點無聊，便問我可不可以到我宿舍坐坐。我說我房間沒有甚麼好看的，我可以陪她坐在咖啡店聊天，但她堅持說想知道我房間的樣子。我不明白她為何有此執著，心想K下午有課，應該不會礙著他的，便帶了R回去。

那時正值冬天，進了房間，見裡面比較暖，R便脫下了紅色的皮外衣，穿著米色V領毛衣和棕色絨短裙，在我的床邊坐了下來。她抬著頭很好奇地環望著根本沒有甚麼好看的房間。既沒有偶像女星的海報，也沒有任何富有個性的布置。是平平無奇的兩個男生的房間，我的部分比較整齊，K的部分比較零亂，只此而已。R知道我拉小提琴，便說等了很久想聽我表演。我見既然沒事可做，便拿出小提琴，拉了首巴哈的奏鳴曲。可能因為我有點炫技的意思，R專注但卻帶點困惑地聽著。我覺得這樣不好，但卻不知道不好在哪裡。之後，便拉了柴可夫斯基弦樂四重奏一號D大調第二樂章的獨奏版。拉完後，赫然看見R的臉上流下了兩行眼淚。我有點不知所措，便又說了那個典故，然後說：你跟托爾斯泰平起平坐啦！她聽後破涕為笑。這時候，K突然推開房門進來。

K見有個女生在房間裡，並且坐在我的床上，顯得驚訝萬分，甚至一度退到房間外面去。我立即拉住了他，說是同班同學，來聽我拉小提琴。他有點不自在地回到房間裡，這時R已拭乾淚水，回復沒事一樣，向K微笑打招呼，並作了自我介紹。我給K作介紹，說是念哲學系的同房。R伸出手去，讓K握了握，說：聞名不如見面啊！F常常提起你呢！K疑惑地說：他提起我甚麼？說我壞話嗎？R笑說：沒有啦！說你是個很獨特的人。K瞪了我一眼，說：獨特？那即是怪人吧！我便搪塞說：都是一句啦！接著大家靜了下來，話題不知如何維持下去。R乘機看看手錶，說：我都差不多了，下次再來坐吧！我說：好啊！下次再來！便欠身讓路給R出去。R一踏出門口，K拍了拍我的臂，小聲說：你不送人家出去？我呆了一呆，便聽他的話，跟著出去，在走廊上追上了R，說陪她到樓下去。一直送到宿舍大門，看著她穿上皮外衣，走進寒風中，我才回頭。

回到房間，K十分好奇地問：她是你女朋友嗎？我斷然否認，說只是同學，普通朋友。K不信，再三拷問我，不准我說謊，我始終不為所動。他有點被我說服了，自言自語說：那又是，連她走你也不主動送她，不似是女朋友。我問K為何突然回來，他說課上到一半，見沒意思，便提早溜走。之後K整天坐立不安的，翻翻這本書，寫寫那本簿，一時看手機，一時又閉目沉思。晚上臨睡前，關了燈，他在黑暗中說：喂F！我可以再見到R，今天那個女孩嗎？

對於K提出的請求，我本來打算敷衍了事。也不是反對他這樣做，只是覺得有點麻煩，不知怎樣開口。但他竟然異常堅持，在往後幾天連續追問了我好幾次，我便唯有說：我和R通常星期三課後會一起吃午飯，到時你便假裝剛巧經過吧。他很滿意這樣的安排。

到了當天，K真的在預定的時間，在預定的地方出現。他的穿著跟平時一樣，因為實在沒有甚麼選擇，但手裡很顯著地拿著一本書。我主動配合他，裝作偶然抬頭看見，向他揮手。他因為已經跟R見過面，所以停下來聊兩句也不突兀。然後，我便邀他坐下來一起吃飯。R看來並不反對，也很友善地請他坐下。我識趣地問他吃甚麼，跑去給他買，留下他和R單對單談話。（對於我會做這種事，我也感到萬分錯愕。）捧著飯餐回來的時候，見他拿著手中那本書，熱烈地向R談論著甚麼。那本書是笛卡兒的*The Passions of the Soul*，他高談闊論的內容，都是我之前給他講的導讀。R似是覺得有趣，一邊聽一邊點著頭，一雙大環形耳環在雙頰一晃一晃的。我把表演機會留給K，沒有多少說話，只是間中附和他一下。說完他的一番偉論，K又跟R閒聊著各種生活的話題。我突然發現，這個平時像一頭孤僻的狼的傢伙，在女孩面前可以口若懸河。這是我從來沒有見過的一面。

K如是者和R「偶遇」了兩次之後，便大著膽子自己傳短訊給R，製造一些見面的藉口。像我這樣遲鈍的人都知道，K在背後有何用心。聰明的R也很顯然早就感覺到了。可能礙於K是我的同房，又是我的好朋友（我是如此告訴她的），她不想表現得太冷淡，也試過答應K出來喝杯東西或甚麼的。她沒有直接向我表示對K的不滿，但每次見她，臉上都掛著怪怪的表情，令我完全解不透。她有時甚至刻意讓我知道K找過她，雖然我通過K早就知道了。看見K跟R會面之後得意洋洋的樣子，不知怎的令我很不自在。我開始覺得事情的發展非我所願，但為甚麼卻難以解釋。總之，我萌生了阻止他們交往下去的念頭。我對自己作出各種分析，斷定K和R無論在性格和生活方式上都完全不適合對方。我認定R從一開始就不願意跟K結交，只是因為我的緣故而不好意思拒絕。我也判斷K這個人一旦狂熱起來，不知會發生甚麼激烈的狀況，而他的纏繞會對R造成傷害。就算R只是我的普通朋友，我也應該保護她，讓她免於騷擾與不安。今次的麻煩是我造成的，我有責任去做出補救。

可是，我沒有任何具體的辦法，也沒有這方面的決斷力。事情便如此拖拖拉拉了半個學期。我知道時間越久，K便會陷得越深。他是那種要不就完全冷漠，要不就激情得不可收拾的人。他最擅長在自我想像中建立不可能的目標和理想，然後奮力向前，拼死一搏。他就是靠這種方式考進了大學。在這種情形下，心中的passion和action形成一致，產生難以抵擋的力量。也許就是這種可怕的力量，令R在不情願之下，也無法向他斬釘截鐵地說清楚。

我決定我必須採取行動。我要正面和K講清楚。但我要跟他說甚麼呢？說他跟R不適合對方？說他們之間不會有好結果？就算兩人都是我的朋友，我有甚麼權干涉別人之間的事？一向十分不擅處理人事關係的我，實在沒有把握可以說服K。但無論如何也得一試。至少希望令K暫時放下自我蒙蔽的激情，冷靜理性地面對事實。但在日常生活中，很難找到機會憑空向他打開這個話題。我決定請K去聽一場音樂會。我以為那會締造一種不同的氣氛，易於坦誠相向。

我們去聽的是柴可夫斯基的歌劇《奧涅金》。為甚麼要去看這齣歌劇，我也說不出來，除了因為是我喜愛的柴可夫斯基和普希金。他知道是歌劇，而且是俄語的，顯得有點勉強，但最後還是給我拉去了。他說算是見識一下不同的事物吧。我預先把場景和人物向K講述了一遍，希望他不會看得一頭霧水。負責音樂演奏的是一個俄羅絲樂團，主角都是俄羅絲著名歌唱家，是一個全俄班的演出。在開始不久，K就開始打瞌睡。我多次悄悄弄醒他，向他提示劇情。情況有點像大人帶小孩子去看演出，要邊看邊講解故事，指出誰是好人誰是壞人。來到女主角塔提亞娜鼓起勇氣向奧涅金示愛，K開始感到興味，精神專注起來，大概是心裡聯想到甚麼。而我的心不知為甚麼也七上八下的。當奧涅金拒絕了女孩的表白，K臉上甚至有點氣憤的表情，覺得這傢伙實在太高傲自大了。然後便去到奧涅金和連斯基決鬥的一幕。在黎明時分的河邊，年輕的連斯基在等待對手的時候，唱了一段solo，詠嘆青春的可貴、對死亡的恐懼，以及對奧爾嘉的愛。這是全劇最淒美的一個唱段，聽得我內心抽痛。兩人終於在不情願的情況下決鬥，連斯基中槍而死。奧涅金因為無風起浪地弄出人命而感到愧疚，以自我放逐來懲罰自己。五年後，奧涅金結束他的浪遊生活回國，再次碰上他當年狠心拒絕的塔提亞娜，但她現在已經嫁給一名貴族。這時候奧涅金才驚覺塔提亞娜的明豔照人，燃起了對她的瘋狂愛意。這次輪到他寫信求見，並且在她跟前作出了懺悔和表白，但是已經太遲了。他遭到了狠狠的拒絕。看到這個部分，K又打起精神，留心著事情的結果。在完場之後，他陷入了沉思。

從文化中心出來，我們坐天星小輪回港島。我本來沒有打算通過歌劇向K暗示甚麼，只是純粹想和他去聽我喜歡的音樂，然後找機會勸說他不要對R產生幻想。沒料到他大受劇情中的表白、拒絕和遺恨所刺激，加倍認定必須決斷行事，否則日後會追悔不已。我原先想說的話，完全沒有機會提出。我迎著初夏潮熱的海風，耳邊不知怎的一直響起連斯基赴死之前的獨唱段，調子的哀怨、無奈和痛惜，令我的眼睛也慢慢地潮熱起來了。我輕輕地哼唱出那段歌曲。K問我那是甚麼。我告訴了他，想問他覺得好不好聽。他卻說：那個白痴！為甚麼無端端要去決鬥呢？白白送死！這段劇情很牽強！

我想來想去也想不通，為甚麼K會喜歡上R這個類型的女孩。難道這就是所謂愛嗎？還是，只是一種自己也控制不了的欲望？我也想不通為甚麼R明明不會喜歡上K，卻不乾脆直接拒絕他，而讓他繼續沉醉於幻想中。而我卡在其中，為甚麼又一直看不過眼，而想把這段不應該發生的關係拆散？一旦進入暑假，我和K又會暫時搬回家。我不在他身邊，便更難監察他的行為了。所以，我要趕快行動，但我還是猶豫不決。

有一天，我收到R的文字訊息，說K晚上約了她，好像有甚麼重要的話要說。我很奇怪，為甚麼R會通知我。她還約我下午見面。我應約去到校外的一間咖啡店，那裡不會碰到相識的人。R早就坐在角落裡的沙發上，我問她喝些甚麼，我去買。（這種事我現在也懂得做了。）買了兩杯鮮奶抹茶，我坐在R對面，等她開口說話。她神色雖然有點尷尬，但話卻說得很爽快。F，你喜歡我嗎？她問。我有點愕然，但又好像有點意料之中。聽著她那充滿著期待和不安的語氣，我突然便有了答案，說：我喜歡你。R閉上眼睛，深深呼出一口氣，雙肩慢慢往下垂，身上的連衣裙好像也變鬆了。我覺得應該再弄清楚一點，便說：那你喜歡我嗎？她張開眼睛，望著我，點了點頭。那麼……。往下的事，我一時說不下去。反而她比我更肯定，說：一會兒一起去見K吧。我心裡雖然有點擔心，但看來除此之外，別無他法。

K約了R在中環天星碼頭外面見面，一個帶有電視劇味道的做法。在到達目的地之前，她突然牽著我的手。我這才醒覺，這是我們現在的身分應該做的事。在還未全暗的黃昏中，遙遙看見K的人影，沿著海邊的圍欄來回踱步。我們每走近一點，他的樣子便更清晰一點。相反，我們在他眼中也應該如是。他停下步來，伸長著脖子，好像有點不相信自己的眼睛，然後慢慢調整了站姿，好像一隻野狼進入戰鬥狀態一樣。我有理由相信他會衝上來揍我一頓。我肯定不是他的對手。我預備好要捱打。我估計還會出現R在當中試圖阻攔和在旁邊拉扯的局面。大家到了短兵相接的距離時，K低頭盯著我和R牽著的雙手，他的拳頭也緊握了起來。但他最終還是忍了下來，只是指著我的臉，狠狠地說：你這個假仁假義的口樣！然後，也不聽我們解釋，便頭也不回地疾步離開了。

R把身子挨了過來，我便不得不把她摟住。她在我懷裡小聲地說：K沒事的！不用擔心！他不是壞人，只是有些事情誤會了！這是我第一次擁抱一個女孩子，但我無暇去感受那份暖意，只是生硬地做著一個男子漢應該做的動作。不知為甚麼，我突然很想哭，但我拚命的忍住了。R抬頭望向我的臉，大概是被我強忍著的淚水所感動，雙眼也通紅起來。那個晚上，我們牽著手在海邊散步，然後到IFC的西餐廳吃了個晚餐。因為餐廳晚上有點蠟燭，所以也算是個燭光晚餐，就如一般戀愛故事裡的必然場景。我見R真的很開心，在燭光下也真是漂亮。我不知我憑甚麼第一次就得了個這麼漂亮的女朋友。我只是個「愛讀書」也「愛文學」的書呆子。難道真的有「書中自有顏如玉」這回事嗎？

我送了R回家之後（她住在筲箕灣），便回宿舍去。令我震驚的是，K在短短的三小時內，把他的所有物品都搬走了。我去找宿舍主管，他說K剛剛已經退宿了。我回到房裡，望著他那空洞的一邊，感到內心刺痛。他沒有留下任何書信之類的。兩天後，我也收拾東西搬回家。暑假完結，升三年級的學年，K沒有回到宿舍。我跟另一位念化學的男生同房。

父親大人，這就是我從來沒有和你提及過的，我的「初戀」的來由。至於結果，我就留待以後慢慢再說吧。肅此敬請

金安。

男花叩稟　　某月某日

10.

父親大人膝下：

敬稟者，希望父親不會太介意，我不但不曾把我的第一個女朋友帶回家見你，甚至還一點也沒有向你提及過。父親有沒有在我身上察覺到甚麼蛛絲馬跡呢？這個我就不知道了。事實上R常常談起你，很想跟你見面，但見我沒有積極反應，便只有順其自然。我並不是刻意想向你隱瞞，只是並沒有很強烈地覺得需要這樣做。至少暫時不是時候。

我和R以戀人的關係共度的暑假，不能說是不愉快的。至少因為是前所未有的經驗，而富有新鮮感。但我也常常感到有點格格不入，很難自如地投入男朋友的角色。那些很容易便令對方不快的地方，例如遲了回覆訊息，或者晚上沒有問候對方睡了沒有之類的東西，也令人感到有點煩惱。幸好R暑假非常努力當兼職，從事網媒主持的工作，我才保有一點可以靜靜地坐下來，好好地讀點書的時間。但是她一下班便要去接她，她放假又要陪她逛街，或者去有點特色的地方（例如赤柱、山頂、大澳、迪士尼之類的），多少令我感到疲於奔命。我心裡恍然大悟：原來這就是拍拖了！

當然我也不是有所怨言，因為R很漂亮，很可愛，也很聰明，很懂事（她懂的真的比我多）。和她一起，感覺是美妙的，但總是有某種不能圓滿的東西。如果要自我分析的話，還是那個問題。用笛卡兒的六大passions去說——對於R，我只感覺到wonder和joy，但卻沒有強烈的love。這一點我當然沒有跟她說。我以為，love可以靠意志補足的。愛不只是一種passion，也是一種action。但是，就action來說，R也嫌我太被動，不夠進取。我們正式拍拖過了兩個星期，我還沒有嘗試吻她的舉動，這一點一度令她很困惑，甚至感到自尊受損。我不知道原來這事是這麼嚴重的，於是便盡力地吻了她。雖然做得有點笨，但她的確被安撫了，對我的愛也恢復了信心。之後我便在身體接觸這件事上，多加留意，適當地做些表示，但也盡量不太過火。當R提出在暑假結束前一起去澳門玩兩天，我借故推辭了。她看來有點失望。

新學期沒有C教授的課，但我因為想在畢業年以他為導師，選修論文撰寫課，所以不時去向他討教。C雖然很忙，但每次都慷慨地跟我聊天，耐心地解答我的問題。很自然便談到畢業後的打算。我說想跟他念碩士，他卻建議我到外國去。他說：人要跳出comfort zone才會成長，這是經驗之談。剛巧R也有用到舒適圈的說法，說她畢業後不會從事和文學或教學有關的工作，她想跳出comfort zone，接受不同的挑戰。她的目標是當上電視台的主播。我之後便一直在思考舒適圈的問題。我喜愛的閱讀，我喜愛的文學，以及音樂，原來是我的舒適圈嗎？那麼，我應該跳出去嗎？我跳出去，可以跳到哪裡？我為甚麼要跳出去呢？為甚麼不能一直留在自己感到最comfortable的東西身邊呢？

相反，我和R的關係，開始出現了一點點uncomfortable的感覺。以前她聽我談讀書時，都是全神貫注、興趣盎然的，現在一看到我拿出書本，就說我又躲進自己的世界裡。她會怪責我情願留在圖書館看書，也不出來陪她喝下午茶。我一談到最近讀到的好書，她的眼神就有點飄忽不定，然後趁機改變話題。我把這理解為兩個人相處，必須學習的互相遷就的功課。我很好奇，爸爸和媽媽以前是怎樣開始的，又是怎樣維繫下去的，但我沒有想過直接問你們的意見。我只是猜想，爸爸和媽媽都是「愛讀書」、「愛文學」的人，那麼你們至少會處於共同的舒適圈裡，而感到加倍的舒適吧！但是，世間上有多少男女是擁有共同的熱愛的呢？以這個為基本要求似乎也不太合理吧。況且，我和R的起點其實已經夠接近的了，只是除了學業背景，人還有太多的其他面向。這些都是我沒有足夠心理準備的。

自從K搬離宿舍，我已經好幾個月沒見過他。有時以為會在上課的地點附近碰見，但卻沒有發生。我向一些大家都認識的人打聽過，他搬到西環的一個單位的劏房裡獨住。我有想過去找他，但很快又打消了這念頭。每天在校園內來往，我都留意著周邊的人，期望在人群中瞥見K的身影。到我真的見到了K，卻是完全意料之外的情況。那天我從講室下課出來，竟然發現K站在外面。他一看見我便迎上來，很明顯一直在等我。我既喜又驚地走上前，不知道在發生那樣的事情之後，怎麼開口跟他說話。他依然是老樣子的，穿殘舊的衣服，頭髮像一堆鐵線一樣又硬又亂。他臉上掛著既非友善也非敵意的表情，也即是一種中性的表情，含糊地跟我打了招呼，然後便向我遞上一份小冊，以平淡的語氣說：好久沒見！最近我參加了一個粵語研究及促進會，會辦些活動和出版物的。這個禮拜有一個讀書會，讀你爸爸的作品，我猜你會有興趣來參加。不妨考慮一下！說罷，便像趕走空中的蚊子似的揮了揮手，轉身走開了。我沒有機會問他近況如何。我也很奇怪，他為甚麼會參加一個推動粵語的組織。我從不知道他關心這個課題。打開小冊子一看，那場讀書會在星期五晚上舉行。

一個「愛讀書」的人，應該也會熱心參加讀書會吧。況且這個讀書會是談自己父親的作品，又是K親自來邀請我的，我沒有不去的理由。在大學文娛中心活動室裡坐了三、四十人，比我想像中多。更意想不到的是，這次讀書會是由K主持的。由一個從來不看書的人來主持讀書會，真是一件人間奇事。讀書會的影印材料，是由爸爸你不同時期的小說選輯出來的片段。我收到一份的時候快速翻過，似乎都是和粵語的應用有關的。K站了起來，開始以低沉但洪亮的聲音講起開場白。我從未見過K在公開場合發言，也不知道他演說的聲音是這樣的，感覺非常陌生，好像他變了另一個人一樣。

至於開場白的內容，初聽也是有點摸不著頭腦。K談到這個粵語研究及促進會的宗旨，是爭取確立粵語成為我們正式的民族語言。作為一種民族語言，必然同時為口頭和書面的標準語。為此我們必須推動全民書寫粵語，塑造以粵語講寫並行為基礎的身分認同和主體性。我非常詫異地聽著K琅琅上口地說出這些他從前絕不會用的辭彙，也感到了十分不安，甚至愧疚。我認為一定是我的無恥行為對他造成的傷害，令他發生如此極端的性情大變。在開場白的結尾，他突然指向我說：今天邀請到小說家D的兒子F來參加我們的討論，實在十分榮幸！現場響起了有點猶豫的、零零聲聲的拍掌。

討論由K帶領，從父親早期的一些短篇小說講起，引述了一些大量運用廣東話的片段，以及直接支持廣東話書寫的論述。到了後來的長篇小說，廣東話成分有增無減，特別是用在嚴肅對話當中，而不只限於簡短生動的人物語言。來到這裡，大家的意見也是肯定的。但是，談到父親近年的作品，K便流露出不敢恭維的口吻，甚至直接作出了批判。他認為你背棄了自己的初衷，不僅對正統中文書寫作出妥協，大幅減少粵語的運用，甚至把之前大量滲入粵語的長篇小說完全改成現代漢語。他指出你近年刻意跟本土主義保持距離，是明哲保身的舉動。你不但退縮至個人精神書寫的小天地，還把新生代的進步行動描繪成狹隘、排他、魯莽的行為。他的結論有兩個：第一，D已經變成了港式粵語身分認同的背離者；第二，我們不能再仰賴像D這樣的舊香港文人，而要把他們虛情假意地實行的偽本土寫書揚棄，進而提倡以港式粵語為旗幟的新文學運動，喊出創設新民族寓言的先聲。

說到後面，K一直望向我這邊，好像我就是我父親似的，透過我向你發出挑戰。他肯定也期待，我會為你作出辯護。所以，當他發言完畢，便立即邀請我作出回應。這時候，早前對K感到的愧疚突然又變成了憤怒。不是他批判了我父親而感到憤怒，因為平情而論，只要身為作家，就算是父親你也不能免於被批判。而是，他當著我的面前，為了向我報復而批判我的父親的憤怒。總之整件事情的目的就是要令我難受。我可以想像，今天縱使我不在場，他也會說同一番話，但是，這番話背後的假設聽眾，最終仍然是我。他依然會以錄影或筆錄的方式，把它傳送到我的手上。當然，我的在場是最圓滿的方式，而我毫無戒心地以自己的出席，幫助他實現了他的目的。當眾人的目光都聚焦在我身上，我選擇拒絕回答，只是說：我無法代表我父親說話。但K沒有放過我，追問說：那你自己呢？你也有自己獨立的意見吧？不會只是你父親的附庸吧！「附庸」這個詞再次觸怒了我，它擊中了我心中長久以來潛藏的致命傷。小時候「想成為像父親一樣的人」的理想，長大後變成了「頂多不過是個跟從父親的人」的詛咒。我知道，要擺脫這個詛咒，要向世界宣告自己的獨立，我只要走向父親的對立面，跟父親的批判者站在一起便可以。可是，此時此刻，我選擇保持沉默。K的臉上露出了勝利的笑意。我知道，他早已穩操勝劵。無論我站在哪一邊——背叛父親或者放棄獨立——我都會輸，而他都會是贏家。我知道問題不是這麼簡單的，但在那種場合，你無法作出深入辯解。世界只需要你提出簡單的答案，然後向你宣讀判決。

我連這件事也沒有向爸爸你提及，你一定會覺得我冷淡得有點過分。其實我不是不在意，而是因為太在意，才沒法向你和盤托出。我開始覺得，「成為像父親一樣的人」是一個沒有出路的目標。甚至乎，「愛讀書」和「愛文學」也不會把我帶到更高的境界。就算我一直被稱讚為聰明、博學、有天分、有才華，那統統都只是些沒有價值和意義的空洞詞語。也許，我一直自稱沒有嘗試創作的意向，只不過是害怕自己的存在根本就跟創造力無緣。

爸爸，也許是時候，告訴你那個稱為「人間失格」的事件。從人間道德的標準來說，它其實只是一件小事，一件青少年成長期必然犯下的無數的小錯之一。它甚至只是無心之失。那要說回我高中時的那位玩長跑的同班同學，也即是我的第一個朋友。他帶出來讓我見過一面的女朋友，後來開始給我的手機發訊息，有文字，有語音，有照片，也有影片。都只是些或無聊或有趣的小分享。我不以為意，也就簡短地回覆一些表情符號。有一次，她突然約我出來見面，說是有重要的事。我以為是關於我同學的，便應約去了見她。我們約了在一間咖啡店見面。因為是星期五下課後，大家都穿著校服。她一直輕輕鬆鬆地跟我閒聊，關於文學的、音樂的，還說以後有時間，可以給我補習英國文學。我雖然沒有這個需要，但也說了聲好。然後，她突然問我：你真的很想有女朋友嗎？其實我並不，至少暫時不，但我覺得這時候不應該故作清高，便說了是。她追問：為甚麼想有女朋友？我不知道如何回答，便抄襲了其他男生說過的答案：很想試試跟女孩子拖手的感覺。她很認真地重複：就是想跟女孩子拖手？我說：是啊！除了拖手，還有甚麼？她突然大笑出來，立即又收住，眨著那雙大大的眼睛，說：這很容易！要不要試試？我有點失措了，說：試試？跟誰？說罷，她便已經把手伸過來，像捕食的蛇一樣，把我放在桌面的手抓住。我想把手抽走，但又覺得這樣很無禮。事實上我的手已經癱瘓了，完全動不了。她見我不退縮，便用圓圓的指頭輕輕地撩撥著我的手掌，說：就是這樣了，感覺怎麼樣？不等我回答，她又迅速地把手抽回，好像被燙到一樣，用另一隻手細細地揉搓著，說了一句奇怪的話：如果，你是我男朋友就好了。我沒聽懂，只是尷尬地笑了笑，盡量不著跡地把手悄悄收到桌面下。我們在咖啡店坐到晚上九點，便各自回家去。我甚至沒有送她。

星期一回校，我的同學沒有像慣常一樣坐在我旁邊的位子。他一聲不響地坐到最後面去。我回頭去看他，他卻望向別處。他從此便再沒有跟我講話。我不知道他和女友之間發生了甚麼事。我猜想一定是那女生告訴了他和我見面的事，但是我不知道她還說了甚麼。

我給那女生發訊息查問，她卻完全不回。我覺得一定是我做錯了甚麼，但我沒法弄清楚實情。我多次嘗試在課後走近我的朋友，但他都刻意避開。到了最後一次，我在放學後看見他走在我前面。如果我加快腳步，一定可以追上他，向他真誠地道歉，向他解釋我沒有惡意，我甚麼都沒有做，只是應邀去見了那女生一面。但是我沒有勇氣追上去，因為我不能說我對事情完全沒有責任。我停下步來，看著他瘦削的身影慢慢變小。我到今天依然想不通這件事，只是知道，我因為對某些事情欠缺敏感和理解，而令身邊僅有的朋友受到傷害。

關於K的事，其實也一樣。所以，我事後平靜下來，並沒有惱K。他的人生要有甚麼轉向，完全是他的自由。他要向我報復，我也必須承受。只是，從前疏忽而導致他人痛苦，現在小心翼翼，自己卻又感到礙手礙腳，失去自由。那個舒適自在地陶醉於自己的世界裡的我，好像一去不返了。我覺得人很複雜，人與人之間的事更複雜。不知為甚麼，這是我讀多少文學書都學不懂的事情。肅此敬請

金安。

男花叩稟　　某月某日

11.

父親大人膝下：

敬稟者，父親可能會覺得，如果我遇到前面說的這些事情的時候，能跟你商量一下，結果可能不會弄得這麼糟。我不排除有這可能性。父親一定可以給我有用的意見，讓我更懂得處理，至少可以把傷害盡量減低。但是，首先就是我沒有察覺事情的嚴重性，其次就是不願意事事求助於父親的自我心理作祟吧。特別是之後我要說的這件事，因為某種我自己也無法明白的奇怪原因，我直覺認為不可能向父親請教。

三年級下學期，R又修了C教授的另一課。這門課跟我很想修的英文系的莎士比亞撞了時間，我便只有忍痛割愛。起先R下課的時候，也會過來找我喝杯下午茶，但後來常常說課後有問題和同學討論，延遲了跟我見面，甚至索性不見。我當初也無所謂，反正下午茶可喝可不喝，空出來的時間可以去圖書館看書，過得十分自在。有一次，我看了一會兒書，卻覺得有點氣悶，便到外面逛逛。信步走著，不經不覺便走到舊本部大樓。想起這裡曾經是文學院的所在，以前爸爸是在這裡上課的，一眨眼就是三十幾年的時光，感覺便很神奇。這座殖民地建築成為了法定古蹟，雖然已經人去樓空，暫時未確定新的用途，但一柱一樑，一磚一瓦，都跟幾十年前，甚至是一百年前一模一樣。我一邊在開放的長廊上走著，一邊想像爸爸從前還是大學生的模樣，還有年輕的你在這裡學習的情形。地面層的大房間，應該是講堂，小庭院旁邊的，另有一些辦公室。樓上那些小房間，也許就是上導修課的地方吧。在二樓走廊的轉角處，白色的木門上仍然有比較文學系的英文標牌。伸手拉了拉門把，卻是鎖上了的。在漸暗的天色下，空無一人的整座建築，感覺荒涼。

這時候，我聽見那鎖上的木門後傳出腳步聲，然後門鎖被扭開，有人悄悄推門而出。探頭出來的，竟然是C教授，而跟在後面出來的，是R。R的臉上原本掛著的笑意在瞬間消褪，但很快又重新堆起來。C教授則很自然地面露驚訝，然後好像很高興碰到我的樣子，說：F同學，真巧啊！算你走運了，我剛巧拿到舊department的鎖匙，要不要進去參觀一下？你知道我們系下星期要搞的conference，首先會在二樓的convocation room做opening，然後帶guests過來參觀舊系和整個Main Building，做一個guided tour。來！F！進來看看你爸爸以前讀書的地方！裡面的balcony個view很好。以前office在那邊的教授真幸運！C一邊說一邊往回走，熱情地向我招手，我便唯有跟著他進去。去到外面的陽台式走廊，望過去一列辦公室，都是舊式的高木門，門上有長形玻璃。再配以走廊地磚的圖案，和石柱子間的鐵欄杆，極富懷舊的英式風情。至於外面的所謂景觀，則不過是近處的大學美術館的樓頂，再遠一點都給新建的高樓包圍了。C走向第二個辦公室的門前，說：這是也斯的辦公室。我呆呆地說：哦，是嘛！

這場突發的參觀也同樣突然地結束。走出舊系的門口，C鎖好了門，看了看天色，說：你們兩個去吃飯吧！我還有點東西回辦公室處理。說罷，瀟灑地揮了揮手，揚長而去。我望了望R，她這才開口說話：剛才下課問了Professor C一些問題，他提起他拿到了舊系的鎖匙，問我有沒有興趣進去看看。我說有，便跟他過來看了一下。我點著頭，說：原來是這樣。剛才C也解釋得很清楚了。老實說，我當時真的相信就是這樣的一回事，所以也沒有追問下去，或者特別細察R的臉上或衣衫有沒有甚麼異樣。就這樣，我們下去西環的一間店子吃餛飩麵。

之後的國際學術研討會，我和R也有幫忙做義工，負責招待學者和各種雜務。我想聽的場次也去旁聽了。論文的水準確實很高，但我一邊聽著，一邊還是無法解除當初選修比較文學碰到的困惑。當中有很多論者並沒有談文學，而談到文學的，都沒有把文學作為文學去對待。我不斷在自問：是不是自己的文學觀念太落伍，追不上時代？對文學和讀書的「愛」，甚麼時候開始變成了不嚴謹的學術態度？假使我成為學者，將來就要像台上這些人一樣，侃侃而談沒有愛的理論和術語。我發現自己天真得有點可笑。我第一次感到自己在學術上的不成熟，連帶將來從事學術研究的決心也動搖了。

在開會之外，學者們也進行了很多社交。這是我最為不習慣的部分，完全不懂得把握時機去向知名學者討教或者打好關係。那個本部大樓導賞團也舉行了，還去了改為美術館的前馮平山圖書館參觀。外來學者對本校的歷史和古蹟也很感興趣。C教授一副春風得意的表情，也不知是因為研討會的成功還是甚麼。R落力地幫忙，指揮著同學們奔走，也成了本系女生美貌與智慧並重的示範。

自從在本部大樓碰到R和C之後，我便常常想起他們從門後走出來的樣子。我不能說我懷疑她，但也不能說我更著緊她。只是有一種不舒服的東西，一直卡在心中的某個位置。所以，反而常常無故地提起C，或者問她關於C的事。與此同時，我也更認真地做一個男朋友應該做的事。只是到了某一條界線，我感到難以越過。有一次，在半途而廢的親熱之後，R幽幽地問我：你是不是不愛我了？我否認，她便說：我知道你很努力，但是，為甚麼呢？為甚麼我感覺不到愛呢？你感覺到我也愛你嗎？我很誠實地說：我不知道。她洩氣地說：F，你愛讀書，你愛文學，但你能愛人嗎？不只是我，是任何一個人。我苦苦思索著，沒法給出一個答案。

暑假很快又來臨了。R照樣忙於兼職，也沒再提出一起去旅行的事，也許是不想得到失望的答案。我照樣是每天讀書。沉醉在書本中，忘記所有人，是最快樂的事。後來她告訴我，有一份工作要去東京拍攝，完成後打算去京都玩幾天才回來。她沒有問我去不去，也沒有說是不是跟誰去。可能她擔心我會借故拒絕，或者不想對我造成壓力。她這樣說也可以保留顏面。我不是不想陪她去京都，但我害怕觸碰到某條界線。就這樣好像心照不宣，實則是含糊不清的情況下，她飛了去日本。

R在東京工作那幾天，還有傳來訊息，讓我知道她的狀況。到她出發到京都之後，便突然斷了音信。我傳訊息甚至打電話給她，都沒法接通。後來才收到一封電郵，是從咖啡店的公用電腦上發出的，說她的手機壞了，一切很好，不必擔心。那幾天我心情很亂。我從未試過有這樣的感受。但說是後悔沒有和她一起去京都又不對。我試著把精神集中在明年的畢業論文研究題目，但對於研究方法一直無法拿定主意。我寫了封電郵給C教授，想約個時間向他請教，但他一直沒有回覆。回到系裡一問，職員說C教授去了京都開會。噢，是京都啊。我心裡像手機收到天文台氣象警告提示似的響了一下。我跟自己解釋，一切只是巧合而已，怎麼可能是事先約定的呢？京都也不是個小地方，同時在當地也不容易碰上。但是……事情其實不是已經相當清楚了嗎？我回到家裡，躲在房間裡，想找一本合適的書來看。我望著書架猶豫再三，拿下了康德的《純粹理性批判》。

R回來之後，沒有露出任何異樣，還買了京都名產和菓子給我做手信。她也給我看了手機上的照片，都是一些清幽雅淡的寺院或庭園。有她在裡面的都是自拍照。但不是說她的手機壞了嗎？她拉著我的手，坦白地說那是騙我的，只是想讓我暫時不要找她。她原本想自己一個人靜一下，思考我們的關係，結果她一直想著我，根本靜不下來。她還說：下次我們一起去好嗎？我點了點頭，輕輕地握著她的手。我當然沒提C教授去京都開會的事。到我終於約見到C教授，我也沒有提R去京都玩的事。我就論文的問題向他請教，他也給了很有用的意見，並且答應做我的論文導師。一切似乎也回到正常狀態。

然後，有一天從同學的手機，傳來了本校教授謀殺妻女被捕的消息，據報跟教授與女學生搞婚外情有關。我大嚇了一跳，立即上網查看即時新聞，發現涉事教授是工程系的，才鬆一口氣，並且覺得自己的懷疑很荒謬。因為是發生於我校的大事，我便把新聞轉發了給R。晚上我和R約好了一起吃飯，坐下來不久，我又提起了這件事。R突然面露不快，說：你這是甚麼意思？我說：沒有甚麼意思，只是覺得很恐怖。她說：但你為甚麼一直拿這件事在我面前說？我否認說：我沒有一直在你面前說啊！她突然改變方向說：如果，今天謀殺妻女的那個教授是C，你會怎樣？你會認為那個女學生是我嗎？難道你沒有半刻想過是這樣嗎？對於她的反問，我無言以對。她繼續說：我知道C和我同時間去了京都。他有告訴過我，他會去那裡開會。但我沒有告訴他我在那裡，也沒有在那裡和他見過面。如果我這樣跟你說，你會不會相信我？R表述的方式很複雜，很曲折，我一時間想不到該如何回應。她繼續說：其實我也不知道，我想你相信，還是不相信。我知道你一早就對我有懷疑。我最近常常在想，你懷疑我對你不忠，究竟是壞事，還是好事？這是否表示，你其實是著緊我的，你不是對我不聞不問，沒有所謂的。這是否表示，這就是愛？但是，這其實不是重點。問題不是我和C之間有沒有甚麼，而是我和你之間究竟有甚麼啊！F，我從來沒有想過強迫你做任何事。我當初主動說我喜歡你，也不是為了要強迫你也說喜歡我。但在我們相處的一年時間裡，我真的弄不懂你在想甚麼。也許，我要向自己承認，你從來也沒有愛過我。F，你知道甚麼是愛嗎？

那一晚，我和R分手了。我覺得這是對大家最好的決定。但這個決定，也是因為R的主動才做出的。我為甚麼是這樣的一個，完全沒有決斷力的人呢？還是，我一早就被決斷了，生來是個怎樣的人，而只可能做怎樣的事？我本來以為，自己是為了嘗試適應這個世界，而扭曲了自己的本性，失去了行動和思想的自由。但是，自由和本性，不是先天對立的嗎？有所謂本性，就不存在自由的選擇，因為最根本的東西，已經早就被設定了。我之不能愛R，我之最終失去R，也是早就被設定了的事情。無論我怎樣努力，結果也只會是徒勞的。

父親大人，我很想知道，為甚麼當初那「愛讀書」、「愛文學」和「成為像父親一樣的人」的願望，結果會變成這樣？是不是因為，始終有一個「父親」在那裡，令我不能成為自己？但是，我不已經是自己了嗎？我思，故我在。不是這樣的嗎？肅此敬請金安。

男花叩稟　某月某日

12.

父親大人膝下：

敬稟者，向父親你的交代，而經接近尾聲了。時間已經來到大學四年級。縱使我和R的戀情結束了，而且事情很可能跟C有關係，我還是繼續在他的指導下，進行我的畢業論文研究。我初擬的題目是〈香港文學作為世界文學〉。C很滿意這個路向，也很用心地指導我，向我介紹了西方學界新近流行的相關討論。我完全不覺得C的個人品德有問題。除了年齡上的差別，我甚至覺得他其實跟R十分相襯。他們都有一種相近的進取心。那是我沒有的東西。不過，我不了解C的妻子和女兒的情況，所以這種浮想也許並不公正。

有時跟R還會在校園裡碰面，互相友善地打個招呼，站著聊幾句，沒有太尷尬的感覺。她依然是那麼的明亮動人，充滿自信和幹勁。這讓我覺得，我們分手是對的，雙方都沒有遺憾。我真心的祝願她能實現自己的理想，畢業後成為電視台主播。我絕對相信她有這樣的條件和實力。也許，我的想法還是太單純。我不知道。C教授常常說，我的學識和思考能力絕對不是問題，唯一的缺點是態度過於保守，而且欠缺爭辯的意識。他嘗試開導我說：搞研究不是單憑熱愛和興趣便可以的，我們還需要去質疑、去批判、去顛覆。又或者說，我們的熱愛和興趣不應該放在作家和作品上，而應該放在我們的學術工作上，也即是對質疑、批判和顛覆的熱愛和興趣。我終於有點明白他的意思，但我很難令自己這樣做。

上學期開始不久，K突然又來找我。這次是先傳手機訊息給我的，問我有沒有興趣給他們學會的刊物寫文章。我很奇怪，經過上次讀書會對父親你的否定，以及迫使我以沉默投降，他為甚麼還會來找我。我一度懷疑，這是不是另一個報復的舉動。但我決定先跟他見面談談。我們在飯堂坐下來，就像很久以前一樣，一邊吃那些難吃的飯餐一邊聊。他在讀書會上的敵意完全消失了，雖然也沒有回復以前不拘小節的熟絡，但至少給人坦誠友善的感覺。他說刊物每期都會請學生和老師撰文，討論粵語書面化、正統化和規範化的問題。又說他們絕對尊重言論自由，所以亦會請反對者表達他們的意見，希望做到真正的討論。他保證絕對不會有內容審查，文章全部一字不改，我可以放心暢所欲言。當然，言論刊登出來引起的反應或爭論，卻不是他們可以控制的事情。文責自負這一點相信不必多說，但卻要慎重考慮。他說下一期除了我之外，也邀請了我系的C教授撰文。聽說他會從華語語系文學的角度探討相關的問題。雖然大家之前發生了不愉快的事，但我選擇相信

K。我答應了寫文章。大家在洽談成功的和睦氣氛中道別。

我知道C教授會以學術理論去處理這個議題，便不想重複他的做法。我決定從個人的角度表達我的感想。對我來說，廣東話是一種生活的語言，也是一種活生生的語言。它作為我的母語不容置疑。我並不經常寫粵語，但我讀到別人寫粵語時會感到自然親切。書面粵語有約定俗成的習慣，但沒有絕對的規則。這正正是寫粵語的好處——自由、靈活、無拘無束，但又不造成互相理解的問題。我無法想像，有一天孩子要被強制學寫粵語，升學和就職要接受粵語考核。至於華文閱讀和書寫，同樣也是我們的傳統和文化資源，沒有理由抗拒和放棄。不是我們屬於華文，而是華文屬於我們。在我的經驗中，粵語和華文並行，不但沒有衝突，反而是互相補足、互相豐富。所以我對獨尊粵語、排除華文的主張，抱持懷疑的態度。寫好之後我把文章傳了給K。他只說了句感謝賜稿，並沒有其他回應。

我很快便把文章的事拋在一旁。雖然對此事確實有自己的意見，但我不太習慣介入這種爭議，也不希望繼續牽涉下去。老實說，如果不是K親自來邀稿，我極可能會拒絕寫這類東西。可以說我是完全為了K而寫的，縱使觀點並不是K所樂意聽到的。我沒有問C教授寫稿的事，也不知道他的文章內容為何。不過，身為他的學生，對他的論點也可猜想一二。我忽然又想到，也許我的畢業論文可以加入「世界文學作為香港文學」的思考。

大概過了一個月左右，K突然有點緊急地約了我出來，說要談文章的事。我剛巧正在前往大學美術館看攝影展，他便說過來美術館找我。我走進那棟原初是馮平山圖書館的舊建築，爬樓梯到樓上的展覽廳。那個半圓形大廳是從前的圖書館主體。從舊照片上可以看見，在上世紀三四十年代，環繞弧形牆壁的長玻璃窗提供了良好的採光效果，大廳靠窗的一面排滿了高高的縱向的書架。學生向職員索取需要的書籍，在旁邊的閱讀室裡閱讀。現在整個空間已改成展覽廳，原本的窗戶也被封上了。展覽廳還有樓上一層，上面有一條半環形走廊。從走廊往上望，可見大廳頂部以三角形玻璃組合而成的錐體狀天窗，往下可見大廳地面的情況。我就在這個居高臨下的位置，看見了K的頭頂。那團又硬又亂的頭髮，像個移動的鳥巢。我從上面輕聲叫了他的名字，做了個手勢，示意我下來，但他卻示意，他上來找我。

我們見了面，隨意在展出中國古代青銅器和陶器的小型展覽室之間踱步，邊走邊聊。他說粵語研究及促進會最近被一些親建制媒體「擺上檯」，大肆渲染他們會章裡的一些宗旨和操辭。校方受到政治和輿論壓力，正在搖擺不定，校委會亦可能向大學管理層施壓。早前的教授謀殺妻女事件，雖然毫不相關，但已令大學的形象受損，公眾對大學的印象亦日趨惡劣，覺得裡面是個亂七八糟的地方，要來一番整頓也無可厚非。他收到消息，這次校方可能採取雷厲風行的手段，取締粵語學會和他們的出版物。所以，他特意來問我一聲，要不要在刊物正式印行前，把我的文章撤回。

我停在一個陳列了周朝酒器的展櫃前，有點驚訝地問：為甚麼要撤回？他也有點驚訝地回答：你不怕受到牽連嗎？你原本就是和運動無關的人，這樣被拖下水很無辜。我說：但我的文章不是表達了對你們的質疑嗎？他好像覺得我很無知似的，說：政治鬥爭這回事，沒有人會這樣分清楚的。你投稿到我們雜誌，就是和我們有關係的人，就不可能清白。我依然不明白他的理據，說：但是，大學不是一個思想和言論自由的地方嗎？K沉默下來，樣子竟然有點歉疚，說：好的，就照你的意思。我追問了一句：那C教授呢？他有沒有撤？他說：C當然沒有。他等這種機會也很久了，怎麼會輕易放過。我又天真地問：你這是甚麼意思？K沒好氣地說：你不會不知道吧？C已經是美國公民。他回到這裡任教，為的就是這種時機。如果他因此被列為打擊對象的話，就等於光環加冕，隨時身價十倍。學術就是政治。大學不是你想像中的天堂。

我覺得眼前的K很奇怪。他既是同一個人，也是另一個人。從前的獨狼，現在投身學生運動，這是變的地方；但對於權力的憎恨，對於世界的不信任，和以前一模一樣。我試圖為C教授辯護，說：你不要這麼犬儒好嗎？學術和批評有它超越狹隘政治鬥爭的意義。一個真正的學者只會追求真理，絕不會貪圖個人利益。K只顧搖頭失笑，好像我的話不值一駁。我正想爭辯下去，他卻突然問：其實，甚麼是「犬儒」？我說：Cynicism，一個古希臘思想學派。作為日常的形容詞，是說那些甚麼都不信，甚麼都嘲諷的人。他哈哈大笑出來，說：是這樣嗎？我常常聽人掛在口邊，一直不知道「犬儒」是甚麼意思。我還以為罵人是狗！我乘機取笑他說：你學人讀甚麼哲學？他自嘲說：對啊！我真是「讀屎片」！大家又忍不住笑了。很奇怪地，我們又回到從前那種無礙的說話方式。

我們漫無目的地，走到了美術館的攝影展場地。那是瑞士攝影記者Walter Bosshard，於上世紀三十年代，在中國拍攝的作品的展覽。多半是帶點戲劇化構圖的民眾生活黑白照。這個外國人有本事親身拍到了蔣介石，也拍到了毛澤東。在抗日時期，也拍到了日軍佔領區內的情況。見我被牆上的照片吸引著，抬頭細看的樣子，K為免打擾我，暫停了談話。在無聊間，他自己也仔細地看了起來。看到穿著厚棉襖的毛澤東，在延安的紅軍學院門外，神色溫和，似笑非笑，雙手負在身後，悠然地站著的照片，K呢喃說：看樣子沒怎麼樣啊！像個做打掃的大叔！相反，蔣介石的姿態則道貌岸然得多了，穿一身深色長衫，板著臉，直挺挺地坐在沙發上，身旁還有他的夫人宋美齡和一個外國男人。幾乎一對比，就知道這場對壘誰勝誰負了。

由頭到尾走了一圈，我說：你也不能說這些事跟我們沒有關係。K立即會意，說：你根本不是這個世紀的人。你喜愛的那些文學，那些書本，那些音樂，統統都是已經去見鬼的東西。你這樣做一個落伍的、離地的人，我真是有點擔心！我聽到K說擔心我，心中暗喜，但沒有表露出來，反而說：你又何嘗不是？K怔了一下，點頭說：沒錯！我好不了你多少。我們沉默下來，從後門走出美術館，一時間不知如何是好。我看見旁邊有間咖啡店，便提議進去坐坐。K沒有異議，伸手推開了玻璃門。

不知為何，在下午四點的時分，咖啡店竟然空無一人。我們買了兩杯雙份濃縮咖啡，坐在其中一張長條形的椅子上。他坐在我旁邊，沒有坐對面，也許可以免除正視對方的尷尬。他似乎在等我向他發問，我於是便問了那個他預期中的問題：那麼，你為甚麼會突然參加組織？K側著頭，不假思索，回答說：沒甚麼，找個存在的cause而已。我重複道：存在的cause？他說：就是。你存在的cause，是讀書，是文學。我呢？是哲學嗎？當然不是。是愛情嗎？曾經以為是，但其實不是。找來找去，剛巧就碰到這個，我覺得以時機來說，最有力的存在的cause。我不同意，說：不是最有力，只是最衝動。Strength和drive是兩回事。

他好像費力地想了想我說的兩個英文字的意思，才說：我明白你的意思。你的那篇文章，我很理解。你讀了這麼多中文文學，感到不能割捨，一點也不奇怪。但是，對像我這樣的人來說，沒有這樣的包袱。老實說，你的論點，我並非完全不同意。你知道你背後的含意是甚麼。你想說的是，萬一我們的主張都成為現實，粵語就玩完了，連香港都玩完了！你心裡就是這個意思吧？我低頭思索著，心想之前真的沒有這個意思，但經他說出來，又覺得確實是這樣。於是我便直認不諱。想不到的是，他竟然說：對！你說得對！我完全同意！我摸不清他是不是在說反話，困惑地說：那麼，你為甚麼還……。K斬釘截鐵地說：存在的cause啊！

他調整了一下坐姿，在長椅上側著身，面對著我，說：Cause是甚麼？是理由？是原因？是fight for a cause的cause！這個cause是甚麼，其實一點都不重要。所以我很尊重你的cause。我之所以抓住這個作為我的cause，也許是因為，我知道它是個不可能實現的東西。它實現了的話，就會變成你在文章裡說的那樣，成為了權力本身。而我的cause，就是要對抗權力，任何的權力，或者應該說是權力這個東西本身。所以，我刻意地選擇了一個lost cause。是的，雖然抗爭還未開始，或者只是剛剛開始，但我已經肯定，它是一個lost cause。是早已失敗的事情。F，這樣的話，我只能跟你說。我不能跟組織的人，跟其他同路人說。在運動中，在團體中，我依然是你說的那頭獨狼。這種話我只能跟你這樣的一個像我一樣的孤獨者說。我很慶幸世界上還有你會聽懂我的話。你一定會問，那麼我為甚麼還跑去加入組織？我告訴你，我不是為了人群而加入的，我是為了自己，為了找到那個lost cause和fight for它的那種感覺——自由的感覺！

對於K的這番話，我一時不懂得回應。他沉默了半晌，突然改變了話題，說：你知道嗎？我的畢業論文，我打算再做笛卡兒。我之前在你的指導下，寫了一篇小規模的笛卡兒論文。今年我打算寫一篇長的，題目叫做〈無神論者笛卡兒〉。說來真是有點好笑！讀了四年哲學系，只認識一個叫做笛卡兒的哲學家。所以不拿他做論文也別無選擇了。嚴格地說，笛卡兒只是潛在的無神論者。他以為自己還是信神的，但在他的學說中，他把神的位置限制在一個極小的範圍內。神只是物理世界的初始創造者和第一推動者，在世界誕生之後，所有事物也按照物理規律運行和發展，基本上就再沒有神的角色了。他把人的理性的極限，也即是沒法解釋的邊界，稱為神，跟今天的科學家把物理定律不再適用的宇宙大爆炸或者黑洞的門檻，稱為奇點，其實只是名稱的分別。神就是奇點，就是理性之外的荒野。而笛卡兒聲稱相信的神對所有事情的預早安排和決定，其實也不過是在物理定律的運作下，環環相扣的自然演變的結果。所以他才認為，神的全知和全能，跟人的理性和自由意志沒有衝突。可是，他後來提出的passions理論，卻又危及了自由選擇的可靠性。他稱聲人的passions無論怎麼強烈，最終還是受制於理性和意志的。問題的弔詭之處在於，他通過機械論來限制神的角色，給予人的理性絕對的自由，但同樣的機械論卻指出，身體的passions如果不加以好好管理的話，就會變成人的理性和自由意志的障礙物。這番話跟我剛才所說的有甚麼關係呢？我想說的是，大部分人的行為，都是受passions驅使的。我們其實是身體的「激情」的產物。我們所能實踐的自由，是非常有限的。很多時，意志並沒有真的控制「激情」，而只是附和「激情」，給予「激情」一個reason，一個cause，然後意志便假裝採取行動。如此這般，passion和action看來便取得一致了。我所做的，並沒有甚麼特別，只不過是把心中的激情，可能是愛，可能是恨，投射到一個reason，一個cause，並且作出抉擇和行動。而當中體驗到的自由，跟實際可行性和真理，完全無關。我得出這樣的結論，至少說明了這幾年的笛卡兒是沒有白讀的。我的哲學系學習生活，也沒有白過。我甚至可以說，我不枉此生了。

我欣喜地發現，K依然是K。但我也擔心，K變得不是K，或者扮作不是K的部分。他不給我說話的機會，握著我的手臂，說：也許你說這是衝動是對的。一切都是本能而已。當人或動物被迫到死角，反擊便成為了迫不得已的事情。而且，一旦反擊，就要狠狠地捨命一搏，沒有猶豫和妥協的空間。我正在做的事非常危險，也是注定要失敗的。F，我不想連累你。你和我不同，你不是我這種人，用fight for a lost cause來實踐自由的人。你的cause是有可能的。你要繼續下去。你要好好的，安然的生活下去，去悄悄地，靜靜地，同時也是孤單地fight for your own cause。所以，我決定以粵語研究及促進會會刊編輯的身分，拒絕刊登你投來的文章。你和我們的學會，我們的行動，一點關係也沒有！知道嗎？我們以後，也不要再見了！

K舉起手中的雙份濃縮咖啡，和我碰了碰杯，像喝酒一樣，仰著脖子，一飲而盡。我也把我那杯乾了。我看見他把杯子放下時，手有點顫抖。他要站起身了。我應該把他拉住吧。我應該留住他，向他說出我的心底話。我此刻才完全明白，當時我為甚麼要阻止他和

R。我心中的passion非常強烈，令我幾乎窒息，但我的意志拒絕作出action。我無法成為一個行動者。K在我的肩上大力地拍了一下，轉身走開了。我們甚至沒有作最後的擁抱。

爸爸，我終於把那一直不能說的話，原原本本地向你說出來了。肅此敬請

金安。

男花叩稟　　某月某日

13.

父親大人膝下：

敬稟者，當初我向你提出想成長的時候，我並不知道成長是這麼艱難和痛苦的。也許世界上有人的成長是輕鬆和愉快的。我衷心祝福這些幸運的人們。我的成長問題，可能源於我的先天設定。每個人來到這個世界上，都不是一張白紙。或者它表面上是一張白紙，但背後其實已經寫滿了密碼。有些密碼可以解開，有些不。至於密碼是解開好，還是不解開好，也沒有定論。在白紙的表面，字還得要寫。寫得好，寫得不好，端賴很多因素。有部分是被背後的密碼決定的，有部分是由別人，有部分是由自己。我只有盡力寫好自己的部分。

爸爸，我已經在香港大學比較文學系，完成大學四年的課程了，並且拿到了一級榮譽的成績。但是，我一點也不覺得驕傲。我對前景感到惶惑不安。往下去我應該怎樣做呢？我應該繼續念研究院，還是跳出我的「舒適圈」？還是，我要跳出的，其實是我的成長故事，我的思想，我的存在？在這個故事裡，我永遠只是你筆下的人物。無論你怎樣努力去想像我，我也只是你創造的兒子花。也許我也局部地成為了你的替身。然而，我怎樣也不是你的複製品。我在你的筆下體驗了我的人生，你也在我的身上體驗了你的可能性。但是，我和你，始終是不同的。從一開始，我就作為你的他者而存在。而你，亦因此成為了我的他者。究竟誰是主，誰是客，已經說不清楚。又或者，根本就沒有主客之分，只有他者跟他者的關係。但是，在他者與他者之間，可以有情感嗎？可以有愛嗎？

也許，你當初是為了實現那沒有實現的期望，才把我創造出來，並且賦予我「愛讀書」、「愛文學」和「成為像父親一樣的人」的條件。我也在短短的人生中，盡了我的力量，去達成爸爸心中的願望。不過，我還有一些屬於自己的東西，是爸爸意料之外的，也是我自己意料之外的。於是我最終也變成了，跟爸爸當初想像不同的一個青年。爸爸對此應該早有心理準備。而我還可以在我的思想中，也即是在爸爸的想像中，繼續存在下去，成為一個成年人、中年人，甚至是老年人嗎？為甚麼不呢？不過，與其重複爸爸你設定的生存條件，不如讓我好好地提早離去，結束我自己的故事。我的意思是，我的成長已經足夠了。

你可能會以為，我所經歷的小小挫敗，還未至於對人生感到幻滅，對世界感到絕望吧。就算我體驗到「愛讀書」和「愛文學」的無用，發現到「成為像父親一樣的人」根本毫不值得驕傲，我也不應該否定生存本身，因為——用上K的說法——還有許多其他的causes值得人去追求，去實現。但是，正如K自己選擇的cause根本就是個lost cause，而他堅持的理據只是渴求在過程中體會實踐自由的感覺，我想說的是，我已經無法從任何形式的存在中得到那種感覺了。K之所以有那種感覺，是因為他的passion裡面有love，同時也有hatred；而我之所以沒有那種感覺，是因為我的passion裡面沒有love，也沒有hatred，而只有wonder。笛卡兒把wonder放在六大passions之首，認為它是最重要的passion，很可能是因為，對像他自己一樣的思想家、哲學家來說，wonder就是知識之源。而當他談到love，論據便相對薄弱了，他自己的實踐也肯定相當貧乏。

我原本沒有love也能夠好好生存，自足自在。這樣的設定絕對不能說是個缺憾。只要有wonder，有joy，和足夠的善意，我認為生存就沒有遺憾了。甚至在遇到R之後，體驗到男女間戀愛的苦澀，我還可以回復到原初的設定，就像電子產品上的重置功能。但是，偏偏就是K，讓我無法恢復完整。我終於發現，他原來已經成為了我生命的不能切割的一部分。我們已經融為了一個整體，至少在我的心中如是。現在他選擇了自殺式的lost cause作為他的passion和action的目標，那就等於同時也把我殺掉，因為此後我就再也不是一個整體了。他所謂不願意牽連我而做的跟我的切割，說到底是毫無意義的。我早已經受到牽連，而無法割捨了。那麼，我想說，這就終於，是love吧。由R所正確地形容的一個沒有愛的人，我最後終於嘗到了愛，但這愛也讓我決定，我必須讓它終結。因為，我不能忍受在我的人生中，也即是我的故事中，看到K的毀滅。要避免發生這個必然的毀滅，我唯有決定把故事中止了。從一開始，我思，故我在；到了現在，我不思，故我不在。只要我停止書寫，我的世界便會消失。爸爸，請原諒我作了這樣的決定。對一個父親來說，這應該是作為兒子的最大的忤逆吧。請恕我不能再滿足你的想像和期望了。請讓我行使一次，那終極的自由吧。

不過，在這之前，我還有一些事想做，請爸爸你再多給我一點時間。

第一件事，我想再拉一次柴可夫斯基弦樂四重奏第一號第二樂章Andante Cantabile。爸爸，你聽到嗎？我在我的房間裡，開始拉了。你在隔壁的書房，應該也可以聽到吧。應該會暫時停下手上的工作，心裡想：啊！我的兒子花在拉小提琴呢！爸爸你要記住，這是我最喜歡的弦樂作品。它沒有表面的技巧難度，很簡單，很緩慢，很抒情，很純粹。但我好像從來沒有被這曲子感動而流淚。我畢竟不是托爾斯泰。但流淚不是托爾斯泰的專利。R也為了它流過淚。或者，她其實是為了我而流淚，為了一個不值得她去愛的我。然後，我又記起我給K拉這曲子的情景，在回憶中變得有點滑稽的情景，但卻是那麼的歷歷在目。

第二件事，我想再看一次West-Eastern Divan樂團的柴可夫斯基第五交響曲演奏，想再欣賞一次那些年輕男女樂手們的美貌和英姿。他們是那麼的美麗，那麼的青春，那麼的純真，那麼的富有活力。回想少年的時候，我如何幻想自己是當中的以色列，或者是巴勒斯坦、約旦、敘利亞、埃及青年，和幾十位年紀相近的少男少女，一起為相同的目標演奏，那就是很簡單的「愛音樂」，philharmonic。那應該是世界上最美妙的事情吧！但是，我也一直擔心，自己真的能成為一個樂團，一個整體的一分子嗎？我真的能「眾樂樂」和「與眾同樂」嗎？還是我天生便只能「獨樂樂」呢？不過，這些現在已經變得不要緊了。

　　我在唱片架上找了半天，也找不到當年的影碟，在網上也搜尋不到相關的錄像。它就好像一段被偷走了的記憶。可是，我明明是和爸爸一起，坐在家中的沙發上看的。這是絕對不會錯的。絕對不會是虛構出來的回憶。在網絡上能找到的，是West-Eastern Divan的另一場演出錄影，柴可夫斯基的第六交響曲。這首交響曲的標題，譯成法文是"Pathétique"，再譯成中文則成了「悲愴」，但在俄語原文中本來是"Passionate"的意思。說不定它更適合我現在的心情。好吧！那我們就看這一個吧！猶如當年一樣，父子倆一起窩在沙發裡，我小小的身軀挨著你高瘦的身軀，兩人的身上同蓋著一條棉被，看著和聽著那無與倫比的「愛樂」。我也把這首樂曲，送給不會聽到它的K。

　　我知道，音樂無法用文字描繪。所以我也不多此一舉了。我只是想說，爸爸一定明白我把它放在信件最後的意思。你就當交響曲的結尾，那來來回回地沉下去、慢下去、靜下去的低音大提琴，是我揮著手，逐漸遠去和消失的身影吧。

親愛的爸爸，我對成長的執著，累你白費了好一段功夫。你可以停下來了。我也就此向你告別了。不過，說不定我的生命，我的故事，會在另一個青年的身上重生、實現和延續，從而打開一個全新的世界。在新的世界中，條件會變得不同，故事也可能會變得不一樣。我希望那是一個容得下你和我，以及所有的其他人的世界。到時候，如果我們遇見，你會認得我嗎？

你的不存在的兒子　花　某月某日

後記

像我這樣的一個男孩

二〇一八年八月至十二月，我在新加坡南洋理工大學當駐校作家。教學工作並不辛苦，學生非常認真，堂上練習和回家的功課都做得十分用心。要求作家參與的演講和活動也不多，我有充分的自由時間寫作和閱讀。

我住的宿舍位於「南洋谷」，離飯堂和超市很近，對於不太挑食的我，飲食的問題很容易解決。三房兩廳的單位，對獨住者來說有點太大。我把大飯桌變成我的工作桌，前面就是空蕩蕩的大廳。我從未曾在如此廣闊的空間裡寫作過。早上有鳥聲，晚上有蟲鳴，四周寧靜得像身在深山。有時一連幾天沒人打擾，從早到晚都不用說一句話。我突然尋獲了渴望已久的隱居生活。

單位在房子的三樓，景觀甚佳，對面是樹木和小山。因為較高，蟲蟻也相對較少。最常見的是一條每晚從門縫下鑽進來，沿著牆邊溜裡廚房的壁虎。壁虎行動俐落，不擾人，只是經常留下糞便。美中不足的是，房子前面據說非常漂亮的藍湖和公園，因為學校的發展工程，每天都在挖掘、倒泥和架設建築物，白天有時會有點吵。不過關上窗，習慣了也沒有甚麼。在幾個月間，看著工人們每天辛勤勞動，逐漸把地形完全重塑，感覺跟寫長篇小說也有點像。

每天早上七點起來，在綠意盎然的校園，沿著那些微微高低起伏的路段步行，看著那些寄生著多種植物的熱帶巨樹，感受著早晨清涼的風和微濕的氣息，或者看著晨光在薄雲中透出，在樹冠的枝葉間散射成充滿神聖感的光柱。在經過田徑場的時候，看著每天都遇見的跑步者，或者每逢星期一至三參加足球訓練的青年（當中星期二那一組有三個女生），或者從游泳池濕漉漉地跑出來的晨泳者，感覺到時間永恆地重複，但又不斷地逝去和變化。

《命子》的第二和第三部分，就是在駐校期間完成的。相較於第一部分的回憶錄或生活散文的形式，完全虛構的第二部分「笛卡兒的女兒」是一個反照。我刻意加入許多注釋，寫成好像譯自外文的人物傳記的模樣，但角度卻是主觀的，也即是一個父親的角度。在構造一個想像的女兒之後，我覺得無妨再構造一個想像的兒子，於是便有了第三部分的構思。這個不存在的兒子花，是真實的兒子果的對照。作為一個「弟弟」，我想知道「完全不同的另一個兒子」有甚麼可能性。也許他只是作為大人的我試圖回復年輕的偽裝。

在我八月初離港之前，兒子正奮力寫作他的第二本散文集。我不知道繼兩年前的第一次認真和密集地寫文章，是甚麼契機促使他重燃寫作的熱情。今次的文集「出版」（自己打字、排版、列印和釘裝）之時，我已經身在新加坡。他在家裡搞的新書發布會，我沒法親臨，只能在手機上看錄影片段。他印出來的成書，也要等他八月底和母親過來南大探我才拿到手中。當然免不了要付上新幣五元，即港幣三十元。雖然之前妻子已經用手機傳來了文集內容，但一書在手還是我這等老派人不能改掉的習慣。

文集今次有題目，叫做《像我這樣的一個男孩》，一看便知出自西西，但兒子其實沒有讀過原著。副題是「了解一個外來的十五歲的男孩怎樣看世界」。一打開便看到自序〈來自星星的我〉。為甚麼會把自己稱為「外來的」或者「來自星星的」？因為他很自覺自己的思想和行為跟其他「地球人」不一樣。也怪我之前寫了一篇〈星之孩子〉（在本書第一部分），給他看後他深感認同，所以出現了這個念頭。自序中解釋了他再寫散文集的來由：因為他重看舊的文章，發現自己這兩年來有很大變化，所以想跟大家分享。然後便簡介了文集內的文章和分類。最後也感謝了黃念欣教授（他母親）給他的文章提供意見，以及義務幫忙校對。我並不出奇，他沒有提到我。

我曾經思考良久，要不要在本書中引述他的新作，甚至輯錄其中一些篇章。兒子自己也明白，這些不能算是文學創作，而是一個少年跟別人分享自己的想法的文章。雖然，他對自己中文書寫能力的進步，也是滿有自信的。老實說，對平日甚麼都不寫的兒子來說，一寫便寫出了這樣具表達力的文字，我是很驚訝的。在我心目中，這些文章寫得很好，但那個「好」不是一般的判斷文藝作品的好。它的「好」，除了語言表達清晰準確，還有的就是它的真誠。這真誠包括毫不臉紅也絕無吹噓的自我欣賞，但又同時具有自我批評和反省的自知之明。有些寫到親友間的事情，可能會說得太直白了一點，令人感到些許尷尬，但大家都會諒解他的坦白。他就是不懂得也不覺得需要隱藏甚麼的人，包括自己的事和別人的事。面對這樣的人，你會很容易喜歡他，但也會被他無意間傷到。然後，又會不問因由地寬容他。

不過，為了保障他的私隱，我還是決定不引述和輯錄他的最新文章了。那些最美好或不那麼美好的東西，就留給我們自己的親人圈子吧。至於本書關於他的第一部分，我寫的時候極為小心，反覆思量，要怎樣措辭，怎樣挑選，怎樣剪裁，或採用怎樣的語調和角度，以呈現一個既真實但又於他無損的形象。就算我是父親，又是一個作家，我也沒有權隨意取用自己兒子的人生，作為我的寫作材料。這一點我是十分自覺的，但有沒有做到恰到好處，則依然感到有點不太踏實。這個部分的初稿，我給兒子親自過目，以他不反對為底線。他對當中一些事實作了糾正和補充，但對一些細節的改動或虛構，他並不介意，似乎深明寫作的本質。總體來說，他的評語是：寫得幾好笑。我認為，這是我從他身上所可能得到的最高評價。定稿之後，本來想給他再審閱一次，怎料他說：這是你的創作自由，我沒理由干預。

至於他的最新文集，我就把裡面的文章題目記錄在此，讓大家窺見一斑，一個自稱來自外星的少年的思想世界吧：「思考篇：一、超強記憶；二、陰謀論；三、回憶；四、忌諱；五、鏡子（二）：多面鏡」；「生活篇：一、自己也不能理解的；二、瘋笑；三、老師；四、諸事八卦；五、零彈性；六、享受；七、知錯不能改」；「校園篇：一、這個很乖的；二、團體恐懼」。

在新文集的封底，兒子用了一張他以前去行山時拍的照片。照片中的他背向鏡頭，站在一處山崖邊，面對著天空中西下的夕陽，和一片金光的大海。他張開雙臂，手心向上，站成一個十字架的剪影，像極一個吸收天地精華的神人，或者正在接收宇宙訊息的外星人。在照片下面印了一行文字：「我與萬化冥合了。」我第一次看到，心頭一震。這像一個少年的話嗎？這不就是作為父親的我所曾寫下的遺願嗎？父與子，在最意想不到的地方接通了。

二〇一九年五月十四日

再後記

悼父

父親來不及看到這本書了。在收到校對稿前兩天，他離開了。他甚至不知道會有這本書。一本關於他的孫子，也同時是關於他兒子的書。到了最後，又成了一本關於他兒子的父親，也即是他自己的書。每個父親也曾經是一個兒子，這是個說出來也覺多餘的事實。但我這幾天一直在想，這句話一點也不多餘；甚至，簡直是至理名言。

我從想寫兒子開始，接著發現不得不寫身為父親的自己。然後又覺悟到，要了解父親的角色，不得不從身為兒子的角度，去了解自己的父親；以及去想像，父親是如何了解他的兒子，也即是我。父子，子父，子父、父子，不斷地承傳、反復。到了離別一刻的來臨，卻創造了新的關係——生者與逝者；新的感受——思念。終於確證，時間不能逆轉了。

我在書中戲寫了自己的遺書，在現實裡卻要面對父親的逝去。他沒有留下遺書，或遺言。不過，一切已盡在不言中。他的人生應該沒有遺憾，可以圓滿地結束了。這是何其幸福的事情。父親終了之時，我們一家來到他的床前，他的心跳已經停頓了，看上去好像是睡著了一樣。我俯在他的耳邊說：爸爸，你做得很好，你的人生很美滿。我們都很感激你，也會一直懷念你。你不必擔心，可以安心上路了。

其實這樣的話，我四年前已經說過一遍。不只一遍，是許多許多遍。那個十月，在父親八十歲生日之前幾天，某清晨五點左右，我接到母親從急症室打來的電話，說父親氣喘入院。我到達病房的時候，看見父親臉上罩上了呼吸機，在痛苦地掙扎著。醫生臉色低沉地跟我說，父親因肺炎觸發心臟衰竭，情況危急，要有心理準備，叫我盡量陪伴他。我以為這次一定凶多吉少。於是，便在他耳邊說著鼓舞他的話、感激他的話、令他放心的話。我希望他無懼死亡，帶著最安然的心情離開。說了半天，他的病情卻慢慢舒緩下來，度過了危險期。

那樣直接表達情感的話，我未曾跟父親說過。而沉默寡言、不善辭令的父親，也不慣向我們訴說內心感受。我無法確認，當時處於精神迷糊狀態的他，有沒有把話聽進去，或者能否感受到有人在旁邊給他打氣。父親和我們的溝通方式，一向也是心領神會的。探望他時噓寒問暖，止於生活所需，吃得如何，睡得可好，有沒有頭暈身熱之類的，甚至有點過於禮貌的相敬如賓。唯有提到他的年輕往事、工作專長，或者家中的水電維修，父親才會乘興而起，一發不可收拾，大半天滔滔不絕。

記憶中父親從沒有教訓過我們。沒有講過人生道理，也沒有左右過我們的決定。我們做得好的時候，他以笑容肯定；做得不好的時候，他以關切的神情加以提醒。他沉靜而不冷淡，平實而不呆板，節制而不吝嗇，寬容而不放縱，堅毅而不嚴厲。待人以善，處世以誠，凡事以人為先，以己為後。雖然教育水平不高，但克勤明達，注動行儀和品格，對子女行不言之教，不教之教。潛移默化之下，我們都深深領略到如何做一個無愧於心的人。晚年的他縱然有固執的地方，不時為小事與母親爭拗，但回想起來，也成了回味無窮的夫妻戲耍。

那次在生死邊緣的徘徊，父親覺得是撿回了命。因為心臟動脈嚴重阻塞，無法進行「通波仔」手術（心導管介入治療）。醫生建議的「搭橋」手術（冠狀動脈旁路移植），父親認為風險太高，恐怕身體承受不了。出於小心謹慎、不愛冒險的性格，他情願採取保守的藥物治療，賺一天得一天。那時候我還以為父親時日無多。可是，出院之後，心臟功能只剩百分之十五、曾經極度虛弱的他，竟然奇跡地慢慢復元，至少去到可以自行出外的程度。如是者賺回了差不多四年。

從物質方面說，父親一生所賺不多。除了在樓價還算合理的時代，辛勤工作供了一個小單位，養育我們長大，沒有蓄積任何資產。在祖父生命的晚年，父親和二叔兩兄弟在深水埗塘尾道創辦了董富記五金工場，專門為製衣廠製作衣車零件。隨著香港製衣業的沒落，工場於一九九八年結業，父親正式退休。我還保存著兩本董富記六、七十年代的線裝大本帳簿。前一本有祖父的筆跡，後一本已改由父親填寫。出入帳都是日常瑣碎，零件材料若干、燈油火蠟若干，小工序小生意，不是甚麼鴻圖大業。父親的人生收支結算，也如這部帳簿一般，都是平常的小得小失，點點滴滴，細水長流，每一分毫也得來不易，但每份付出也在所不惜。

十六、七年前，為了寫一部以自己家族為背景的小說，我和父親做了個詳細的訪談。他從在廣州的童年記憶說起，到抗日戰爭時走難的經歷，再到戰後祖父帶他兄弟倆來港定居，逐一娓娓道來。然後就是突然中止的學業，初當學徒的生涯，自學機械和自行開鋪的摸索和打拼。當然少不了跟母親的認識和結婚，以及我們三兄妹的出生和成長。他大半生的經歷，我都化作小說，融入《天工開物．栩栩如真》裡去了。後來小說改編為舞台劇，劇團把父親還保留的一台小型車床搬到舞台上（使用多年的舊車床早已在工場結業時賣掉了）。上面說到的舊帳簿，也在劇中用上了。父親去觀劇的時候，看見演員扮演祖父和自己，看見他引以為傲的工場和熟識的工具的再現，應該會百般滋味在心頭吧。謝幕的時候，他接受了全場觀眾的鼓掌。那是父親第一次，也是唯一的一次，在公眾面前成為主角。

父親的人生成績表肯定是亮麗的。作為終身的技術工、手藝人，他以虔敬和耐心，打造好每一件作品，絕不偷工減料、粗製濫作。為的除了是養家餬口，也是出於生而為人的盡力和盡心。在公在私，父親也有一種純粹的、不帶功利目的的責任感。就世俗的標準而言，父親是個說不上有甚麼成就的平凡人；但就勝義的人格完成而言，他超過了許多所謂的成功人士。

小時候的父親甚有讀書天賦，但因為家境不好，剛念完小學便出來當學徒。他對事物運作的原理深感興趣，擅於機械部件的設計；如果生得逢時，他一定會在理科方面有所成就。由於時代的限制，他只能成為技術工人，但終身敬業樂業，自力自足。如果說父親有甚麼渴望，那肯定是子女能做到他自己沒能實現的事情。但他從來沒有給我們壓力，也沒有干預我們的自由。所謂豐儉由人，只要我們盡了力，做到多少他也會感到滿意。而在他人生的最後階段，最關心的就是他唯一的孫子的成長。

我兒新果初生之時，父親健康尚佳，經常幫忙照顧。小兒每週至少有一晚住在祖父母家。孫子長及童齡，祖父不時帶他出外，乘巴士四處遊玩，近至各區公園和博物館，遠至山頂和海灘。後來果在家玩教書遊戲，迫祖父母扮演學生，接受高難度的課業考驗。對於學識不多、執筆忘字的父親來說，肯定是苦不堪言。我身為兒子的，為父親帶來這樣的麻煩，常常心存歉疚。待年紀稍長，果也明白自己從前實在過火，並改掉偏執和懶散的習性，認真讀書和做人。縱使受到孫子的諸多煩擾，父親卻一直獨排眾議，對這個人兒讚賞有加，深信他終會頑石點頭，出類拔萃。這個也許就是他在臨終時掛在心上的最後願望吧。

在度過超額人生的三年多後，父親被診斷患上大腸癌。這消息讓他有點措手不及。他一直以為，威脅自己生命的是心肺疾病。癌症對他來說是意料之外的事物。不過，意志頑強的父親還是泰然面對。無論是資金還是心態上，大家本來也作好了大打一仗的準備。想不到的是，在多番檢查之後，父親的年紀和體質並不適合接受激烈的治療。加上留院期間不幸又發了一次心臟病，連簡單地進行腫瘤切除手術的條件也不符合。折騰一輪，結果又回到原點，美其名為保守治療，事實上就是聽天由命了。

這次出院，父親的身體狀況是歷來最差的。心臟機能每況愈下，長期腸出血導致虛弱無力、精神萎靡，體重也迅速下降，變得前所未有地消瘦。飲食方面，不但油鹽濃膩要節約，連纖維食物也不能吃。每天就只能進食肉碎粥和肉湯，喝一點清果汁。父親一向不求口腹之欲，味道寡淡對他沒有影響。但是，以這樣的餐單，要恢復體能也很困難。出院初期只敢在家裡活動，步步為營，唯恐又再觸發狀況。幸好這年冬天不冷，春夏又很快來臨，對於血液循環欠佳的父親來說是可喜現象。我只是擔心他沒法捱過另一個冬天。他的生命已經進入倒數了。

父親並未就此放棄。開始的時候，他曾經一度有點消極，覺得自己不適宜外出。於是我便隔天過去陪他下樓散步。先在屋苑的花園平台繞兩圈，然後到商場買麵包和日用品。我通常是下午兩點多去，遇見晴天的日子，父親喜歡坐下來曬一會太陽。因為氣血不好，他的膚色變得很白，但表面有一種返老還童的光滑。在陽光下他的手還是冷的，但指尖卻很柔軟，跟我記憶中的不同。印象中父親的手沾滿工場的金屬塵粉和油汙，皮膚的質感粗糙剛硬。歲月不但能令人鉛華盡洗，也能令人脫繭重生。我眼前彷彿不是垂垂老矣的父親，而是一個搖搖學步的孩兒。他真的覺得，只要重新鍛鍊，便可以回復之前的活動能力。到了後來，沒有我陪伴的日子，他也能自己到街上買東西了。

陪父親散步的日子，我們聊了很多話。也不算是深度的情感交流，只是閒談對各種日常事情的意見。除了討論病情和起居飲食的調節，還會談到家人的狀況，例如弟弟為甚麼辭掉工作、妹妹居住的老家要更換甚麼電器等。當然會說到母親的種種。在母親面前，父親總是容易作出批評，但在背後，他說的都是對妻子的關心。還有聊到屋苑的維修、超市的物價、天氣的變化，或者彼此的種種往事。在七、八月那段日子，也會談到時事。

歷史偉人教人記住他們的豐功偉績，親人卻教我們記住他們生活上的微末點滴。彷彿事情越細，銘刻得便越深；越瑣碎，便越富有生命的質感。幾個月來，我給父親買雞精、果汁、營養品，看著他的健康漸有起色。我陪他買熨衫板、睡褲、拖鞋、餐具，帶他去看醫生、剪頭髮、換新身分證，彷彿前面還有長久生活下去的許多日子。父親去後，母親才說，多年以來，父親都比她早起，煮水沖茶，為她斟好一杯，放在案上，天天如是，直到最後。我卻記得小時候，父親在晚飯後總會為我們把蘋果削皮切塊，然後才回到工場去繼續工作。為家人切蘋果的習慣，後來由我繼承。不過父親堅持自己選購蘋果。每逢周日晚上大伙兒回家吃飯，他必會在超市挑選最好的蘋果。縱使，他自己已經不能吃蘋果了。

在出事前一晚，兒子果去祖父母家吃飯。他回來說，祖父十分健談，循例和祖母爭論，看起來一點事也沒有。第二天早上，母親來了電話，說父親昨晚深夜不適，屙嘔肚痛，叫我過去陪他進醫院。在急症室經初步診斷，懷疑是腸胃炎。其他指數一切正常。在病房躺了半天，沒有特別的治療方案。到了晚上給了一顆抗生素。一和水吞下去，就嘔了出來。醫生連忙指示打了支止嘔針。我臨走的時候，父親在床上挨坐著，狀似忍痛，但已經沒有嘔吐。我拍了拍他的肩，說：休息一下，沒事的，我明早再來。回到家裡，雖然擔心，但未有作最壞打算，還在設想明天。睡夢中聽到手機響，一睜眼，便心知不妙。那邊說：家人立即來，病人正在急救。

去到醫院，看見很多護士圍著病床，醫生走出來，說：已經沒有心跳，你們決定要急救下去嗎？我聽不懂。已經沒有心跳，那還有甚麼好決定？我後來才知道，醫生是不會隨便說「死」的。就算實際上已經死亡，他也會問：救不救？不救的話，會給家屬時間和死者見面。像個中學生似的小個子男醫生說：他可能還有意識的，親人可以和伯伯說最後的話。我沒有質疑他：不是已經死了嗎？還說甚麼話？醫學上怎麼證實一個人沒有心跳以後還有意識？有意識即是死了沒有？不要疑問，只管相信。

護士已經為父親整頓好。他安然地躺在床上，蓋著被子，沒有急救時零亂的跡像，真像睡得很安穩很舒適的樣子。在我和母親、妻子之後，弟弟、弟婦、妹妹，以及我兒子都趕到了。於是我們便輪流和父親說了話，有的說出口，有的在心中說。我俯下身，摸著父親的額頭、臉頰、鼻子、眼瞼，在他耳邊說了那番話。我相信他聽到了。

太陽出來了，一線晨光，投向窗前的病床上，照亮了父親的臉面。高高的眉骨、直直的鼻梁、深深的眼窩，輪廓更顯分明。弟弟想拉上簾子，我說不要，爸爸喜歡曬點太陽。父親的容顏，靜靜地沐浴在溫和的光芒裡，就好像光是從他的臉上散發出來一樣。那是多麼的漂亮，多麼的美好，但也是多麼的令人傷心的時刻。

完成後，醫生作了最後一次確認，然後宣布死亡。接下來的都是俗務了。

二〇一九年八月二十三日

附錄

董啟章創作年表（一九九二——）

一九九二・五月於《素葉文學》發表第一篇小說〈西西利亞〉。
・於《星島日報》副刊「文藝氣象」發表短篇小說〈名字的玫瑰〉、〈快餐店拼湊詩詩思思CC與維真尼亞的故事〉、〈皮箱女孩〉等。

一九九四・〈安卓珍尼——一個不存在的物種的進化史〉獲聯合文學小說新人獎中篇小說首獎；〈少年神農〉獲聯合文學小說新人獎短篇小說推薦獎。

一九九五・〈雙身〉獲聯合報文學獎長篇小說特別獎。

・《紀念冊》（香港：突破）；《小冬校園》（香港：突破）。

一九九六・《安卓珍尼：一個不存在的物種的進化史》（台北：聯合文學）。

・《家課冊》（香港：突破）。
・《說書人：閱讀與評論合集》（香港：香江）。

- 董啟章、黃念欣合著，《講話文章：訪問、閱讀十位香港作家》（香港：三人）。

一九九七
- 《地圖集：一個想像的城市的考古學》（台北：聯合文學）。
- 《雙身》（台北：聯經）。
- 《名字的玫瑰》（香港：普普）。
- 董啟章、黃念欣合著，《講話文章II：香港青年作家訪談與評介》（香港：三人）。
- 獲香港藝術發展局文學獎新秀獎。

一九九八
- 《V城繁勝錄》（香港：香港藝術中心）。
- 《同代人》（香港：三人）。
- 《名字的玫瑰》（台北：元尊文化）。

一九九九
- 《The Catalog》（香港：三人）。

二〇〇〇
- 《貝貝的文字冒險：植物咒語的奧祕》（香港：董富記）。

二〇〇二
- 《衣魚簡史》（台北：聯合文學）。
- 《練習簿》（香港：突破）。

二〇〇三
- 《體育時期》（香港：蟻窩）。
- 《第一千零二夜》（香港：突破）。

二〇〇四
- 《體育時期》（台灣版）（台北：高談文化）。
- 《東京・豐饒之海・奧多摩》（台北：高談文化）。

二〇〇五・《天工開物・栩栩如真》（台北：麥田）。
・《天工開物・栩栩如真》獲台灣聯合報讀書人最佳書獎及中國時報開卷好書獎、香港亞洲週刊中文十大好書。
・董啟章、利志達合著，《對角藝術》（台北：高談文化）。
・劇本《小冬校園與森林之夢》，由演戲家族演出。
二〇〇六・《天工開物・栩栩如真》獲第一屆紅樓夢長篇小說獎決審團獎。
・劇本《宇宙連環圖》，由前進進戲劇工作坊演出。
二〇〇七・《時間繁史・啞瓷之光》（台北：麥田）。
・劇本《天工開物・栩栩如真》，與陳炳釗合編，於香港藝術節演出。
・《體育時期》由7A班戲劇組改編為音樂劇場《體育時期・青春・歌・劇》。
二〇〇八・《時間繁史・啞瓷之光》獲第二屆紅樓夢長篇小說獎決審團獎。
二〇〇九・《致同代人》（香港：明報月刊）。
・獲香港藝術發展局藝術發展獎年度最佳藝術家（文學藝術）。
・赴美國愛荷華參加「國際寫作計畫」。
二〇一〇・《體育時期》（簡體版）（北京：作家）。
・《天工開物・栩栩如真》（簡體版）（上海：世紀文景）。
・《安卓珍尼》（經典版）（台北：聯合文學）。

- 《學習年代》（《物種源始・貝貝重生》上篇）（台北：麥田）。
- 《雙身》（二版）（台北：聯經）。
- 劇本《斷食少女K》（原名《飢餓藝術家》），由前進進戲劇工作坊演出。
- 《學習年代》獲香港亞洲週刊中文十大好書。

二〇一一

- 《在世界中寫作，為世界而寫》（台北：聯經）。
- 《學習年代》（《物種源始・貝貝重生》上篇）獲香港電台、香港公共圖書館及香港出版總會合辦「第四屆香港書獎」。
- 《地圖集》（台北：聯經）。
- 《夢華錄》（台北：聯經）。
- 《天工開物・栩栩如真》（簡體版）獲第一屆惠生・施耐庵文學獎。

二〇一二

- 《答同代人》（北京：作家）。
- 《地圖集》（日文譯本）藤井省三、中島京子譯（東京：河出書房）。
- 《繁勝錄》（台北：聯經）。
- 《博物誌》（台北：聯經）。
- *Atlas: Archaeology of an Imaginary City* (New York: Columbia University Press).

二〇一三

- 《體育時期（劇場版）》【上、下學期】（台北：聯經）。
- 《體育時期》由浪人劇場改編為音樂劇場《體育時期2.0》。

二〇一四・《美德》（台北：聯經）。

・《董啟章中短篇小說集I——名字的玫瑰》（台北：聯經）。

・《董啟章中短篇小說集II——衣魚簡史》（台北：聯經）。

・《香港當代作家作品選集：董啟章卷》（香港：天地）。

・獲選為「香港書展年度作家」。

二〇一六・《心》（台北：聯經）。

・《肥瘦對寫》（新北市：INK印刻）。

二〇一七・*Cantonese Love Stories* (Penguin China).

・《神》（台北：聯經）。

・《心》獲香港電台、香港公共圖書館及香港出版總會合辦「第十屆香港書獎」。

二〇一八・《神》獲香港電台、香港公共圖書館及香港出版總會合辦「第十一屆香港書獎」。

・《天工開物・栩栩如真》英譯：*The History of the Adventures of Vivi and Vera* (Hong Kong: East Slope Publishing Ltd.).

・《愛妻》（又名浮生）（台北：聯經）。

二〇一九・《愛妻》（又名浮生）獲第二十七屆台北國際書展大獎「小說獎」。

・《命子》（台北：聯經）。

鳴謝

本書為作者擔任南洋理工大學駐校作家期間（二〇一八年八月至十二月）完成的作品，特此向贊助機構新加坡南洋理工大學及新加坡國家藝術理事會致謝。

當代名家・董啟章作品集14
命子

2019年10月初版　　定價：新臺幣320元
2020年1月初版第二刷

著者	董啟章
叢書編輯	黃榮慶
校對	陳麗卿
封面設計	兒日
編輯主任	陳逸華
總編輯	胡金倫
總經理	陳芝宇
社長	羅國俊
發行人	林載爵

出版者	聯經出版事業股份有限公司
地址	新北市汐止區大同路一段369號1樓
編輯部地址	新北市汐止區大同路一段369號1樓
叢書編輯電話	(02)86925588轉5307
台北聯經書房	台北市新生南路三段94號
電話	(02)23620308
台中分公司	台中市北區崇德路一段198號
暨門市電話	(04)22312023
台中電子信箱	e-mail：linking2@ms42.hinet.net
郵政劃撥帳戶第	0100559-3號
郵撥電話	(02)23620308
印刷者	世和印製企業有限公司
總經銷	聯合發行股份有限公司
發行所	新北市新店區寶橋路235巷6弄6號2樓
電話	(02)29178022

行政院新聞局出版事業登記證局版臺業字第0130號

本書如有缺頁，破損，倒裝請寄回台北聯經書房更換。　ISBN 978-957-08-5382-7 (平裝)
電子信箱：linking@udngroup.com

國家圖書館出版品預行編目資料

命子/董啟章著．初版．新北市．聯經．2019年10月．
304面．14.8×21公分（當代名家・董啟章作品集14）
ISBN 978-957-08-5382-7（平裝）
[2020年1月初版第二刷]

857.76　　108013790